Faustine Teisseire M.G

PERFECT
Blood Dolls

Tome 1

© 2022. © Faustine Teisseire M.G, Éditions Encre de Lune.
Impression : BoD - Books on Demand, In de Tarpen 42, Norderstedt (Allemagne)
Impression à la demande.

Tous droits réservés.
Le Code de la propriété intellectuelle interdit les copies ou reproductions destinées à une utilisation collective. Toute représentation ou reproduction intégrale ou partielle faite par quelques procédés que ce soit, sans le consentement de l'auteur ou de ses ayants droit, est illicite et constitue une contrefaçon, aux termes des articles L.335-2 et suivants du Code de la propriété intellectuelle.

Crédit photo : © adobestock

ISBN papier : 9 782 493 316 288
ISBN : 9 782 493 316 271
Éditions Encre de Lune, 21, rue Gimbert, 35580 Guignen
Courriel : editionsencredelune@gmail.com site internet : www.https://editionsencredelun.wixsite.com/website-1

Cet ouvrage est une fiction. Toute ressemblance avec des personnes ou des institutions existantes ou ayant existé serait totalement fortuite.

DÉDICACE

Chapitre 1

Pondus secreto[1]

Université de Philadelphie, 22 octobre 2020, 14 h 30

22 °C

Kerrigan Rodes

Je marche d'un pas rapide vers l'amphithéâtre, encore en retard pour mon cours avec Griffin. J'aimerais être encore au fond de mon lit. J'essaie de compartimenter mes émotions depuis des jours pour ne pas les laisser entrevoir, mais j'ai l'impression que ma façade se craquelle au fur et à mesure que

---

[1] Le poids du secret

le poids du secret engourdit mon esprit. Je monte les marches, les jambes lourdes et le cœur au bord des lèvres. Mon état émotionnel est au même niveau que mon état psychologique, c'est-à-dire au bord de la rupture. Mon corps tressaute presque à chaque pas, mes pensées s'entrechoquent et ma respiration devient chaotique. J'inspire profondément et j'expire plusieurs fois pour retrouver mon calme. Je ne peux plus garder pour moi ce qui me ronge de l'intérieur, mais je ne peux pas non plus en parler, ne sachant pas à qui faire confiance.

Merde ! Reprends-toi Kerrigan !

Je serre mes poings et souffle doucement. Je pourrais en discuter avec Rosie, mais à part me conseiller d'en informer la police et de m'enfermer dans un placard pour me garder à l'abri.

Ce qui ne m'aidera pas !

Je pousse la porte de l'amphi et repère tout de suite Mickaël Macpherson dont j'ai fait la connaissance, il y a trois mois. Je me glisse à ses côtés et sors mon laptop. Son regard pèse lourdement sur moi. Je l'ignore délibérément et me concentre sur le professeur Griffin et ses sourcils broussailleux. Je souffle intérieurement en sachant qu'à la minute où le cours se terminera, Mickaël va vouloir me reprocher encore quelque chose. J'ai souvent la sensation de passer aux rayons X avec lui et c'est encore le cas à cet instant. Il est l'archétype du mec qui voudrait tout diriger à sa guise. Bien sûr, ce côté de sa personne, il me l'a bien caché les premiers temps. Je ne suis pas le genre de femme qui accepte qu'on lui dise ce qu'elle doit faire ou comment le faire et ça, apparemment, il ne l'a pas encore compris. Il pense sûrement que grâce à son physique, tout lui est permis. Mais je suis loin d'être comme toutes ces filles qui se pressent derrière lui, attendant un regard, un mot ou bien un sourire de sa part. Il est aussi blond que les blés avec des yeux d'un vert presque translucide. Ses traits sont doux, malgré son attitude belliqueuse et arrogante. Il y a encore un mois, je lui aurais donné le bon Dieu sans confession, mais depuis que je l'ai laissé m'embrasser, son comportement est celui d'un enfoiré de première. On ne sort pas ensemble, mais pour lui, c'est tout comme. Et je commence à me dire qu'il est complètement cinglé. Je suis tellement angoissée et fragile en ce moment que j'en deviens presque une petite poupée docile.

Ce qui ne me ressemble pas !

— Kerrigan, je t'ai attendue pendant une heure au café. Qu'est-ce que tu foutais ? me reproche Mickaël, en grinçant des dents.

Je ne me souviens même pas avoir accepté de le retrouver,

mais Mickaël ne s'en soucie pas. Il ordonne, et je dois obéir. Il va falloir que je lui explique de nouveau que je n'ai d'ordres à recevoir de personne !

— Rien ! Je ne me suis pas réveillée, soufflé-je, en me retenant de l'envoyer bouler.

— Encore ? Il faut que tu te reprennes Kerrigan. Je ne devrais pas avoir à poireauter pour toi, me réprimande-t-il avec animosité.

— Je t'ai prévenu Mickaël que je n'ai pas à t'obéir, lui objecté-je sèchement.

— Et moi, je t'ai dit de me retrouver au café. C'est pourtant simple, non ? s'agace-t-il, comme si j'étais écervelée, sans même remarquer mon regard noir.

Je serre les dents en m'apprêtant à lui répondre vertement, mais un raclement de gorge nous interrompt.

— Pour répondre à votre question Josh... lance le professeur Griffin.

Il fronce ses sourcils broussailleux en nous toisant Mickaël et moi.

— Il y a toutes sortes de journalisme et certains d'entre vous en feront partie, reprend-il. Mais libre à vous, de choisir si vous voulez devenir le béton ou le simple pilier qui enrichit la presse poubelle. L'article que je vous demande se divise en trois parties. D'abord : le contexte, la problématique et l'approche méthodologique qui permettent de poser les bases.

— Pensez-vous que l'on puisse analyser et avoir accès à certaines affaires via la police du comté ou simplement le département de police de l'université ? le questionne Josh.

— J'ai eu l'autorisation du rectorat de l'université de Penn pour me mettre en relation avec le Shérif Sullyvan qui se trouve aussi être un de mes vieux amis.

Au nom du Shérif Sullyvan, je ferme les yeux, sentant poindre une migraine. À mes côtés, Mickaël s'agite en me jetant des coups d'œil. Il s'empare de ma main posée sur ma jambe sans me demander mon avis. Je me tends en ayant envie de lui retirer. Cette manie de me toucher comme bon lui semble m'irrite, mais pour ne pas encore me faire remarquer, je le laisse faire, sans un mot.

Bon sang, Kerrigan ! Où se trouve la battante qui sommeille en toi ? La fonceuse, qui part comme un TGV sans se soucier des autres.

— Il s'agira de faire sa propre analyse sans se prendre pour un enquêteur assermenté, continu Griffin.

— Comment pourra-t-on écrire cet article si nous n'avons pas tous les éléments ? objecte Josh.

Josh Jefferson est un frimeur, qui a toujours son mot à dire.

Il a un physique banal, petit blond aux yeux marron, il est arrogant, centré sur lui-même et dégage un je-ne-sais-quoi de méprisable. Il sort avec Cyrielle Carre, une grande brune, caractérielle et superficielle. Elle joue les timides, mais n'hésite pas à balancer les hanches en marchant comme si elle se trouvait sur un podium.

— Il s'agira des premiers éléments contractés au début de l'enquête qui ont déjà été révélés à la presse. Il ne s'agit pas non plus d'écrire un article à sensation, mais la mise en œuvre d'un travail journalistique. Vous écrirez selon ce qu'on vous donnera comme élément et pas sur de quelconques présomptions. Je ne vous demande pas de rechercher d'autres éléments de preuves ou d'interroger des personnes à gauche et à droite pour découvrir d'autres choses.

— Vous voulez dire, tout ce qui pourrait encore fuiter et que la police n'aura pas su cacher… Que risque-t-on professeur si l'un de nous creuse un peu plus qu'à travers les éléments qui sont déjà connus du grand public ? rétorque Josh d'une voix suffisante.

— Josh, je ne vous demande pas d'écrire pour le Times ou le Newyorker comme Mademoiselle Rodes assise derrière vous, qui pense que se faire arrêter deux fois pour intrusion dans les locaux de la police, de surcroît dans des zones interdites aux publics, simplement pour vendre des articles à la pige, soit recommandée pour faire valoir son intégrité en tant que journaliste. Je ne veux pas faire de vous des journalistes à la sauvette. Mais vous élever dans le grand journalisme. Aucune infraction ne sera tolérée… nous signifie-t-il d'une voix vibrante et sans appel à travers sa moustache grisonnante.

La main de Mickaël se resserre sur la mienne et un pic de douleur me saisit. J'arrache ma main à la sienne en l'assassinant du regard. Sa mâchoire se contracte, mais il n'insiste pas. J'ai eu droit à une scène quand j'ai été libérée après une heure à me faire enguirlander par mon père et le shérif Sullyvan qui doit sûrement se souvenir de moi. Me faire surprendre dans les archives de la police ne m'a pas servi à me faire des amis.

Mon stage au New Yorker [2] m'a apporté des alliés journalistes qui ont proposé de publier certains de mes articles, ce qui m'a facilité la tâche, face aux menaces que j'ai reçues. Mais Mickaël n'a pas supporté que je sois si investie et « *être la copine de Mickaël Macpherson* » demande à être plus effacée. Sauf que je ne suis pas sa copine ! Son père Édouard en a fait une jaunisse d'après lui, quand il apprit que la copine

---

[2] The New Yorker est un magazine américain qui publie des reportages, de la critique, des essais, des bandes dessinées, de la poésie et des fictions.

de son fils s'était fait arrêter pour outrage à agent et intrusion dans un poste de police. J'avais écopé d'un avertissement grâce à mon paternel qui était rouge de colère.

Je sors de ma léthargie uniquement quand j'entends grogner.

— C'est compris, Mademoiselle Rodes ? insiste Griffin d'une voix de centaure.

— Oui, Monsieur... murmuré-je, embarrassée par cette réflexion.

— Mademoiselle Rodes, vous viendrez me voir à la fin de l'heure.

D'un sourire forcé, je hoche la tête.

— Bien... reprend-il. Nous n'avons plus beaucoup de temps aujourd'hui pour en discuter. Je vais vous faire passer les documents attenants à l'affaire par mon assistant et vous laissez une semaine pour rendre vos articles.

Russo, l'assistant de Griffin nous fait passer les documents qui doivent au moins contenir dix pages. J'en prends un et m'apprête à l'ouvrir quand une main rabat le dossier. Les yeux sournois de Russo, à travers ses lunettes se plissent, tandis qu'un sourire crispé fendille ses lèvres. D'une maigreur absolue avec son nez cabossé et son air hautain, il me donne de l'urticaire. Il assiste Griffin depuis quelque temps déjà et le personnage ne m'a jamais plu.

— N'ouvrez pas tout de suite, vous attendrez la fin du cours, me réprimande Russo, comme s'il en avait le droit.

— La présentation et l'analyse des résultats viennent ajouter aux connaissances recensées quant à notre objet d'étude, précise Griffin. Je vous joins également, en annexe, les dimensions du questionnement abordées dans les entrevues semi-dirigées ainsi que le schéma des entrevues avec les témoins, un résumé de l'ensemble des séquences des reportages analysés par mes soins et ceux de Monsieur Russo. Je vous demande même si ces éléments sont déjà connus, la plus grande discrétion. Il s'agit de découvrir de quelle pointure, le journalisme pourra vous faire grandir. Vous serez dans l'incapacité d'interroger les témoins de cette affaire et pas d'accès à leurs noms. Essayez de voir ça comme un match de baseball. Ce devoir vous fera gagner la première base, voire la deuxième si un œil nouveau décelait quelque chose qui n'aurait pas été saisi par la police ou par les reporters des plus grands journaux. Sullyvan ne pourra pas être consulté pas tous séparément, donc demain après-midi, il viendra ici à 14 heures pour répondre à vos interrogations. Vous aurez une heure avec lui, alors préparez bien vos trois questions, car il ne pourra pas répondre à plus. Il viendra avec le médecin légiste affilié à l'affaire, ainsi qu'un ami à lui, un agent du FBI qui vient de reprendre le dossier. Je compte sur vous pour être professionnel et éviter les blagues salaces... Est-ce clair, Monsieur Jefferson ?

— Oui, Monsieur... Mais de quelle affaire s'agit-il ?

— Vous le découvrirez en lisant ce que Monsieur Russo vous a remis. Ne soyez pas aussi pressé, il ne s'agit ni de cambriolage ni d'affaire de violence conjugale, c'est une affaire de grande envergure et qui demande de la concentration. C'est la première fois dans cette université qu'on nous offre cette occasion de soumettre des étudiants de fin de cycle pour aider la police, même s'ils ne pensent pas vraiment que des journalistes en devenir soient un atout, mais plutôt une nuée de bestioles bourdonnant autour d'eux pour une exclusivité ! balance-t-il non sans un regard noir.

— Mais alors pourquoi le Shérif Sullyvan a-t-il accepté de collaborer avec l'université et des étudiants qu'il considère comme des punaises dans son lit ? se renfrogne Josh avec agressivité.

— Le Shérif Sullyvan est un progressiste, malgré les aléas de son travail avec les reporters et les scènes auxquelles, il a pu assister ou subir. Il pense que chaque tête pensante peut être un atout pour l'enquête.

— En fait, vous voulez dire qu'il a fait banqueroute et qu'il n'a plus d'angle de vue sur cette affaire. Alors il piétine et décide de refiler le bébé en attendant un miracle, constate Josh avec sarcasme.

Ce type est vraiment une calamité, imbu de sa personne !

— Au lieu de préjuger Monsieur Jefferson, vous devriez voir ça comme un tremplin. Si l'un de vous prévaut et trouve un élément important, mais qui serait passé à la trappe. Le New York Times [3] pourrait intégrer votre article et vous faire connaître avant même l'obtention de votre diplôme.

— Peut-on écrire cet article en binôme Professeur Griffin ? glisse Mickaël avec un sourire arrogant. Je pense que ça pourrait unifier les rangs et une unité de confiance envers un futur collègue, c'est un excellent exercice pour aborder notre future ascension… argumente-t-il en me jetant un regard.

— Monsieur Macpherson, je ne vous demande pas votre opinion et sincèrement, je m'en balance ! le coupe le professeur Griffin. On n'est pas en colonie de vacances et je n'inspecte pas les dortoirs pour savoir avec qui vous couchez. Mademoiselle Rodes n'a pas besoin de vous pour effectuer ce

---

[3] The New York Times, abrégé en NY Times, NYT ou The Times, est un quotidien new-yorkais distribué internationalement et l'un des plus grands journaux américains.

travail et de toute manière, je doute fort qu'elle accepte de remettre un article qui sera ficelé et interprété selon votre opinion unique. Rodes est… hésite-t-il. Et même si je la trouve trop entreprenante, elle dédaignera de rendre quelque chose qui ne correspondra pas à ses valeurs, à moins que je ne me trompe.

— Professeur Griffin, je ne voulais pas dire que…

— Monsieur Macpherson, je ne sais pas ce que peut vous trouver Rodes, mais votre dernier article sur les préventions des risques à incendie dans les pays sous-développés était sirupeux, dans une prose digne d'un aristocrate des années vingt. J'ai eu envie de bâiller dès la première ligne et la seconde, je me suis demandé quel journal emploierait quelqu'un qui reste dans les clous sans jamais traverser la ligne.

— Le New York Times demande à ses journalistes de l'intégrité et…

— Oui, de l'intégrité, mais pas non plus d'endormir ses lecteurs.

— Je ne suis pas de votre avis et…

— Écoutez, Monsieur Macpherson, les dons faits par votre père à l'Université ne vous autorisent pas à remettre mon enseignement en question… Maintenant, je pense que nous avons fait le tour. Vous pouvez vous rendre à votre prochain cours.

Tout le monde se lève sans se faire prier tandis qu'il reprend dans ma direction.

— Mademoiselle Rodes n'oubliez pas de venir me rejoindre, me rappelle-t-il fermement.

Je range mes affaires dans mon sac et me lève. Le brouhaha des étudiants m'empêche de reprendre mes esprits. Si le professeur Griffin a bien compris à qui il avait affaire avec Mickaël, alors qu'il ne le voit qu'en cours, je peux dire que je ne suis qu'une idiote !

La main froide de Mickaël m'agrippe le bras.

— On doit parler, je t'attends devant l'amphi.

— J'ai cours… Laisse-moi tranquille.

— J'ai besoin de te parler, Kerrigan.

Je retire mon bras et commence à descendre les marches jusqu'au Professeur Griffin quand on me retourne brusquement. Mickaël exerce une forte pression avant de me relâcher. Son regard est si sombre que je ne reconnais même plus la personne devant moi.

— Je veux que tu me dises qu'on parlera quand tu auras fini avec cet abruti, murmure-t-il amèrement.

Je crève d'envie de le gifler, mais vu mes antécédents, je ne veux pas faire de scène.

— OK… lâché-je, dans un soupir.

Il me regarde sévèrement encore un instant avant de faire demi-tour et de sortir de la salle. J'inspire profondément et rejoins le professeur qui a sûrement dû assister à la scène.

Le New York Times : C'est un quotidien new-yorkais distribué internationalement.

Chapitre 2

— Mademoiselle Rodes, vous êtes une étudiante remarquable, mais cela fait cinq fois ce mois-ci que vous arrivez en retard. Je n'en ai pas encore référé au recteur, mais malgré le fait que je vous aime bien et que votre travail est excellent, la prochaine fois, je ne pourrai pas passer l'éponge, me prévient-il.

— Je suis désolée, Professeur Griffin, je ferai en sorte que ça ne se reproduise pas, affirmé-je sans y croire moi-même.

Griffin se racle la gorge s'appuie légèrement sur son bureau en pianotant ses doigts boursoufflés sur la surface en bois foncé.

— Je dois vous dire que j'ai été légèrement surpris de vous savoir avec ce Macpherson… Comprenez bien que je sais que ça ne me regarde pas, mais… Vous permettez le conseil « *d'un vieil abruti* » comme pourrait dire Macpherson ?

Je rougis en comprenant que malgré la distance, il a tout entendu de notre échange.

Je hoche simplement la tête.

— Bien… Macpherson fait partie d'une confrérie à laquelle, je n'adhère pas. Seuls les fils de grandes fortunes peuvent y entrer et elle n'a pas une très bonne réputation. Et je dois dire que je m'inquiète un peu pour vous, m'avertit-il d'un air inquiet.

— Je comprends, Professeur Griffin, mais Mickaël n'est pas dangereux, juste…

— Hautain, autoritaire et clairement ombrageux, me coupe-t-il sans prendre de gants.

— Oui…

— Bon, je vais vous laisser aller à vos cours, mais sachez que je ne pourrais pas toujours faire l'impasse sur vos retards répétés.

— Oui, Professeur Griffin.

Je suis sûre que j'ai dû virer de plusieurs teintes lors de mon entretien avec Griffin. Quand je descends les marches devant l'amphithéâtre. Mickaël m'attend en bas des escaliers et je m'arrête à un mètre de lui.

— Avant que tu commences à dire quoi que ce soit Mickaël, je…

— Kerrigan, je suis désolé. Je sais que je t'ai un peu bousculée ces temps-ci. Je vais me faire pardonner. Que dirais-tu de venir demain soir à la fête organisée par ma fratrie ? Je viendrai te chercher à 19 heures à ta chambre.

— Mickaël, je ne crois pas que ça fonctionne.

— Mais si, c'est juste qu'on doit s'ajuster tous les deux et bien sûr, que tu arrêtes de vouloir te faire remarquer en cours comme ailleurs.

— Pardon ? !

— C'est vrai Kerrigan, tu crois quoi ? J'ai une réputation qui risque d'en prendre un coup si tu continues dans cette voie et…

Je bouillonne à ces mots et prends sur moi pour ne pas le gifler.

— Ça suffit ! Bon sang ! Tu te prends pour qui Mickaël !

— Eh ! Baisse d'un ton, tu veux ! Merde ! Bon, on en reparlera demain soir, mets une robe.

Il s'approche pour m'embrasser, mais je recule en remontant une marche. S'il me croit docile ou s'il pense que je pourrais le devenir, il se trompe complètement.

— Non Mickaël, c'est terminé. Je veux dire, on n'a jamais été ensemble, un simple baiser ne veut rien dire et je pense qu'on devrait cesser de se voir.

Il blêmit et sa mâchoire se serre.

— Tu n'es pas sérieuse ? Hein ? Kerrigan, écoute désolé, je

peux parfois m'emporter, mais on est aussi amis non ?

— Non, je ne pense pas. Tu as clairement un problème de personnalités multiples et depuis que je t'ai laissé m'embrasser, tu cherches à tout contrôler, mais je ne suis pas le genre à obéir, ni qu'on décide pour moi. On devrait s'arrêter là !

— Tu te trompes... Bon, je comprends. On en rediscutera demain soir à tête reposée, dit-il comme si tout était normal.

— Non, Mickaël.

J'ai l'impression que soit il ne comprend pas, soit qu'il s'en fiche. La situation devient de plus en plus perturbante et je n'aime pas ça.

— Kerrigan s'il te plaît. Laisse-moi au moins une chance, je peux être un peu con, mais tu me connais.

— Mickaël...

— S'il te plaît, Kerrigan ?

— Écoute, je veux bien venir pour en discuter parce que je pense qu'il faut mettre les choses à plat, mais je ne changerai pas d'avis.

Il baisse les yeux et je revois le mec gentil que j'avais pu entrevoir au début, mais je sais maintenant que Mickaël à plusieurs facettes. Je préfère quand même mettre les choses au clair demain et faire en sorte que quand on se croisera, ce ne sera pas froid entre nous. Il finit par partir et je reprends mon souffle en me dirigeant vers mon prochain cours.

23 octobre, Université de Pennsylvanie, 10 heures
22 °C

Le lendemain, j'arrive en avance et m'installe au fond, contrairement à d'habitude où je suis au milieu de l'amphi avec Mickaël. Il n'est pas encore là, mais je ne suis pas détendue pour autant. Je suis dos à la porte en espérant qu'il comprenne que je ne veuille pas me mettre à côté de lui. Mais ce n'est pas la seule raison, le shérif Sullyvan ne me porte pas dans son cœur et je préfère éviter qu'il ne me reconnaisse. Aujourd'hui, j'ai mis un foulard autour de mon cou pour cacher le bas de mon visage en espérant que même de loin, il ne possède pas des yeux de lynx. Mon corps se raidit quand je sens Mickaël s'asseoir à mes côtés. Eh merde ! Je n'avais jamais eu autant de mal à éloigner un mec.

— Pourquoi tu t'es mis là ? Tu sais bien que je préfère me mettre un peu plus près, rouspète-t-il tout près de mon oreille.

J'ai un mouvement de recul et le toise avec colère. Il porte le pull noir que lui a offert sa mère pour son anniversaire. Ses cheveux blond cendré sont coiffés en arrière et son regard irrité me détaille comme si je ressemblais à une côte de bœuf.

— Eh bien, Mickaël, vas-y. Je suis très bien ici, m'exaspéré-je, en espérant qu'il s'installe ailleurs, voire sur une autre planète.

— Tu me fais encore la gueule ! ? Ce n'est pas vrai ! Non seulement Mademoiselle n'admet pas ses torts, mais en plus tu t'habilles comme si tu allais à un défilé. La jupe c'était obligatoire ?

J'en ai assez ! Pour qui se prend-il ! ?

— Mickaël... Dégage !

Son regard se durcit et un tic agite un muscle de sa mâchoire.

— Pardon ! ? s'offusque-t-il d'une voix guindée.

— Je t'ai demandé de me faire de l'air là !

— Putain ! s'énerve-t-il en postillonnant.

Ses poings se ferment et tapent sur le dossier du siège de devant lui.

— Bien ! Tu sais quoi ? Je vais faire comme si tu n'avais rien dit et te pardonner pour hier et aujourd'hui. Mais Kerrigan…

Griffin fait son entrée avec le shérif Sullyvan et un homme de petite corpulence. Ils discutent ensemble dans la fosse de l'amphi et Griffin leur désigne trois chaises qui font face aux étudiants. Le shérif et son collègue prennent place. Je me fais toute petite en m'affaissant sur ma chaise. Le shérif et son acolyte saluent tout le monde sans lever les yeux de notre côté. Je croise les doigts pour qu'il ait oublié mon visage ou que je sois trop loin pour qu'il me reconnaisse. Moi en tout cas, je me rappellerai toujours lui. Sullyvan est un grand brun d'environ quarante ans, taciturne et un peu rondouillard. Son collègue près de lui est roux avec un visage fin. Il me semblait qu'un agent du FBI devait venir aussi, mais je me suis peut-être trompé…

— Merde ! Tu pourrais au moins m'écouter Kerrigan. Je croyais qu'on devait discuter ce soir, vocifère Mickaël à mes côtés.

Le professeur Griffin se racle la gorge, à croire que c'est un tic chez lui.

— Bonjour, je vous présente le Shérif Sullyvan et le Docteur Mars, le médecin légiste affilié à cette affaire. Je pense et surtout j'espère que vous avez eu le temps de lire le dossier et que vos trois questions sont prêtes.

Lorsque j'ai lu les dix pages noircies hier soir, je suis devenue livide. Cette sombre affaire est diffusée partout depuis trois mois. Des femmes ont été retrouvées mortes, habillées, coiffées et maquillées comme des poupées. La police n'a toujours aucune piste et c'est sans doute pour ça que le FBI a repris le dossier. Je commence à avoir mal à la tête. Cela me concerne de beaucoup trop près et je ne sais pas comment faire pour m'en sortir.

— On va commencer, il y a un agent du FBI qui ne devrait pas tarder à arriver, mais nous avons seulement une heure alors on va démarrer. Mademoiselle Carre, veuillez-vous lever et poser vos questions.

Mince ! Je n'avais pas pensé à l'éventualité de poser mes questions debout, mais bien enfoncée dans mon siège et zut !

— Mademoiselle Carre ?

Cyrielle Carre se redresse son carnet à la main. Elle ne lève pas les yeux et semble hypnotisée par ses pieds.

— Je voudrais vous demander, bredouille-t-elle nerveuse. Est-ce que…

— Mademoiselle Carre, vous devez vous adresser au Shérif en le regardant et en parlant plus fort, car il ne possède pas une ouïe bionique.

Elle rougit en se mordant la joue.

— Oui, bien sûr, se reprend-elle d'une voix plus forte et sûre. Mais toujours en regardant ses pieds... Quelle est la relation avec toutes ces femmes ? Je veux dire, qu'ont-elles en commun ?

Le shérif Sullyvan sourit légèrement, sûrement amusé par une future journaliste à la timidité maladive, mais s'il la connaissait, il saurait que c'est juste une image édulcorée qu'elle se donne.

— Nous n'avons pas pu identifier leurs liens, si lien il y a. Elles ont entre 18 et 25 ans. Elles étaient toutes étudiantes, mais aucune d'elles ne suivait le même cursus.

— Avez-vous pu trouver des empreintes ou découvert quelque chose qui aurait appartenu au tueur ?

— Non, aucune empreinte et rien sur les scènes ne permet d'identifier le tueur à part une certaine adoration pour la mise en scène.

— D'accord, dernière question Mademoiselle Carre, intervient Griffin, un brin énervé par le comportement de l'étudiante qui est raide comme un piquet.

Un homme d'une large carrure entre et se dirige vers le shérif Sullyvan qui se lève rapidement pour le saluer. Ma respiration se coupe littéralement. Ses cheveux d'un blanc neigeux, sa peau hâlée et ses yeux vairons parcoururent la salle sans s'arrêter avant de se tourner vers la fille debout qui maintenant le fixe comme si elle avait vu une apparition. Je regrette à cet instant de ne pas avoir séché, mais cela aurait eu trop de retombées sur mon avenir au sein de l'université. Il ne m'a pas vue, mais quand je me lèverai à mon tour, je sais déjà qu'il me reconnaîtra et cette perspective ne m'enchante pas du tout. Ne me dites pas que c'est lui, l'agent du FBI ! ? Encore sous le choc, quand le Professeur Griffin s'avance sur l'estrade, je m'enfonce encore plus dans ma chaise, voulant disparaître.

— Bien... Voici un agent de terrain appartenant au FBI. Monsieur Lincoln a été assermenté à l'affaire du tueur de poupées russes et répondra aussi aux questions. Mademoiselle Carre, vous pouvez poser votre dernière question.

— Oui... Bien sûr... Vos yeux sont exceptionnels, Agent Lincoln, susurre-t-elle.

Il ne manquerait plus qu'elle se mette à glousser pour avoir la totale !

En même temps, comment ne pas tomber sous le charme d'un homme qui alimenterait les fantasmes de toutes les femmes ! Si seulement, il n'y avait que ses yeux vairons, mais tout son être est exceptionnel, enfin mis à part que ça reste un enfoiré ! C'est tout à fait contradictoire, mais quand il s'agit d'Ezra Lincoln, je ressemble à toutes ces filles qui se pâment et bavent devant lui. Je me secoue la tête pour revenir au cours et sortir de mes pensées.

Griffin tousse et se gratte la gorge, avant de grommeler sans sa barbe.

— Monsieur Jefferson…

Jefferson se lève.

— Bonjour, je dois dire que je suis un peu surpris que vous vouliez collaborer avec nous. C'est vrai, nous sommes encore étudiants et nous nous orientons vers le journalisme et je sais que nous ne sommes pas les personnes préférées des flics.

— Alors, pourquoi accepter cette alliance ? complète Sullyvan.

— Oui, confirme Jefferson.

— Nous ne sommes pas ennemis, vous savez. Oui, nous avons souvent des altercations avec des journalistes trop curieux qui déforment souvent la réalité des faits. Mais ils ne sont pas tous pareils et j'ai pour habitude de ne pas cataloguer les personnes. Vous êtes étudiants, vous apprendrez, plus tard quand vous serez des journalistes, vous transmettrez des informations, alors je vous conseille de toujours peser le pour et le contre. Avec le professeur Griffin que je connais depuis dix ans maintenant, vous êtes entre de bonnes mains. Bien sûr, il ne peut que poser les bases et après ce sera à vous de déterminer quel genre de journaliste vous voulez être.

— Deuxième question, Monsieur Jefferson, annonce Griffin.

— Hum... Oui, est-ce vrai que tous les corps ont été brûlés à un endroit particulier ?

— Cela fait partie des choses que nous ne voulions pas faire connaître au public, mais malheureusement certains sont prêts à tout pour un scoop, même si ça peut faire du tort à l'enquête. En l'occurrence, nous ne voulions pas choquer tout le monde et savoir que ce genre de détails n'apporte rien aux personnes lambda. Mais vu que cette information a déjà fuité, je vais vous répondre... Non, les brûlures n'ont pas été faites au même endroit, mais nous ne savons pas encore pourquoi.

— Dernière question...

— Je me souviens qu'il y a trois mois, un avis de recherche a été lancé. Aurore Harrison a disparu et n'a jamais été retrouvée. Dans le dossier que l'on nous a donné, elle n'apparaissait pas. C'était voulu ou elle ne fait pas partie des victimes potentielles du tueur aux poupées russes ?

— Eh bien... Aurore Harrison est toujours recherchée par

nos services et par l'État de Pennsylvanie. Mais contrairement aux autres, elle est plus jeune. Elle a seize ans et suivait des cours en ligne. C'est la première disparition avant toutes les autres, mais nous ne sommes pas certains que les deux affaires soient liées. D'après ses parents, elle était en dépression depuis quelque temps et nous pensons que c'était peut-être une fugue. Aurore était pourtant suivie par un psychologue, mais elle refusait qu'on l'aide.

— À Mademoiselle Rodes… annonce Griffin avec un drôle de sourire.

Lincoln se raidit et lève le regard sur moi. Je me redresse en sentant presque le sol s'ouvrir sur mes pieds ou plutôt en l'espérant pour pouvoir disparaître de cet endroit.

Chapitre 3

Je me concentre sur le shérif Sullyvan, ignorant volontairement Ezra dont je sens maintenant toute l'attention.

— Bonjour, j'ai trouvé que plusieurs scénarios avaient vite été relayés aux oubliettes. L'homme qui enlève et tue ces femmes fait preuve d'une telle mise en scène que tout porte à croire que c'est soit un adepte des coutumes russes, soit il cherche juste à épater la galerie avec ces meurtres morbides. Pourquoi…

— Nous avons bien sûr orienté l'enquête vers ces deux suppositions, rien n'a encore été écarté, mais à l'heure actuelle tout est possible, me coupe le shérif.

— Pourquoi ? insisté-je.

— Je suis désolée, mais ça fait partie des éléments que nous préférons garder sous-couverts pour l'instant.

— Mais…

— Mademoiselle Rodes, vous n'avez droit qu'à une dernière question. Vous venez d'en perdre une en reposant la même question, me signale Griffin.

— Mais… très bien. Généralement, on fait appel au FBI quand l'enquête piétine et qu'il s'agisse bien sûr d'une affaire d'État. Avez-vous trouvé d'autres corps ailleurs qu'en Pennsylvanie ?

— Attendez… Mais oui, je vous reconnais, s'écrie brusquement le Shérif sans répondre à ma question, me faisant sursauter au passage.

Je sens Mickaël se raidir à mes côtés.

— Vous êtes Kerrigan Rodes. La folle qui a voulu fouiner dans des dossiers confidentiels et oser me donner un coup de genou quand je l'ai attrapée, grimace le shérif en me jetant un regard noir.

— Encore une fois Shérif Sullyvan, ça a été instinctif et je…

— Ouais… Parce qu'on agresse souvent les gens dans un bâtiment rempli de flics.

— J'ai…

— Pour répondre à votre question Mademoiselle Rodes… Comme je le dis à certains de vos congénères de la presse poubelle… Je n'ai plus de commentaires !

Soufflée, je ne bouge pas, mais je sens Mickaël tirer sur mon bras. Je le repousse, mais il persiste. Je vois Lincoln contracter la mâchoire en lorgnant la main de Mickaël sur mon bras. J'arrache mon bras à Mickaël avant de me rasseoir.

— Bon, il va falloir accélérer, car l'heure passe vite. Monsieur Costa… C'est à vous.

J'écoute à peine les échanges, Mickaël me scrute, je sens son regard peser sur moi, mais l'ignore. Quand son tour arrive, je me force à reprendre le fil, mais en levant les yeux, je tombe directement sur le regard de Lincoln. Il plisse les yeux avant de reporter son attention sur Mickaël.

— Bonjour, je m'appelle Mickaël Macpherson. Mon père est…

— Posez vos foutues questions Macpherson, on n'est pas là pour montrer qui pisse plus haut. Et ces hommes n'ont pas de temps à perdre, s'agace Griffin.

Mickaël lui jette un regard hautain et serre les poings. Je vois ses phalanges blanchir, mais il se reprend vite et se racle la gorge.

— Pourquoi le FBI ne prend pas directement le relais ? Vous avez plus de marge en ce qui concerne les enquêtes et collaborer avec le Shérif ne vous rapporte rien, balance-t-il avec une hargne non dissimulée.

Le Shérif Sullyvan pose ses coudes sur ses genoux, hermétique aux commentaires insultants de Jefferson. Lincoln se lève et avance, le froid envahit la salle. Sa colère est perceptible à travers sa posture. On entendrait presque une mouche volée. Je laisse mon regard errer sur son torse musclé couvert par un pull noir et sur ses jambes serrées dans un jean de la même couleur. Je mords la lèvre et au même moment nos regards se croisent. Un bref sourire incurve son visage avant qu'il ne se ferme de nouveau en lorgnant Mickaël.

— Si je suis là, Monsieur Macpherson, c'est que l'affaire est bien aux mains du FBI, mais cela ne veut pas dire que toute aide extérieure est refusée ou insignifiante. C'est vrai qu'on a plus de moyens et que nous n'avons toujours rien qui nous permette d'appréhender l'auteur de ses meurtres, quel que soit le nom qu'on lui donne. Nous avons déjà un profil, même s'il reste encore des zones d'ombre. Le profiler a émis qu'il s'agirait d'un homme entre vingt et trente ans ayant une très haute opinion de lui-même. C'est une personne lambda faisant preuve d'empathie, mais surjouée. Il charme pour appâter. Cet homme est intelligent, mais peut vite devenir violent et sans états d'âme. Il peut paraître tout à fait normal, comme vous et moi, mais son état mental est instable. On attend encore les conclusions, mais on peut déjà dire qu'il souffre de nombreuses psychoses.

— Vous parlez de folie, le problème c'est que cela les

envoie seulement en asile. Ces cas ne passent pas par la case prison ou alors, uniquement le temps du procès. Qui vous dit que le meurtre n'est pas ancré tout simplement en lui et que pour lui ce n'est qu'un passe-temps comme jouer au golf ?

Je suis si choqué par son aplomb et par le choix de ses mots que je mets quelques instants à réaliser.

— Si vous considérez ce meurtrier comme une personne normale, Monsieur Macpherson, vous avez tort. Vous avez lu le dossier que Monsieur Griffin a confié à l'ensemble des étudiants qui suivent ce cours. Ces femmes ont été torturées, violentées et assassinées, avant d'être laissées sur la place publique, déguisées comme à l'époque des tsars. Comme des trophées ! Une mise en scène qui laisse à penser que rien chez ce tueur n'est normal.

— Une dernière question Agent Lincoln... J'ai appris par un intermédiaire qu'aucune trace de sperme n'avait été détectée. Comment savez-vous qu'elles ont été violées ?

Lincoln monte lentement les marches, je frissonne malgré moi en le sentant s'approcher. Il s'arrête devant Mickaël, je n'ose pas regarder dans sa direction. Le silence dans la salle est encore une fois lourd de sens, mais personne ne le rompt. Je sens Mickaël bouillir à mes côtés et je finis par lever mon visage et je le regrette instantanément. Lincoln me fixe comme si nous étions seuls dans l'amphi. Je n'arrive pas à me défaire de ses sublimes yeux vairons, un bleu presque translucide et l'autre vert clair, moucheté de bleu. Je me suis souvent surprise à me perdre dans son regard autrefois et ça m'agace de me rendre compte qu'aujourd'hui que c'est encore le cas. Lincoln finit par revenir vers Mickaël.

— Vous voulez les détails morbides, Monsieur Macpherson. Alors, je vais vous répondre… il semble réfléchir, puis revient sur ses paroles. En fait, non. Je n'ai plus de commentaires, Monsieur Macpherson et à l'avenir, montrez un peu plus de respect envers les forces de police. Elles font en sorte de calmer les petits prétentieux, fils à papa qui organisent des orgies avec alcool et drogues en tous genres sans qu'ils soient appréhendés. Vous devriez plutôt, vous la fermer !

— Petite merd…

— Si j'étais vous, je ne terminerais pas cette phrase ! Je pourrais très bien vouloir démontrer à un petit-bourgeois arrogant, comment un agent fédéral peut immobiliser un suspect. Bien sûr ce serait juste aux fins de démonstrations pédagogiques.

La tension est aussi ténue qu'un fil à coudre, un rien peut la briser. Mais Mickaël se rassoit en regardant droit devant lui, la mâchoire contractée en ignorant à présent Lincoln. Je me tasse en ayant envie de sortir de cette salle. Honteuse, malgré le peu d'estime que j'ai pour Ezra, je n'aime pas être associée à Mickaël. Son regard est revenu sur moi et il me détaille. Je rougis, mais ne baisse pas les yeux. J'ai froid et j'ai chaud en même temps. J'ai déjà la main sur l'anse de mon sac quand Griffin se racle la gorge.

— Bien… C'est au tour de Mademoiselle Valentine. On vous écoute…

Lincoln n'a pas bougé et Mickaël dirige son attention sur lui pour savoir ce qu'il fabrique. Quand il comprend qu'il est plus intéressé par moi que par toute autre chose, j'entends ses dents grincer.

— Vous vouliez éclaircir un autre sujet Agent Lincoln ? persifle Mickaël.

— Non, Monsieur Macpherson, je pense, qui n'y a plus rien à voir, balance sadiquement Lincoln avant de tourner les talons, de redescendre les marches et de sortir de la salle sans attendre la fin du cours.

Les nerfs à fleur de peau, j'ai des picotements qui me parcourent comme si mon sang afflue à nouveau dans mes veines. Six ans que Lincoln est sorti de ma vie et juste une seconde pour que mon attirance envers lui résonne en moi comme la toute première fois où je l'ai rencontré.

C'était à Reading.

J'habitais là-bas avec mes parents dans une grande maison aux murs d'un blanc immaculé. Les Lincoln ont aménagé l'année de mes douze ans. Ezra avait quatre ans de plus que moi, mais nous étions devenus amis, même si je détestais qu'il sorte avec de nombreuses filles de son âge.

Mais à mes dix-sept ans, tout a soudain changé et pas comme je l'aurais espéré.

Ezra

J'étais à deux doigts de lui mettre mon poing dans la figure et d'envoyer cette enflure à l'hosto. En six ans, je m'étais toujours contrôlé. J'ai été formé pour rester calme et mesuré, mais aussi pour me battre, pour décrypter des données, pour des infiltrations, pour… Quand j'ai entendu le nom Rodes résonner dans l'amphi et que je l'ai vue. Je me suis retrouvé six ans plus tôt, mon sac sur l'épaule devant chez mes parents avec une Kerrigan en pleurs parce que je m'en allais. La revoir aujourd'hui m'a paralysé un moment avant que son copain n'ouvre la bouche pour débiter son laïus de parfait petit connard.

Qu'est-ce qu'elle fout avec ce type ! ?

La Kerrigan d'aujourd'hui, à l'air beaucoup plus forte, mais en même temps, inaccessible. Ses cheveux roux sont plus longs. Ses yeux dorés très clairs bariolés de vert sont plus brillants. Son tempérament est plus fougueux aussi. Depuis toutes ces années, chaque femme que je rencontrais, je les comparais à elle, sans pouvoir m'en empêcher. Sur les marches de l'amphithéâtre de l'Université de Penn, j'attends Jack Sullyvan, ami depuis deux ans, il est mon opposé, souriant, amical avec une foi inébranlable envers l'être humain et Dieu, malgré son expérience en tant que Shérif, il reste imperméable à la bêtise de certaines personnes. Certains étudiants descendent les marches, Kerrigan arrive rapidement vers moi sans s'apercevoir que je me trouve sur son chemin, mais elle est stoppée par l'abruti qui lui attrape le bras avec force. Je vais pour m'avancer, mais Kerrigan le repousse et recule suffisamment pour qu'il la relâche.

— Kerrigan, tu te comportes comme une idiote ! Tu vas rentrer avec moi, il faut qu'on parle.

— Non ! C'est toi qui agis comme un connard ! Ne t'avise plus de m'agripper le bras ou de me parler comme si j'étais une gamine. C'est TERMINÉ ! Un simple baiser, une seule et unique fois ne te donne aucun droit. Est-ce clair ? !

Elle a posé ses lèvres sur ce petit connard !

— Tu es à moi Kerrigan, le seul qui peut dire ça, c'est moi ! Et je ne l'ai pas décidé, alors tu viens et bon sang, ferme-la !

Je m'avance pour lui mettre mon poing dans la figure, mais Kerrigan me devance et le gifle fort. La tête de cet abruti part en arrière.

— Ne m'appelle plus, ne me parle plus, ne me regarde même plus ! Tu entends !

Je m'interpose en me mettant devant Kerrigan, dos à elle.

— Monsieur Macpherson, je pense que Mademoiselle Rodes vous a demandé de la laisser tranquille. Alors à moins que vous ne vouliez que je vous embarque pour agression sur la personne de Mademoiselle Rodes, partez !

J'ai vraiment envie qu'il me donne une raison de lui passer les menottes. Macpherson fulmine en essayant de voir Kerri derrière moi. Il me lance un dernier regard chargé de haine et commence à s'éloigner, mais s'arrête.

— Kerrigan… Quand tu auras fini tes caprices, il faudra qu'on ait une véritable discussion toi et moi, persiste l'abruti.

Je sens Kerrigan se tasser derrière moi sans répondre. Macpherson nous contourne en s'arrêtant près d'elle. Je mets mon bras devant elle qui s'y accroche. Je suis surpris, je m'attendais à ce qu'elle me repousse, mais visiblement, elle est à bout avec ce Macpherson.

— Kerrigan, tu devrais vraiment réfléchir. Je ne serai pas toujours patient.

— Je pense Mickaël que tu devrais consulter et la prochaine fois, je porte plainte.

— Ouais, parce que tu imagines qu'on va te croire. Que tu peux faire le poids face à mon nom ?

— Putain, Mickaël ! Ce n'est pas parce que ta famille est riche que tu peux agir en toute impunité pour agir comme le pire des connards. Dégage !

— Eh ! Qu'est-ce qu'il se passe ? demande-le Shérif Sullyvan, suivi de son collègue et du professeur Griffin.

— Je pense que ce type croit que grâce à son nom, il peut se permettre d'agresser et contraindre une fille, asséné-je en me retenant de prendre Macpherson par le collet de lui mettre une bonne droite.

Jack se place devant Macpherson et je fais reculer Kerrigan. Elle se fond dans mon dos et mon corps réagit instantanément à son contact. Je suis loin d'être un saint et la sentir si proche est véritablement infernal.

— Monsieur Macpherson, si vous ne voulez pas de problème. Je pense que le mieux c'est de partir et de ne plus vous approcher de Mademoiselle Rodes, lui conseille Jack sans relâcher son regard.

Macpherson me regarde, puis alterne sur Kerrigan et finit par partir. Elle me lâche le bras et me fixe, semblant ne pas savoir quoi penser. Elle porte un pull angora sur un jean moulant et une petite veste beige. Elle était belle, il y a six ans, aujourd'hui avec ses longs cheveux roux ondulés, son visage fin et ses grands yeux verts braqués sur moi, elle est devenue sublime.

Chapitre 4

— Qu'est-ce qu'il s'est passé bon sang ? bougonne Jack.

— Mademoiselle Rodes, tout va bien ? lui demande le professeur Griffin.

— Oui Professeur Griffin, Mickaël m'a agrippé le bras, mais ça va, explique-t-elle. Il… Il vaut mieux que j'y aille, reprend-elle très vite et sans me regarder. J'ai un cours dans trente minutes. Mais tout va bien maintenant. Merci Agent Lincoln d'être intervenu. Enfin, je… Enfin, salut.

Elle dévale les marches en prenant la direction inverse de Jefferson et disparaît dans la marée d'étudiants. Elle a fait comme si l'on ne se connaissait pas et bien que j'ai fait exactement la même chose dans l'amphi et même maintenant, ça me rend furieux.

— Tu la connais Ezra ? me questionne Sullyvan.

— Ouais… Elle était ma voisine quand nous étions plus jeunes. Mais je ne l'avais pas revu depuis six ans.

— Mademoiselle Rodes est une excellente étudiante, très sérieuse, indique Griffin. Mais depuis trois mois, elle n'est plus la même. Son travail est impeccable, mais différent. Elle traîne avec Macpherson depuis trois mois aussi. Je crois qu'ils étaient simplement amis avant de sortir ensemble. J'ai essayé de lui parler, mais j'ai senti qu'elle ne préférait pas en discuter. Elle arrive très souvent en retard, s'excuse à chaque fois. Mais elle est agitée, semble sur les dents. Hier, Macpherson lui a pris la main en cours, elle l'a laissé faire un moment, mais peu après je l'ai vu grimacer et retirer sa main d'un coup sec. Ensuite à la fin du cours, elle venait me rejoindre pour qu'on discute de son retard, Macpherson l'a agrippé par le bras et ils se sont disputés. Je n'ai pas tout entendu, mais je crois qu'elle lui a dit de la laisser tranquille. Ce type, je ne le sens pas, mais pas du tout. Il fait partie d'une confrérie qui n'accueille que des gosses de riches. Un de mes collègues qui est parti à la retraite m'en a touché deux mots et il semblerait que ce qui se passe dans cette confrérie ne soit ni légal, ni tout à fait sain. Le comportement de Mickaël Macpherson m'inquiète.

— Est-ce que vous avez assisté à d'autres scènes du même genre avant-hier ? lui demande Jack.

— Une fois, il y a deux semaines, mais…

— Quoi ? grogné-je, irrité parce que je viens de voir et

d'entendre.

— Mademoiselle Rodes était encore en retard. Je lui ai demandé de venir s'asseoir plus près ce qui l'a éloigné de Macpherson. Il a serré les poings, mais n'a rien dit quand elle a changé de place. Mais à la fin du cours, Macpherson l'a rejointe pendant qu'elle rangeait son sac et il lui a encore agrippé le bras. Kerrigan a tiré et la Manche de son pull est remontée. Elle avait un bleu au poignet. Kerrigan a vite fait de la redescendre et Macpherson lui a pris la main. Elle l'a suivi, mais elle traînait des pieds et semblait porter le poids du monde sur ses épaules.

— Bon sang ! Pourquoi elle ne porte pas plainte ? s'insurge Jack.

— Moi, ce que je me demande surtout c'est pourquoi elle a accepté ça ? Ça ne lui ressemble pas, elle a toujours eu un foutu caractère, indépendant et très mature.

— En six ans, les gens changent, objecte Jack.

— Oui, Jack a raison Agent Lincoln. Kerrigan est une élève brillante et avec un parcours presque sans tache. Mais elle aime sortir des sentiers battus et refuse les règles. Ça fait six mois qu'elle est dans mon cours, mais il y a, à peu près trois mois, elle s'est comme effacée. Elle ne parlait plus en cours, restait dans son coin avec Macpherson. Elle a effectué un stage, il y a tout juste 4 mois au New Yorker, elle a fait un travail admirable et quelques articles ont été publiés, et il y a un mois, elle a commencé à publier des reportages, qu'elle n'était pas à même d'écrire et qui la dépassent, à mon avis. Quand elle veut quelque chose, Mademoiselle Rodes fonce dans le tas. Allant même jusqu'à dépasser certaines limites.

— Que voulez dire ? questionné-je.

— Ezra, j'ai dû l'arrêter pour intrusion dans les archives de la police. Normalement, ils sont sous scellés, mais Rodes a réussi à pénétrer à l'intérieur sans qu'on arrive à savoir comment, me répond Jack Sullyvan. Elle a dit que quand elle est arrivée, la porte était ouverte. Il y a eu un bug avec les caméras de surveillance ce jour-là. On présume que ça a déconnecté la sécurité, mais nos techniciens ont dit que c'était impossible, reprend-il.

— Kerrigan est une tête brûlée, mais je ne la vois pas rentrer par effraction pour un putain d'article. Vous savez Professeur Griffin sur quoi elle écrivait ?

— Mademoiselle Rodes vendait ses articles sur le tueur de poupées russes, Agent Lincoln. Elle parlait de lui comme si elle pouvait voir dans sa tête. C'était détaillé, on aurait dit qu'elle voulait le provoquer.

— Comment ça ?

— C'est elle qui lui a donné ce surnom de « *tueur de poupées russes* ». Dans tous les autres journaux, ils faisaient référence à lui en tant que boucher fanatique. Mais Mademoiselle Rodes, l'a nommé ainsi selon la signature de ce malade qui se trouvait sur les victimes d'après elle.

Il soupire en se passant une main sur le visage comme s'il était chiffonné. Ce qui n'est pas loin d'être mon cas.

Comment a-t-elle pu découvrir ce détail, alors qu'on avait réussi à le cacher ? Quelque chose cloche et je vais bientôt découvrir quoi...

Je crois Kerrigan à des choses à me dire et je ne vais pas attendre bien sagement qu'elle vienne de son propre chef.

— J'avoue que j'ai hésité à accepter que ce devoir parle de ce malade. Mais j'étais curieux de voir mes étudiants faire leur propre interprétation et voir si certains ont le potentiel pour s'investir et écrire professionnellement dans un grand journal. En plus, le New Yorker a accepté de publier l'article qui correspond le mieux à leur ligne directrice, si bien sûr ce dernier s'alimente exclusivement sur des faits et non des on-dit. Bien... Mon prochain cours va commencer. Merci pour votre présence aujourd'hui et je suis désolé que Monsieur Macpherson vous ait littéralement insulté. Agent Lincoln, vous avez fait preuve d'un sacré self-control, moi-même, je ne sais pas si j'aurais réussi. Macpherson a le don de me faire sortir de mes gonds.

— Merci à vous Professeur Griffin et à vrai dire, j'étais à deux doigts de perdre patience. Désolé d'être sorti avant la fin.

— Je comprends... Jack, un poker vendredi soir ?

— Je veux ! C'est le soir où Jeannette est au Bridge et que je ne suis pas d'astreinte.

— Agent Lincoln, vous êtes le bienvenu si ça vous tente.

— Pourquoi pas...

Je me passe une main sur le visage et regarde dans la direction que Kerrigan a prise. La première chose que je vais faire avant de partir d'ici, c'est de me rendre au bureau des admissions et demander l'adresse de Kerrigan Rodes.

Penthouse, centre de Philadelphie 24 octobre

21 h 15

2 040 Market Street

Kerrigan Rodes

Te inveni [4]

— Faire les saintes-nitouches ne t'aidera pas, me menace gentiment Rosie.

— Tu délires ?

— Nope ! C'est notre secret ma belle. Promis, je ne dévoilerai jamais que ton comportement est dû à une consommation de Prozac que tu prends en ce moment, plaisante Rosie.

— De quoi tu parles ? demandé-je méfiante.

— Kerri, tu es la fille, la plus sérieuse que je connaisse, mais ma petite chérie, depuis un certain temps maintenant, tu es distraite, en retard en cours, tu oublies sans arrêt de rappeler tes parents, tu ne sors plus et la plupart du temps tu es à l'ouest. À quel moment tu vas me dire ce qui t'arrive ? Ah oui… J'oubliais, tu laisses Mickaël t'embrasser, te parler comme à un chien et maintenant tu ne veux même plus fêter ton anniversaire. Je veux te voir danser ce soir même sur une barre transversale en petits dessous, pétée comme tu ne l'as jamais été et surtout, rire.

Je l'avais vu venir à des kilomètres qu'elle ne me laisserait pas tranquille aujourd'hui, mais la dernière chose que je désire,

---

[4] Je t'ai trouvé

c'est bien fêter mon anniversaire. J'ai beau n'avoir que vingt-quatre ans, depuis quelque temps, j'ai l'impression d'en avoir dix de plus.

— Rosie, je suis désolée, j'ai beaucoup de boulot. Je suis juste un peu surmenée, c'est tout, mens-je.

Les sourcils froncés, elle me regarde comme si un troisième œil m'avait poussé sur la tête. Roseanne Walker, alias Rosie, est une grande liane rousse aux yeux marron clair d'un mètre soixante-dix. Petite bombe, fofolle et excentrique, elle traque le mensonge, comme Colombo, mais sans son Basset.

— OK, j'ai compris. Tu ne veux rien me dire, devine-t-elle.

— Rosie, je…

— Ah, non, ne me dis pas encore que tu es désolée ! Ce soir, on sort que tu le veuilles ou non. Vingt-quatre ans, ça se fête, presque un quart de siècle !

Et là ! Le recours au travail qui s'accumule n'est plus la solution. Je sais que je n'y échapperais pas. Je m'apprête à lui parler d'Ezra, puis y renonce. Je ne saurais même pas, par où commencer.

— Très bien, mais ne t'attends pas à ce que je fasse un strip-tease et danse sur le bar. Juste un verre ou deux… Peut-être trois, mais évite de clamer à tout va, que c'est mon anniversaire !

— Tu sais très bien que c'est de notoriété publique que je suis la plus discrète, la plus belle, la plus classe et la plus intelligente de nous deux.

— Pardon, c'est vrai Kate Middleton ! ironisé-je. Bon, on va où ?

Elle me regarde de la tête aux pieds et soupire.

— Ben pour l'instant nulle part. Tu vas aller prendre une douche et je poserais sur ton lit des vêtements.

Il ne me reste plus qu'à faire mon salut militaire !

— OK...

Chapitre 5

Midtown Village, Philadelphie,

24 octobre 22 h 20

10 °C

« Megan's Bar & Kitchen »

Kerrigan Rodes

La voix d'Ed Sheeran sur « *Thinking Out Loud* » nous accueille à l'entrée du bar. On est venues avec la voiture de Rosie, une Impala bleu métallisé, sièges chauffants intégrés, qu'elle s'est achetée le mois dernier sur un coup de folie.

À l'intérieur, l'atmosphère ambiante avec sa lumière feutrée est chaleureuse. On se faufile difficilement jusqu'à une table logée au fond de l'établissement. Rosie commande deux

Corona et je laisse mon regard errer à travers la salle, quand je croise celui d'Ezra. Je me fige telle une statue de sel.

Qu'est-ce qu'il fait là ?

Il porte un blue-jeans avec un pull blanc en laine. Je laisse mon regard le parcourir, affamé, puis je me secoue. Deux fois en deux jours, ce n'est pas une simple coïncidence.

— Alors, raconte-moi un peu ce qui te perturbe ? Aujourd'hui, tu as la tête de quelqu'un qui vient de voir un revenant, me demande Rosie.

Je quitte les prunelles d'Ezra et tout en tentant de l'ignorer, je viens me concentrer sur Rosie.

— Tu te rappelles quand je t'ai parlé d'Ezra Lincoln, quand tu voulais connaître le type qui m'avait rendue méfiante en amour ?

— Le mec dont tu étais amoureuse, il y a des années de cela ?

— Oui. Celui qui est parti avec ma virginité, mes illusions d'adolescente et mon petit cœur en miettes. Il a débarqué au cours du Professeur Griffin avec le shérif et un médecin légiste.

Son front se plisse en étudiant mon visage.

— Attends, tu es bien étudiante en journalisme ? Pourquoi sont-ils venus expressément dans ton cours ? Il y a eu un nouveau meurtre et cette personne faisait partie de ton cursus ? Et le médecin légiste, il était sexy ?

Je roule des yeux, faisant abstraction de sa dernière question. D'autant plus que le Docteur Mars est loin d'être le genre de Rosie.

— Non, le tueur aux poupées russes n'a pas frappé depuis une semaine, dis-je une boule m'obstruant la gorge. Mais le Professeur Griffin veut que nous étudiions le dossier et que nous écrivions un article dessus. Alors il a convié le Shérif à participer au cours d'aujourd'hui afin qu'on puisse le questionner. Déjà que mes antécédents avec le shérif ne m'ont pas rassurée afin de me rendre en cours. Mais quand j'ai vu Ezra franchir la porte, j'ai eu l'impression que cette journée ne pouvait pas être pire. Il est apparemment devenu agent du FBI et il était lui aussi convié à répondre à nos questions. Et comme si ça ne suffisait pas, Mickaël a dépassé les limites et mon ex a eu une petite altercation avec lui. Il est sorti de l'amphi après ça et à la fin des cours Mickaël m'a encore pris la tête. Évidemment, Ezra n'était pas loin et il est intervenu pour le faire partir.

Rosie sourit en tamponnant ses ongles sur le bois verni de la table.

— Je constate que tes journées sont plus animées que les

miennes ! s'amuse-t-elle.

Alors que moi, je suis loin de trouver ça drôle !

— Et apparemment, ce n'est pas terminé ? répliqué-je.

— Qu'est-ce que tu veux dire ?

— Ne te retourne pas, mais l'un des hommes assis au bar, c'est Ezra.

Elle va pour faire volte-face, mais je la retiens par le bras et elle revient rapidement vers moi.

— Je t'ai dit de ne pas te retourner !

Elle souffle en levant les yeux au ciel.

— Mais j'ai hâte de le voir. Tu me l'as décrit comme un spécimen rare.

— Et c'est le cas, c'est un fantasme à lui tout seul.

Je jette un coup d'œil vers lui et je découvre encore son regard posé sur moi. Sans quitter ses prunelles, je continue de m'adresser à Rosie.

— Il n'est pas seulement beau, son regard vairon est un cocktail aphrodisiaque, un œil bleu presque translucide et l'autre vert clair, moucheté de bleu. On pourrait penser que c'est étrange, surtout avec le blanc neigeux de sa chevelure, mais non, il est d'une beauté presque irréelle.

De l'autre côté du bar, je vois Ezra pencher la tête sur le côté en détaillant mon visage, je l'étudie aussi en le matant sans vergogne.

—Son corps a été taillé dans la glaise, il est grand, musclé, doté d'un visage doux et dur à la fois tandis que sa manière d'évoluer dans une pièce, ne laisse personne indifférent. Mais il y a aussi sa façon de poser les yeux sur toi comme si... Comme si...

— Bordel de merde Kerri, tu es encore amoureuse de lui ! s'exclame-t-elle comme si elle venait de découvrir un gisement de pétrole.

— Non ! répondis-je vivement.

Peut-être un peu trop vite pour le coup.

— Kerri, tu ne l'as pas lâché du regard. Tu le dévores littéralement et tu parles de lui comme si tu le vénérais.

Je secoue la tête et Ezra plisse les yeux. Cette fois-ci, je force littéralement mon inconscient à squeezer ses magnifiques iris, et reporte toute mon attention sur mon amie.

— Non, mais quand tu le verras, tu comprendras de quoi je parle.

On nous dépose nos bières, ce qui me sort complètement de ma léthargie. Je prends une inspiration pour me donner du courage.

— Qu'est-ce qui t'arrive Kerri ? me demande Rosie.

J'attrape ma bière et me lève.

— Je reviens, lui dis-je sans lui donner d'autres explications.

Il est installé sur un des tabourets du bar, une bière à la main, pendant que ses yeux se baladent sur mon corps à la manière d'un rayon X. Lorsque je me place entre lui et un client assis sur le tabouret juste à côté du sien, il ouvre ses jambes et me coince entre elles.

Garde ton calme Kerrigan !

— Salut Kerri… Bon anniversaire, me susurre-t-il en glissant une main dans mon dos afin de me rapprocher de lui. Vingt-quatre ans, c'est bien ça ?

Son parfum boisé m'enveloppe et j'ai la sensation de revenir six ans en arrière.

— Qu'est-ce que tu fais là, Ezra ?

Il incurve ses lèvres, dévoilant ce fameux sourire qui m'a toujours fait craquer.

Allez Kerrigan ! Ne retombe pas encore amoureuse de cette bouche ni de cette petite fossette ni de ses yeux magnifiques ! Tu es plus forte aujourd'hui, plus mature et plus réfléchie.

— Tu te rappelles ce petit jeu auquel on jouait avant ? On se regardait droit dans les yeux, sans flancher et on répondait à la question de l'autre sans mentir. Tu as envie de jouer, Kerri ?

Ezra ramène une mèche de mes cheveux derrière mon oreille, dépose un baiser sur le bout de mon nez en m'offrant un clin d'œil. J'essaie de reculer, mais ses mains s'ancrent sur mes hanches, m'empêchant de me soustraire.

— À quoi tu joues, Ezra ?

— Ce n'était qu'une suggestion, Kerri… Tu pourrais sinon me parler de ta vie, de ces six dernières années ?

— Pourquoi ? En quoi, ça pourrait t'intéresser ? Je me souviens d'un gars qui s'est barré du jour au lendemain, il y a six ans et qui m'a laissée en plan.

Je baisse les yeux sur son pull qui lui colle à la peau. Ezra se penche jusqu'à frôler mon oreille.

— Regarde-moi, Kerri, m'ordonne-t-il.

Je garde obstinément la tête baissée et essaie encore de reculer, mais il resserre sa prise.

— Regarde-moi, Kerrigan ! gronde-t-il en prenant mon menton entre ses doigts. Maintenant, on ne joue plus, reprend-il.

Il ramène mon visage à hauteur du sien et me dévisage. Son regard est comme un orage, tournant avant l'averse.

— On m'a beaucoup parlé de toi et je ne me souvenais pas de toi si téméraire. Entrer par effraction dans les archives de la police, ça ne te ressemble pas, me sermonne-t-il comme s'il en avait le droit.

Pour qui se prend-il ? Six ans sans nouvelles... Et aujourd'hui, il vient me faire la leçon ?

— Tu ne me connais pas !

— Apparemment pas ! C'est bien pour ça que je vais te poser directement la question. Qu'est-ce que tu caches ?

— Rien ! réponds-je un peu trop vite encore une fois.

Il penche son visage sur le côté et un mince sourire apparaît rendant son expression dure et belle en même temps.

— Vraiment ?

— Écoute, je suis venue avec une amie et elle m'attend. On pourrait refaire l'introspection de nos vies une autre fois.

Je sens la pression de ses mains se desserrer, j'en profite pour me libérer et me retourne pour partir quand sa main attrape mon bras, me faisant faire volte-face.

— Je vais te laisser une chance de venir vers moi avant que je ne découvre ce que tu caches.

Il sort une carte de l'arrière de son jean et la glisse dans la poche arrière du mien, me faisant frissonner au passage.

Nom de Dieu, chaque geste de sa part me donnerait presque un mini-orgasme.

— Au cas où tu te décides à me parler, il y a mon numéro de téléphone dessus et j'y ai ajouté mon adresse. Mais si j'étais toi, je prendrais rapidement une décision, parce que si je découvre tout seul ce que tu cherches à dissimuler, je risque d'être moins tolérant.

Il me dépose encore un baiser sur le bout de mon nez, vide sa bière et récupère la mienne que j'avais oubliée dans ma main.

— Si tu choisis de tout me dire avant que je quitte ce charmant bar irlandais, je pourrais être encore plus clément.

Il s'éloigne et part s'installer à une table un peu plus loin. Je soupire et retourne retrouver Rosie. Elle est maintenant avec deux hommes à notre table. Je me crispe en reconnaissant l'un d'entre eux, Mickaël ! Je ne comprends pas ce qu'il fait ici, je n'ai pas envie de le voir, encore moins de l'entendre. Je ne suis pas prête pour une énième dispute, mais je ne pense pas pouvoir l'éviter. Je suis coupée sur mon chemin par un grand brun. Il se place devant moi.

— Salut, je m'appelle Sacha, j'aimerais vous offrir un verre ?

Il est plutôt pas mal et il serait un bon dérivatif pour un soir, mais avec Ezra aux premières loges et Mickaël qui ferait sûrement un scandale, je préfère m'abstenir.

— Merci, mais je ne suis pas seule.

— C'est dommage, les jolies filles ne sont jamais

disponibles.

Je tente de le contourner quand Mickaël surgit comme un cheveu sur la soupe.

— Elle est prise, alors dégage, lui crache-t-il sèchement.

Sacha lève les mains en l'air, sourit et disparaît. J'ignore Mickaël et pars rejoindre Rosie en conversation avec un rouquin aux yeux verts. Je m'assois et Mickaël m'imite.

— Eh ! Où est ta bière ? Tu aurais dû inviter Monsieur l'agent du FBI à notre table. Mon Dieu ! J'ai eu des bouffées de chaleur rien qu'à vous regarder !

Mickaël se tend à mes côtés et je sens poindre une migraine.

— Il voulait juste me demander quel genre de bière, je pouvais lui conseiller ici, galéjé-je, en préférant que Mickaël ne sache pas que je le connais depuis longtemps.

— Pourtant vous aviez l'air de bien vous connaître tous les deux Kerrigan, tu peux m'expliquer ? demande aigrement Mickaël.

Je me tourne vers lui et plisse les yeux. J'en ai vraiment assez de me confronter à lui. Je note au passage qu'il a suivi notre échange avec Ezra, mais son trouillomètre face au bel agent du FBI devait être activé, parce qu'il n'est même pas intervenu comme avec Sacha, quelques instants plutôt.

— Ça ne te concerne pas !

— On est ensemble Kerrigan, alors j'ai le droit de savoir.

Rosie grogne en tapant du poing sur la table, je sursaute.

— Bon sang « *Monsieur Cul serré* », vous n'êtes pas ensemble ! Il faut vraiment que tu le comprennes, en fait on ne peut pas vraiment parler de relation entre vous ! Elle t'a laissé l'embrasser une fois, une seule et unique fois ! Et elle était complètement sèche, alors passe à autre chose et arrête de t'incruster dans sa vie !

— Ça n'a aucun sens Roseanne, je peux apporter beaucoup de choses à Kerrigan et tu devrais au contraire encourager notre couple, dit-il d'une voix acerbe.

Ce type commence sérieusement à m'exaspérer ! Stop ! J'en ai marre, il faut vraiment qu'il sorte de ma vie et peut-être même qu'il consulte un psy.

— Mickaël, j'ai horreur de me répéter alors tu vas intégrer ce que je vais te dire et si ça ne suffit pas, je demanderai une injonction d'éloignement. Je ne t'aime pas, je ne supporte plus ton comportement, si jamais je l'ai vraiment supporté un jour et pour la centième fois, il n'y a pas de NOUS !

— Tu veux vraiment jouer à ça Kerrigan ?

Chapitre 6

Pourquoi le mot « jouer » est dans la bouche de tout le monde ce soir ?

— Je ne veux rien venant de toi, Mickaël ! Oublie-moi ! Passe à autre chose, ce bar est rempli de femmes. Tu n'as que l'embarras du choix !

Mickaël se penche vers moi, je recule instinctivement, comme si mon corps se révulsait à l'idée qu'il m'approche ou de sentir son parfum. Il attrape mon bras et serre tellement fort que ses jointures blanchissent et mon sang arrête d'irriguer mon épiderme. Je retiens le cri qui remonte dans ma gorge, alors que Rosie se lève d'un bond. Il a réussi à me faire un bleu l'autre jour à force de me serrer le poignet, je ne tiens pas à réitérer la chose.

— Pourrais-tu retirer ta main du bras de Kerri ou je te jure que je te fais ravaler ta sale face de snobinard et je te coupe ce qui te sert à dire que tu es un mec ! le cingle Rosie rouge de colère.

Le rouquin que je ne connais ni d'Ève ni d'Adam se redresse aussi et pose une main ferme sur l'épaule de Mickaël.

— Eh mec ! Je ne dis rien depuis que tu t'es installé à notre table, alors que je faisais tranquillement connaissance avec la miss, mais franchement tu es désagréable et tu deviens agressif, donc il serait peut-être temps que tu te barres et vite !

Mickaël ne m'a pas quitté des yeux et je peux lire dans son regard toute la haine et l'amertume qui s'en dégage.

Il me fait de plus en plus peur, ma peau commence à réagir à la douleur et mon esprit à son comportement de plus en plus tordu !

— Eh ! Lâche-la ! Je ne te le répéterai pas une autre fois, le menace le rouquin.

Mais avant qu'il ne mette sa menace à exécution et que je comprenne ce qui se passe. Mon bras est libéré de son emprise et la tête de Mickaël est appuyée contre la table. Ezra le maintient contre le bois en lui comprimant un bras derrière le dos. Il se baisse vers le visage de Mickaël à un souffle de son oreille.

— Je te conseille de lâcher l'affaire ou il y a de fortes chances que je m'intéresse un peu plus à ton cas, siffle-t-il entre ses dents.

— Je peux porter plainte pour agression que vous soyez

agent du FBI ou pas, cela ne vous donne pas tous les droits ! Ma famille connaît les juges de cette circonscription, s'égosille Mickaël, le visage convulsé de colère.

— C'est formidable de croire que parce qu'on est né avec une cuillère en argent, que ça peut te servir de planche de salut pour agresser une femme et aussi faire pression sur un juge de la ville pour retourner la situation. Si tu ne la laisses pas tranquille, je pourrais en référer au recteur de l'université. Je ne pense pas que dans ton dossier universitaire, le harcèlement soit un bon facteur pour intégrer un journal. Est-ce que je me fais bien comprendre ? insiste Ezra.

Mickaël serre les dents, mais ne réplique pas, je frotte mon bras et remonte la manche de mon pull, une marque rouge y est imprimée. Je la rabaisse vivement, mais pas assez vite et Rosie m'attrape le poignet et la remonte. Elle l'inspecte, les lèvres pincées et se tourne vers Mickaël.

— Mickaël Macpherson, je vais te faire regretter d'être né ! crie-t-elle.

Tout le bar est tourné vers nous. On doit offrir une belle attraction ce soir dans ce bar irlandais où je ne mettrai sûrement plus jamais les pieds.

Merde ! J'adore ce bar, moi.

— Monsieur Macpherson, je crois que vous n'êtes plus le

bienvenu. Si je vous relâche, est-ce que vous allez sortir de ce bar sans que j'aie encore une fois à intervenir ?

Mickaël hoche sèchement la tête. Ezra se recule en le desserrant doucement. Mickaël se redresse tout en remettant en place le col de sa chemise. Il prend sa veste posée sur le dossier de la chaise où il était assis et s'en va sans nous regarder. Je récupère enfin mon souffle, avant de remarquer le regard d'Ezra posé sur moi. Je n'ai pas le temps de le remercier que Rosie l'invite à s'asseoir avec nous.

— C'était vraiment sympa de nous avoir aidés, Mickaël est pire qu'une sangsue avec Kerri et en plus, il devient facilement agressif.

Ezra s'approche de moi et tire une chaise en me la présentant.

— Assois-toi Kerri, m'ordonne-t-il.

Les nerfs encore à fleur de peau, je n'ai brusquement plus envie de le remercier, mais de l'envoyer se faire voir... Même si Ezra vient de me libérer d'un poids, je n'ai pas envie qu'un autre le remplace, en se la jouant autoritaire !

— Non, je vais rentrer, dis-je pour le contredire, bien qu'à cet instant j'aimerais vraiment être chez moi.

— Mais non Kerri, ne laisse pas cet abruti nous gâcher la soirée. Je n'ai même pas eu le temps de te présenter Mac, me supplie-t-elle en faisant référence au rouquin.

— Désolée Rosie, mais je suis crevée.

Elle abdique en se tournant vers son nouvel ami.

— Bon, je vais rentrer avec elle. On peut se donner un rendez-vous un autre soir.

— Pas la peine, je vais la raccompagner, terminez votre soirée, leur propose Ezra sans me consulter.

Rosie fronce les sourcils et secoue la tête. Mais je ne veux pas que sa soirée et cette nouvelle rencontre soient foutues à cause de moi.

— Super ! Tu vois Ezra va me ramener et toi amuse-toi bien. Mac prend soin d'elle et désolée pour… enfin pour…

— Kerri, tu es sûr ? Je peux très bien rentrer avec toi, s'obstine Rosie.

— Non… Profite… Je te promets que la prochaine fois, Mickaël Macpherson ne fera pas partie du paysage.

— Si seulement tu disais vrai ! OK, mais envoie un message pour me dire que tu es bien rentrée et ne fais rien que je ne ferais pas, susurre-t-elle avec un grand sourire.

Rosie me serre contre elle et je salue Mac. Ezra attrape ma veste et m'aide à l'enfiler. Comme à chaque fois, qu'il est proche de moi, mes terminaisons nerveuses virent au rouge. Cette proximité me remue jusqu'aux tréfonds de mon être. Ça, ça n'a pas changé.

— Eh ! Bien, Ezra, j'ai été ravie de faire votre connaissance, glisse Rosie au passage en m'envoyant un clin d'œil.

Ce qui est loin d'être discret, mais connaissant Rosie, c'est le mieux dont elle puisse faire preuve.

— Moi aussi, lui répond simplement Ezra.

Nous leur disons au revoir et sortons du bar. Le froid me gifle le visage. En voyant Ezra sans manteau, je me demande si même en pleine calotte glaciaire, il serait aussi insensible au froid. Une main posée dans le bas de mon dos, Ezra me conduit jusqu'à une Range Rover noire aux vitres teintées. Il déverrouille les portières et m'invite à monter. Lorsqu'il démarre et prend la route, je n'ai toujours pas dit un seul mot. Quand je me rends compte qu'il ne m'a même pas demandé mon adresse.

— À quel point, tu t'intéresses à moi et mes petits secrets ? J'ai la sensation que tu connais mon adresse, sans que j'aie à te la donner. Est-ce que vous m'auriez suivie ce soir, Agent Lincoln ?

Ezra prend le temps de répondre, me jette un bref coup d'œil et finit par grogner.

Hummm… Comment est-ce possible qu'un simple petit

grommellement puisse me faire autant d'effet ?

— Est-ce vraiment important ? me balance-t-il comme si on parlait de la pluie et du beau temps.

Non bien sûr ! Rien n'est important tant que l'agent Lincoln ne l'a pas décidé ! Juste une intrusion dans ma vie ! Après tout, ce n'est pas si grave, comparé au fait qu'il m'ait carrément suivie !

— Je suppose que te répondre d'aller te faire foutre est une réponse qui pourrait ne pas te convenir ?

Il sourit, ce qui me donne envie de le gifler !

— Ne me pousse pas à bout Ezra !

Il ricane franchement tout en conduisant tranquillement.

— Je trouve que la Kerri qui sort de ses gonds est beaucoup plus sexy, que celle qui se fait maltraiter par un connard !

— Je m'en serais très bien sortie toute seule, je n'avais pas besoin de ton aide ! Mais merci quand même ! me cabré-je avec une mauvaise foi évidente.

— Ouais, j'ai vu ça ! ironise-t-il.

Je ne réponds rien et reste silencieuse. Le trajet se poursuit ainsi jusque chez moi. Ce qui me convient parfaitement. Dès qu'il coupe le moteur, je sors en claquant la porte et me dirige droit vers ma porte d'entrée. Je ne l'entends pas redémarrer et me fige, lorsque je le sens juste derrière moi.

— Tu crois que je vais partir sans essayer de discuter un peu avec toi ?

J'ouvre la porte et entre sans répondre. Je me retourne pour refermer, mais il force le passage et entre à son tour. J'ouvre la bouche pour l'incendier, mais il me plaque contre le mur et m'embrasse. Dès que ses lèvres touchent les miennes et sa langue caresse la mienne, je gémis sans pouvoir m'en empêcher. Ses mains s'aventurent sous ma veste, me faisant frissonner. Elles glissent sur mes fesses, avant de passer sous mon pull et atteindre ma peau. Sa bouche descend lentement sur ma gorge, me couvrant de baisers. Il se réapproprie rapidement mes lèvres. Lorsque mon manteau tombe et que mon haut suit le même chemin, j'essaie encore de réfléchir, mais quand il se recule assez pour retirer son pull et qu'il se retrouve torse nu, mon cœur rate un battement. Entre le roulement de ses muscles, la beauté de cet homme et le désir que je vois luire dans son regard, j'ai la sensation qu'on me coupe littéralement la respiration. Une cicatrice de plusieurs centimètres lui barre le torse. Je pose la main dessus et j'en suis le tracé. Les larmes me montent aux yeux et les questions s'enchaînent dans ma tête. Ezra s'empare de ma main, l'embrasse et se penche pour m'embrasser, mais je le stoppe.

— Attends… Raconte-moi ce qu'il s'est passé ? murmuré-je.

— Kerri, je ne pense pas que tu aies envie de savoir, me dit-il d'une voix si rauque que j'en oublierais presque ce qui m'a arrêtée.

Je ne peux pas mettre ce qu'il se passe sur le compte de l'alcool, je n'ai pas eu l'occasion de boire une seule gorgée de bière. Je ne peux pas non plus dire que c'est un coup de folie ou peut-être bien que si. Mais je sais que c'est une erreur, car malgré la réelle alchimie qui existe entre nous et le fait que je n'ai jamais pu résister à ses yeux vairons dont l'intensité éveille en moi, un véritable cataclysme, je vais sûrement le regretter.

— Je crois... Je crois que ce qui serait mieux pour nous deux, c'est que tu t'en ailles, déclaré-je finalement tout en me collant à lui.

Son souffle brûle mes lèvres, j'ai tellement envie qu'il m'embrasse encore que je ne sais pas si je veux qu'il m'écoute ou qu'il ignore mes derniers mots.

— Il y a quelque chose d'étrange Kerri, souffle-t-il. J'entends tes mots, mais ton corps s'est avancé contre moi au même instant et je sens que tu en as autant envie que moi. Alors, es-tu absolument sûre que tu veux que je m'en aille ?

Il n'y a qu'une chose dont je suis certaine, c'est que s'il s'en va sans que j'aie goûté encore à ses lèvres, je vais devenir cinglée. Je fais le premier pas et l'embrasse. Mes mains s'égarent dans ses cheveux, il me soulève de terre, accentuant le baiser. Mes jambes s'enroulent d'elles-mêmes autour de sa taille. S'il fait froid à l'extérieur, à l'intérieur, la température a grimpé de plus d'une dizaine de degrés. Je mords sa lèvre inférieure et gémis quand il dégrafe mon soutien-gorge et vient taquiner la pointe de mes seins avec ses doigts. Quand il s'arrête brusquement, je lui griffe les épaules et dépose des baisers dans son cou, sans prêter plus attention que ça, au fait qu'il ne bouge plus. Lorsqu'une voix s'élève dans la pièce, la lave qui coulait dans mes veines se gèle instantanément.

— Oups… Faites comme si nous n'étions pas là ! lance Rosie derrière Ezra qui fait rempart entre mon amie et ma quasi-nudité.

J'aperçois les cheveux du rouquin au-dessus de la tête d'Ezra, avant de fermer les yeux très très fort !

J'entends une porte claquer et desserre mes jambes autour de la taille d'Ezra, avant de me laisser glisser le long de son corps.

Il me transperce du regard et je baisse les yeux pour essayer de me reprendre.

— Laisse-moi deviner Kerri… Le moment est passé ?

— Oui.

Il soupire, ramasse son pull, l'enfile avant de me faire face.

— Kerri, même si tu ne me laisses jamais plus t'embrasser, dis-toi bien que je ne laisserai pas tomber en ce qui concerne ce que tu caches.

Je reprends un peu d'assurance en remettant mon haut et lui souris ironiquement.

— C'est ce que tu cherchais il y a quelques minutes dans ma petite culotte… Mes secrets ?

— Eh bien, je sais déjà ce qui se trouve dans ta petite culotte Kerri, si tu te souviens bien, on a déjà couché ensemble, il y a six ans, donc tu n'as plus aucun secret à ce niveau-là.

Un goût amer remonte dans ma gorge et je m'en veux d'avoir cédé si facilement.

— Oui, effectivement. Et Monsieur a mis les voiles le lendemain.

— Tu savais que je partais au petit matin Kerrigan. Je m'étais engagé dans l'armée.

Je hausse un sourcil et croise les bras.

— Oui, c'est vrai. J'étais juste la petite voisine âgée de 17 ans que tu as décidé de séduire avant de partir. Donc, lui écrire ou l'appeler de temps en temps n'était pas envisageable.

— Tu étais jeune, j'étais plus âgé de quatre ans et je ne

voulais pas que tu tombes amoureuse de moi.

Je ris en secouant la tête, à ce souvenir si difficile à oublier. Pour ce qui concerne le fait de tomber amoureuse de lui, c'était déjà trop tard, le mal était fait.

— Bien sûr, s'encombrer d'une jeune fille ne faisait pas partie de tes priorités. Je l'ai bien compris ne t'en fais pas ! Surtout le lendemain quand ta mère m'a expliqué qu'en fait, tu devais n'intégrer l'armée que dans une semaine, mais tu voulais d'abord retrouver ton ex-petite amie. Attends, comment elle s'appelait déjà ? Susan Broman ?

— Je devais parler à Susan, Kerri. Elle avait décidé d'arrêter ses études et de rejoindre un mouvement terroriste. Je n'y suis pas allé pour redonner un nouvel élan à notre couple Kerrigan, dit-il comme si tout avait un sens.

Je savais que Susan était partie, mais tout le monde racontait qu'elle avait obtenu un contrat de mannequinat à Los Angeles. Je pensais que ma jalousie favorisait mon mauvais jugement envers elle. Je la voyais comme une poupée Barbie blonde sans cervelle avec un fond plus noir qu'une nuit sans étoile. Finalement, j'étais loin de la vérité.

Cette fille était carrément cinglée.

— Très bien, maintenant qu'on a mis les choses à plat, tu peux partir, décrété-je abruptement.

Il avance vers moi, je recule jusqu'à me retrouver acculée contre le mur. Ezra pose ses avant-bras de chaque côté de ma tête et abaisse la sienne jusqu'à ce que son nez frôle le mien.

— On doit sérieusement discuter Kerri, tu me caches quelque chose, je le sens. Et ce quelque chose à avoir avec ce barbare qui tue des femmes, tu as intérêt à avoir une bonne explication. Parce que si jamais tu pouvais aider à résoudre cette affaire, je ne pourrais pas fermer les yeux, me prévient-il d'un ton ferme.

La gorge sèche, mon estomac effectue plusieurs saltos. Les mots me brûlent les lèvres, mais je reste la bouche scellée.

— Va-t'en ! m'emporté-je.

Je pose mes mains sur son torse et le repousse violemment. Il agrippe mes poignets et les lève au-dessus de ma tête, sans efforts, évidemment !

— Kerri, je sais que quelque chose t'empêche de parler, mais si tu réfléchis bien, tu verras que je suis ton seul allié. Ne m'oblige pas à prendre des mesures plus radicales. Kerri… Le jour où les regrets s'installent, c'est déjà trop tard, penses-y.

Il me relâche et sort de chez moi sans se retourner. Je me laisse glisser le long du mur et ramène mes genoux contre moi. Ce n'est que quand je me passe une main sur le visage que je me rends compte que je pleure.

Chapitre 7

Penthouse, centre de Philadelphie

25 octobre

22 h

2 040 Market Street

J'ai à peine fermé l'œil de la nuit, hier soir. Les lettres du tueur à poupées russes étalées sur mon couvre-lit, je relis son tout premier message. La première fois que je l'ai lu, j'ai eu des frissons dans le dos. La comptine enfantine que ma mère me chantait pendant mon enfance me fait horreur aujourd'hui. Ce cinglé a repris les vers de la comptine en la pervertissant.

Au clair de la lune,

Mon alter ego,

Prête-moi ta plume

Pour porter mon nom.

Ma chandelle est forte,

Elle fluctue mon feu,

Ouvre-moi ta porte,

Pour sauver tous ceux,

Qui dans ton cœur ne font pas encore partie

des cieux.

À la fin de cette berceuse, une note me demande d'écrire un article sur lui et ses meurtres. En insistant bien sur le fait que je doive me faire publier.

Ce que je n'ai eu aucun mal à faire, au vu des détails qu'ils m'ont demandé de retranscrire dans mes articles. J'ai vomi plusieurs fois avant de pouvoir finir mon premier papier les autres fois aussi.

Le message est signé « *Tueur de poupées russes* ». Tout le monde croit que c'est moi qui ai affublé ce psychopathe de ce nom, mais il a juste eu besoin de moi pour revendiquer ce nom qu'il s'est choisi et dont il croit sûrement qu'il va servir à le glorifier. Le second est du même acabit et ainsi de suite. Sauf que les menaces sont plus précises, pointant les gens que j'aime un par un. Je ne sais pas pourquoi, il m'a choisie. Il aurait pu prendre une véritable journaliste, pas une étudiante en fin d'études. Ezra a raison, il faut que je lui en parle, mais si ce sociopathe me surveille, je ne peux pas le faire sans prendre mes précautions.

Ce soir, oui ce soir, je lui dirai tout.

1 025 Westview st

Philadelphie

25 octobre

23 h 30

Une seule petite lumière éclaire une pièce à l'étage de la maison d'Ezra. Je n'aurais jamais pensé le voir habiter dans une aussi grande bâtisse. J'avance doucement en contournant l'entrée. Ce n'est pas le plan le plus élaboré ni le plus génial, mais le temps me manque et je ne sais pas quand le tueur aux poupées va encore frapper. Je ne pense pas avoir été suivie, j'ai emprunté la voiture de Rosie au cas où l'assassin surveillerait la mienne et je suis habillée de la tête aux pieds en noir. La baie vitrée qui donne sur le jardin est entrouverte. Je la pousse, rentre et la referme derrière moi. Sa maison est majestueuse de l'extérieur et à l'intérieur, elle me paraît spectaculaire. Je pars à la recherche de mon bel agent en faisant le moins de bruit possible. Le manque de lumière ne me permet pas d'admirer la déco, mais je ne suis pas là pour ça. Je déniche la cuisine et pose mon sac sur l'îlot central. Je continue ma progression jusqu'à tomber sur l'escalier. J'inspire profondément et grimpe les marches, arrivée sur le premier palier, j'ai les mains qui tremblent. Je longe les murs en prenant soin de ne pas me cogner contre un meuble. Une lumière filtre au bas d'une porte, je n'ai pas fait deux pas que deux mains m'agrippent et me plaque contre le mur. La lumière jaillit dans le couloir et un regard vairon me foudroie. Une porte s'ouvre sur ma gauche et une blonde sculpturale en sort en déshabillé de nuit bleu.

Tuez-moi tout de suite !

Ezra, tourne mon visage vers lui et le maintient en imprimant ses doigts sur mon menton.

— Je peux savoir ce que tu fiches ici ?

— J'avais besoin de te parler...

— En rentrant chez moi par effraction ? Tu ne pouvais pas m'appeler ou passer en journée ? Ça devient littéralement une habitude chez toi d'entrer sans y être invitée ou quoi ?

— Je ne suis pas entrée par effraction, c'était ouvert, répliqué-je avec désinvolture.

— Donc, entrer sans y être conviée te paraît normal ? N'as-tu pas donné la même réponse à Sullyvan. Tu crois que ça passera mieux avec moi ?

— Ezra, je dois te parler et ça ne peut pas attendre. Est-ce qu'on ne pourrait pas revenir sur le fait je suis venue chez toi sans te prévenir et que j'ai passé la porte sans autorisation, un peu plus tard.

Dans mon champ périphérique, je vois la blonde s'avancer vers nous et poser une main sur sa hanche. Décidément, ce mec collectionne les blondes pulpeuses avec sûrement en guise de cervelle, un grain de poussière !

— Hé bébé, tu pourrais renvoyer cette intruse qu'on puisse continuer ce qu'on faisait ?

Sans me quitter des yeux, Ezra lui répond :

— Sachka, prends tes affaires et barre-toi ! lui ordonne Ezra.

— Tu plaisantes ? s'offusque-t-elle.

— Non, je dois parler avec cette jeune intruse, alors ne discute pas.

— Tu ne sais pas ce que tu perds ! se vante-t-elle.

Elle fait volte-face et repart dans une des chambres.

En même temps, il ne perd pas grand-chose.

Ou alors, j'essaie simplement de me rassurer…

— Kerri, va m'attendre au salon. Je n'en ai que pour quelques minutes, après tu m'expliqueras comment une jeune fille de dix-sept sans problème peut devenir une femme que même les lois de notre État n'arrêtent pas.

Je hoche simplement la tête et me libère sans résistance de sa part. Ezra rejoint la blonde et je descends dans le salon, j'allume juste une petite lampe et m'assois sur le canapé d'un blanc immaculé. Il y a une grande cheminée et une table en bois de cerisier, un écran plat accroché au mur et un petit bar près de la baie vitrée. Tout est dans des tons clairs, c'est très harmonieux. Il y a des photos de ses parents un peu partout. Son père est un homme brun, très grand, possédant les mêmes yeux vairons qu'Ezra. Une porte claque et j'entends les pas d'Ezra revenir vers moi. Je lève mon regard sur lui et le découvre dans le chambranle de la porte en bas de pyjama, torse nu. Ce mec est une véritable plaie, mais une plaie d'une beauté cataclysmique et mon cœur s'arrête encore. Il rejoint le bar, dispose deux verres dessus et nous sert un pinot noir.

— Tu peux retirer ta veste, me propose Ezra, non sans me jeter un regard.

Il vient vers moi avec les deux verres et m'en tend un. Prenant place en face de moi, il boit le verre d'un trait et le dépose sur la table basse. Je prends une grande inspiration, retire ma veste et l'observe sans rien dire. Il s'attend sûrement à ce que je parle, mais je reste muette. J'ai tellement peur de sa réaction que j'hésite sur le choix de mes mots. Finalement, je me lève, mais Ezra m'attrape le poignet et me force à me rasseoir.

— Kerri, il est tard, alors parle !

Je hoche la tête et baisse les yeux sur ses doigts toujours sur mon poignet.

— J'ai besoin d'espace là, peux-tu me lâcher ?

Il sourit, se frotte le menton de sa main libre et penche la tête sur le côté.

— Non, au moins je suis sûr que tu ne vas pas t'échapper. Alors Kerri, tu vas enfin me confier tes secrets les plus noirs ou l'on va passer la nuit à se regarder dans le blanc des yeux ? L'un ou l'autre ça me va, mais un jour ou l'autre, ce ne sera plus suffisant.

— D'accord, mais les informations que je vais te donner ne

devront pas être répétées à tout le monde et je voudrais que tu me promettes une chose avant.

— Laquelle ?

— Je veux que ma famille et mon amie Rosie soient sous protection policière, débité-je rapidement en baissant le regard.

Il me lâche d'un seul coup le poignet et s'enfonce dans son siège.

— Est-ce que je vais avoir besoin d'un autre verre, Kerri ?

— Sûrement ! Prends donc la bouteille !

Il soupire, se redresse et appuie ses mains de part et d'autre de mes jambes posées sur le canapé.

— Je t'écoute…

Je lève à nouveau le regard.

— Promets-moi d'abord, Ezra.

— Merde ! Alors j'avais vu juste ! Tu as des renseignements sur ce tueur ! Bon sang, Kerrigan, comment tu en es arrivée là ?!

— Parce que tu crois que c'est de ma faute ! Je n'ai rien demandé, je suivais tranquillement mes cours, je sortais à peine et à part Douglas en première année et Mickaël, enfin, si l'on peut considérer un simple baiser comme un début de relation… Bref, je n'ai fréquenté personne. Une bonne sœur a une vie plus vivifiante et intéressante que la mienne.

— D'accord, alors tu as découvert des informations sans le vouloir et maintenant tu hésites à les communiquer, c'est ça ?

— Non, pas exactement. Il m'a écrit… lui avoué-je avec un filet de voix.

Je n'ai pas le temps de continuer qu'Ezra attrape mes avant-bras et me relève.

— Qu'est-ce qui t'a pris ? Pourquoi ne pas avoir appelé la police ? ! Pourquoi as-tu caché une chose pareille !

J'essaie de me soustraire, mais il resserre sa prise. Je me débats, la colère remontant à la surface.

— Parce que tu crois que j'ai eu le choix ? ! Il menaçait de s'en prendre à ma famille, à mes amis et… À toi.

— Moi ! ? Pourquoi s'en prendre à moi ? Et à part rentrer dans les archives de la police, qu'est-ce que tu as dû faire pour lui ?

Soudain vidée de mes forces, je me laisse aller contre lui, ses bras se referment sur moi. Il pose son menton sur ma tête et je respire beaucoup mieux.

— Il a commencé à m'envoyer des messages il y a plus d'un mois. J'ai trouvé le premier mot dans un de mes bouquins, le deuxième dans une poche de ma veste, le troisième sous mon oreiller. J'ai changé les serrures de l'appartement que je partage avec Rosie sans lui expliquer pourquoi, mais maintenant je garde un revolver sur moi et le pose sur ma table de nuit quand je dors. Il voulait que j'écrive des articles sur lui, que j'influence les gens en parlant de lui et que je l'appelle « *Le tueur de poupées russes* » en précisant que c'était la signature qu'il déposait sur ses victimes.

Il me caresse le dos, embrasse mon front et me relève la tête pour que je le regarde dans les yeux.

— J'ai compris qu'il y avait anguille sous roche, quand Griffin m'a dit que tu l'avais nommé comme ça dans tes articles. Cette information n'a jamais été rendue publique. Ensuite ? Parce qu'il n'y a pas que ça, n'est-ce pas ? L'effraction au poste ?

— Apparemment, tu réfléchis plus que Griffin, lui n'a clairement pas été surpris. Bref, il voulait que je récupère le dossier qui le concernait et que je le brûle, mais évidemment, je me suis fait prendre et je n'ai pas pu aller jusqu'au bout. J'ai eu peur qu'il mette ses menaces à exécution, mais quand je suis rentrée, il y avait un mot sur la porte de chez moi. Pendant que le shérif s'occupait de mon cas, il a apparemment réussi à récupérer le dossier, à en faire une copie et à remettre le dossier d'origine à sa place. En fait, il avait tout calculé d'avance, il savait que je me ferais prendre, il s'est servi de moi pour détourner l'attention.

— As-tu encore ses messages ?
— Oui, ils sont chez moi.

Chapitre 8

— En as-tu eu d'autres ? me demande Ezra.

— Non, mais je sais que ça ne va pas durer. Je ne sais pas s'il me surveille, alors j'ai emprunté la voiture de Rosie et j'ai attendu qu'il fasse nuit pour venir.

Toujours dans ses bras, je me fige brusquement en me rappelant qu'une femme à moitié nue était ici, il y a encore quelques minutes, alors qu'hier à peine, on était prêt à faire l'amour dans mon entrée. Ezra doit avoir senti la tension de mon corps, car il recule en fronçant les sourcils.

— Quoi ? me demande-t-il. Il y a autre chose ?

Je me libère de ses bras et croise les miens en remettant un peu de distance.

— Non, rien d'autre.

Pas dupe pour un sou, il prend la même posture que moi et attend.

— Bon, maintenant que je t'ai tout avoué que comptes-tu faire ?

— Eh bien, je vais appeler mon coéquipier et lui remettre

les messages que tu as reçus, pour que le laboratoire les examine. Il y a peu de chance d'y trouver des empreintes à part les tiennes, mais au point où l'on en est, il ne faut rien ignorer. Je vais demander des agents pour la sécurité des tiens et à partir de maintenant, je veux que toi aussi, tu sois sous protection. Ah oui ! En ce qui concerne l'arme chez toi...

— Je t'arrête tout de suite, il n'est pas question que je m'en sépare.

— Ce n'est pas ce que j'allais dire, je veux au contraire qu'elle te suive partout où tu vas. As-tu un permis de port d'arme ?

— Oui et j'ai pris des cours de tirs.

— Très bien, demain on ira chez toi récupérer les messages qu'il t'a envoyés, puis tu iras en cours et moi j'irai au bureau.

— Ezra, le tueur a l'air d'avoir les yeux et les oreilles partout, je ne sais pas à qui l'on peut faire confiance.

— Pour l'instant, il n'y aura que Logan Cooper, mon coéquipier en qui j'ai toute confiance et toi. Tant que je ne sais pas pourquoi il t'a choisie et comment il a pu avoir tous ces renseignements te concernant, on va partir du principe que quelqu'un de notre entourage l'informe. On ne s'est pas vu depuis six ans Kerri et nos retrouvailles datent seulement d'hier. Donc pour qu'il connaisse le lien qui nous unit, il a soit une personne dans la place, soit il a fait partie de nos vies à un moment donné.

— J'y ai pensé, en fait, j'ai pensé à peu près à tout, mais je ne comprends pas. Pourquoi moi ?

— C'est ce que je vais découvrir. En attendant, il est tard, on va aller se coucher.

Je ne sais pas pourquoi, mais sa phrase semble ambiguë, je récupère ma veste et m'apprête à l'enfiler pour rentrer chez moi quand j'entends gronder derrière moi.

— Je peux savoir ce que tu fabriques ? me demande Ezra en me retournant vers lui.

— Je rentre chez moi et l'on se retrouve demain...

— C'est hors de question ! Tu vas dormir ici cette nuit et l'on partira ensemble demain matin.

— Non !

— Si ! Et si je dois t'attacher pour que je puisse fermer l'œil alors, je n'hésiterai pas.

Je capitule et repose ma veste.

— OK, où je peux dormir ?

Un bref sourire apparaît sur son visage, avant qu'il ne se rapproche de moi. S'il pense qu'on va coucher ensemble alors qu'il n'y a pas si longtemps, une blonde occupait sa chambre, je jure que je lui arrache la tête.

— Tu peux dormir dans mon lit, je dormirai dans une chambre d'amis ou dans celle de mes…

Et me glisser dans des draps où il s'est vautré avec cette femme, non merci !

— Non, je préfère la chambre d'amis.

— Pourquoi, j'ai changé les draps ce matin et tu y seras beaucoup mieux.

Je prends une brève inspiration et le regarde droit dans les yeux.

— Non merci, le parfum de ta blonde doit encore s'y trouver, alors je préfère un peu moins de confort, mais sans odeur artificielle.

Une lueur dangereuse brille dans son regard.

— Nous étions dans l'une des chambres d'amis, ma chambre est mon sanctuaire.

— Je vois… Merci de ton sacrifice, mais une autre chambre, vu que tu as l'air d'en posséder plusieurs, fera aussi bien l'affaire.

Il passe une main sur son visage en soupirant.

— Kerri, je ne vais pas me disputer avec toi pour savoir quelle pièce tu prendras, mais sache que si tu continues, je te fais dormir, attachée à mon lit et je serais juste à côté de toi, histoire de t'énerver comme tu m'énerves.

Il en est tout à fait capable et je suis tellement fatiguée que je choisis d'abdiquer.

— OK, peux-tu me montrer où se trouve ton sanctuaire ? demandé-je ironiquement, histoire de l'agacer encore. Remarque vaine puisqu'à priori, il s'en fout comme de l'an quarante.

Nous remontons, je le suis et l'on bifurque sur la droite, trois portes sont fermées dont celle où la blondasse est sortie avant qu'il n'ouvre une pièce au fond du couloir. Lorsqu'il allume la lumière, je découvre un grand lit à baldaquin en bois, une cheminée dont le foyer est allumé et une salle de bains mitoyenne.

— Si tu veux prendre une douche, il y a des serviettes propres dans le placard à côté de la baignoire.

Je le vois se diriger vers le tiroir d'une commode et en sortir un tee-shirt. Ezra le pose sur le lit et s'occupe de remettre du petit-bois dans l'âtre.

— Je n'allume pas les chauffages avant mi-novembre, mais tu ne devrais pas avoir froid. Si jamais ça ne suffit pas, tu peux toujours me rejoindre, se moque-t-il en levant les yeux vers moi.

— Ça ira, je pense que je peux me débrouiller toute seule.

Il m'observe un moment et finit par hocher la tête. Ezra se dirige vers la porte quand il stoppe net et revient vers moi. Je recule et me retrouve acculée entre la porte de la salle de bains et lui. Il est si proche que je suis obligé de lever la tête pour le regarder.

— Ezra...

— On va mettre les choses au clair Kerri. Je veux que tu ne me caches plus rien, la moindre information est vitale. C'est clair ?

— Oui.

— Je veux aussi que tu me donnes ton emploi du temps et que tu me dises s'il y a des changements.

Je hoche la tête et attends la suite, car je sais qu'avec lui rien n'est acquis.

— Et pour ce qui est de Mickaël Macpherson, je vais me renseigner un peu plus sur lui, mais je ne veux plus qu'il t'approche. Alors si jamais c'est quand même le cas, je veux le savoir.

OK, là, ça va trop loin.

— Ezra, Mickaël n'est pas un danger pour moi, je peux très bien me débrouiller, alors non, sur ce dernier point, je ne suis pas d'accord.

Il m'embrasse, me faisant taire et force le barrage de mes lèvres, je le mords, mais il intensifie le baiser et ma traîtresse de bouche succombe. Avant que je ne puisse réfléchir, ses mains retirent mon pull et je me retrouve en soutien-gorge. Il se colle contre moi et je noue mes mains derrière sa nuque en me hissant sur la pointe des pieds, j'ai tellement envie de lui que ma raison se fait la malle à chaque fois. J'aime sentir sa peau tout contre la mienne, ses mains qui se baladent sur la chute de mes reins et la protubérance que je sens poindre entre nous. Le gémissement qui monte de ma gorge me sort de la brume qui a envahi mon cerveau et je le repousse. Nos respirations chaotiques font écho, mais contrairement à lui, je me rappelle très bien la femme que j'ai vue tout à l'heure. Je serai juste une femme de plus dans son lit, alors que si je cède, je sais qu'inconsciemment, je perdrais à nouveau des morceaux de mon cœur.

— Tu devrais peut-être rappeler ta blonde, parce que je ne coucherai pas avec toi, affirmé-je d'une voix si faible que même moi, je ne me croirais pas.

— Ah oui ? Tu aimerais vraiment que je lui dise de revenir, Kerri ? Parce que tu semblais contrariée tout à l'heure.

— Pas du tout ! mens-je effrontément.

Sa bouche frôle mon oreille, il fait glisser ses doigts dans mes cheveux, ses lèvres brûlantes se promènent sur ma nuque, je voudrais pouvoir faire semblant d'être détachée, mais il sent combien mon corps réagit au sien, il me connaît assez pour savoir que je le désire autant que lui.

— J'ai rencontré Sachka dans un bar ce soir, en fait le même qu'hier soir, je m'attendais à te voir débarquer, mais je n'ai vu que ta copine arriver avec le mec qui l'a draguée hier, Mac, je crois. Et puis Sachka m'a abordé, je me suis dit qu'elle serait un bon dérivatif à la rousse qui était dans mes bras contre un mur en train de gémir, avant que sa copine n'arrive et gâche le moment. Et je me suis aussi dit que nous deux, ce n'était pas une bonne idée, alors…

— Alors tu t'es dit Sachka ou une autre… Tu pourrais donc facilement te satisfaire avec n'importe quelle femme et oublier ton écart avec moi.

Un sourire machiavélique se dessine sur son visage, j'ai toujours été à sa merci, complètement éprise de son regard vairon, de son corps massif, de son caractère conquérant, passionné et ravageur. Quand il est près de moi, ma témérité, mon caractère bien trempé disparaissent pour juste le savourer, le sentir, le dévorer du regard et du toucher.

Mais je suis plus forte que ça.

Je dois être plus forte que cela.

— Tu as tout faux, Kerri. Si seulement je pouvais t'oublier, j'arriverais à me retenir de te dévorer des yeux et d'avoir envie de te baiser si fort que tu crierais mon nom, murmure-t-il contre ma peau provoquant des frissons en sentant son souffle sur ma peau.

Terrifiée par ce besoin primitif qui fait écho au mien, je sais d'avance que si je le laisse gagner, à la fin je perdrais tout. Je rejette la tête en arrière en fermant les yeux, quand ses lèvres me torturent en descendant sur ma clavicule, ses mains suivent le contour de mon soutien-gorge. Mon ventre se tord d'envie, de désir et de frustration liés à ma soif de lui depuis des années. Je ne sais pas ce qui m'arrête vraiment, la blonde de tout à l'heure, le fait qu'il me jettera comme une merde après ou juste l'instinct de survie... Je me dégage de ses bras et mets de la distance entre nous.

— Je ne suis pas doué pour la patience, Kerri.

— Je sais, tu es non seulement autoritaire, têtu et impatient comme un gosse... D'ailleurs ta réputation, il y a six ans, aurait dû me rebuter. Et ça crève les yeux qu'encore aujourd'hui, tu changes de partenaire comme on change de culotte.

— D'accord... Alors tu préfères donc garder la tienne parce que... résume-t-il en ne finissant pas sa phrase.

Je soupire en enfilant le tee-shirt qu'il m'a laissé sur le lit.

— Je sais très bien que ça ne mènera nulle part et avec toi, c'est trop fort, trop vite et surtout, je ne contrôle jamais rien !

Il m'étudie encore un moment, semblant en proie à ses propres tourments. Puis il finit par ramasser mon pull et le reposer sur une chaise près de l'âtre. Il s'avance vers la porte et s'arrête, le dos tourné au chambranle.

— Je t'attends demain matin dans la cuisine à six heures, m'informe-t-il en sortant de la chambre.

Je ne réponds rien et il referme derrière lui. Je me souviens encore de la première fois qu'on a fait l'amour, c'était vraiment ma première fois. Ça avait été un véritable échange entre nous. Doux, lent et patient au début et ensuite c'était devenu plus fougueux. Je n'ai jamais cessé de rêver de lui. À chaque fois que je rencontre quelqu'un, je le compare à lui. Il faut que j'arrive à l'oublier, même si aujourd'hui ça risque de devenir encore plus dur avec sa présence à nouveau dans ma vie. Épuisée, je retire mes chaussures, mon jean et me glisse dans le lit, en jetant un regard noir au tee-shirt qu'il m'a laissé sur le lit. Je m'endors instantanément à peine les yeux fermés.

Chapitre 9

1 025 Westview st

Philadelphie

26 octobre

6 h

Ezra

J'ai passé la nuit à essayer de m'expliquer comment j'ai pu la laisser s'insinuer en moi. Avant qu'elle débarque hier soir dans la maison de mes parents qu'ils utilisent une fois par an, sans y être invitée, ma bouche parcourait une grande blonde plantureuse au parfum de mélisse. J'avais besoin de me détendre, emmagasiner six mois d'infiltration dans un gang de motards pour revenir enquêter sur un tueur en série sans repos. Pour finalement, tomber sur Kerrigan, a fait exploser le plafond de ma tension artérielle. Je me sers un café et me pose sur l'îlot central de la cuisine. J'entends des pas venir vers moi, sans un mot et sans me retourner, je lui indique la cafetière.

— Laisse-moi deviner... Ezra Lincoln est silencieux le matin ? m'asticote-t-elle.

J'émets un grognement et termine mon café.

Je ne lève pas les yeux sur elle, trop dangereux, trop tôt et pas assez de caféine dans le sang.

— Super ! J'adore faire des monologues. J'ai bien dormi, merci ! Enfin, c'est sûr que j'aurais préféré qu'il fasse un peu plus chaud, mais la literie était confortable. Tu savais que le choix d'un matelas est primordial ? C'est vrai, c'est important pour le dos qu'il ne soit ni trop dur, ni trop mou. Les coussins en revanche sont trop mous, j'ai un peu mal au cou. Surtout, dis-moi si je t'ennuie ?

Autre grognement.

Je me lève pour me resservir une tasse et l'effleure au passage. Je me tends et évite de la regarder. Elle soupire et prend à son tour un café.

— Je suppose que l'homme de Néandertal a soif de paix le matin. Juste une question... La blonde d'hier, tu l'aurais renvoyée chez elle après l'avoir sautée ? Non parce que... Je me dis que vu ton humeur du matin, tu ne dois pas être du style à les garder jusqu'à l'aube. Cette fois, je lève la tête et plante mon regard dans le sien. Troublée, elle recule en buvant une gorgée de café et grimace.

— Waouh ! Ton café est le pire du monde ! Tu sais qu'il faut mettre un peu d'eau dans la cafetière.

C'est un vrai moulin à paroles ! Je prends le temps de l'admirer, elle paraît fraîche dès l'aurore. Ses cheveux sont lâchés dans un désordre artistique, ses grands yeux verts pétillent et sa bouche pulpeuse s'étire. C'est le genre de femme qui n'a pas besoin de maquillage ni d'artifices pour être belle, sexy et intéressante.

— Tout d'abord en ce qui concerne les femmes que j'invite ici, je peux te certifier qu'avec elles, je suis un hôte des plus sympathique. Ensuite, tu n'es pas obligée de boire mon café et pour finir, j'aime le silence le matin, ne t'en déplaise. Maintenant, si tu es prête, on va passer chez toi, récupérer les messages que l'autre taré t'a envoyés puis je te déposerai à Penn, bougonné-je.

Elle lève les yeux au ciel et sourit nerveusement.

— Je vois... Donc, si j'avais été la blonde, aucun souci pour être aimable le matin, mais pour moi qui n'ai partagé ton lit qu'une fois et ce, il y a des lustres, des grognements suffisent... Sympa ! s'amuse-t-elle.

Je souris intérieurement, je ne me souviens pas d'un lit,

mais d'une banquette de voiture. Ma Ford Mustang pour être plus précis, ma première voiture payée avec des petits jobs.

— Toi qui es experte en literie, tu devrais faire la différence entre un plumard et une banquette arrière en cuir, ironisé-je.

Son visage se ferme et je regrette un peu ma rapidité à lui tenir tête.

— Ouais, tu as raison d'ailleurs j'ai connu beaucoup mieux par la suite, c'est con de passer à la casserole pour la première fois avec un type qui se barre le lendemain pour retrouver son ex, lance-t-elle, d'un ton hautain.

Ma mâchoire se serre. Si elle croit que la meilleure méthode avec moi c'est de me faire sortir de mes gonds, elle se trompe ! Surtout pour revenir sur une conversation qu'on a déjà eue. Mais ce qui m'énerve encore plus, c'est de l'imaginer avec d'autres que moi. Ce qui est en soit, hypocrite de ma part, mais je ne peux pas m'empêcher d'éprouver un certain malaise en pensant à Kerrigan avec d'autres types.

Je repose ma tasse un peu brutalement, elle sursaute, mais ne bouge pas. Je la bloque contre l'îlot central de la cuisine. Mes mains de part et d'autre de son corps, je ne la quitte pas des yeux. Elle se contente de fixer mon torse en restant droite comme un piquet. Je lui soulève le menton pour pouvoir y lire dans son regard.

— C'est drôle que tu parles de ça. Je me suis toujours demandé ce que l'expérience aurait pu t'apprendre. Il y en a eu combien après moi, que je me fasse une petite idée ?

Elle rougit et tente de me repousser, mais je reste en place dans l'expectative de sa réaction. Elle plisse les yeux, son regard noir est l'une des plus belles choses que j'ai jamais vues. Elle est magnifique, encore plus lorsqu'elle est en colère.

— Je n'arriverai jamais aux mêmes stats que toi. Je ne couche pas à gauche et à droite, réplique-t-elle en redressant le menton.

Je suis hypnotisé par ses lèvres et je ne m'en cache même pas.

— Ça veut dire quoi ? Deux, quatre, dix partenaires ?

— Ça ne te regarde pas ! explose-t-elle.

— Il y a six ans, tu étais encore vierge. Tu n'étais sortie qu'avec Brian O'Connell et je sais qu'à part un baiser, tu lui as refusé ta petite culotte. En revanche, la veille de mon départ, j'ai pu atteindre la quatrième base, sans même payer un resto ou un ciné. Alors c'était juste avec moi, ou j'ai seulement servi à passer le cap ?

Kerri plante ses ongles dans mes avant-bras et se redresse sur la pointe des pieds pour mettre son visage à hauteur du mien.

— Je ne sais pas ce que t'a raconté Brian, mais s'il a juste dit qu'il n'y avait eu qu'un baiser, alors dis-toi bien une chose... J'avais déjà eu un orgasme avant toi et Brian O'Connell était aux premières loges.

Mon estomac se tord et je regrette de ne pas avoir cogné plus fort sur cet enfoiré d'O'Connell. Je fais en sorte de ne pas montrer que ses paroles m'atteignent et souris lentement.

— Tu sais comment j'ai appris que tu étais sorti avec cet idiot ? C'était après l'entraînement de baseball, Brian se vantait de ses exploits sur le terrain, mais aussi en dehors. Il rigolait en racontant comment il avait dépucelé ma jolie voisine rousse.

Elle pâlit et je n'en tire aucune satisfaction. Mais elle a voulu me titiller et en récolte les conséquences.

— Je lui ai cassé la gueule et j'aurais continué à frapper, s'il ne m'avait pas avoué que c'étaient des salades. J'ai eu envie de lui défoncer la tronche pour t'avoir, ne serait-ce que touchée. Mais si j'avais su que tu avais joué à touche-pipi avec ce connard, je lui aurais aussi coupé la langue et remonté ses testicules dans la gorge, susurré-je calmement, alors que je bous intérieurement.

Je sors ma langue et caresse sa bouche sensuellement. Je crève littéralement d'envie de la basculer sur le plan de travail et de lui rappeler combien ça peut être bon, nous deux. J'ai fait en sorte qu'elle savoure sa première fois, je l'ai embrassée, caressée et fait jouir, avant de la pénétrer. Je n'avais jamais éprouvé le besoin d'être doux, mais avec elle, c'était comme une première fois pour moi.

Sa respiration se coupe et toutes les cellules de mon corps sont au diapason. Juste une fois et ensuite, je pourrais sortir cette jolie rousse de ma tête. Je lui mords la lèvre et elle ferme les yeux en émettant un petit gémissement. Je referme un bras sur sa taille, la soulève et la pose sur le plan de travail. Elle bascule le visage en arrière et je plonge entre ses lèvres. Je grogne en m'appuyant contre elle, entre ses jambes, pour lui faire sentir à quel point, je la veux. Kerri s'accroche à mes épaules et répond aussi férocement à mon baiser, je goûte l'amertume du café sur sa langue qui caresse la mienne. Je passe mes mains sous son pull pour sentir sa peau et les frémissements qui la parcourent. Elle croise ses jambes dans mon dos, je l'attrape par les cuisses pour qu'elles se serrent encore plus fort et m'apprête à la ramener dans ma chambre, quand mon téléphone sonne. Je relâche ses lèvres en essayant de reprendre ma respiration. Je détache mon regard de ses yeux voilés par le désir et attrape mon portable. C'est Cooper, mon coéquipier et ami qui cherche à me joindre, sans m'éloigner d'elle, je réponds :

— Cooper ?

— Ouais... Il faut que tu me rejoignes rapidement. Une jeune femme a été enlevée. Katherine Strauss, vingt-trois ans. Elle a disparu hier soir aux alentours de vingt-trois heures. Elle rentrait chez elle et sa copine qui était au téléphone avec elle l'a entendue crier. Elle a essayé à plusieurs reprises de la joindre après, mais sans y parvenir. Ce matin, il y avait un mot épinglé à la porte de chez elle et c'était signé « *Le tueur de poupées russes* ».

— Que disait le mot ?

— Une sorte de comptine pour enfant, mais remixée à sa sauce. Je t'envoie la photo par SMS, mais tu devrais venir, le type a laissé une photo qui devrait t'intéresser.

— OK, envoie-moi l'adresse, je te rejoins.

— Ça marche... Ah ! Et rapporte-moi un café.

Il raccroche et je relève les yeux sur Kerri. Vu sa tête, elle n'a pas loupé une miette de mon échange avec Cooper. Ses jambes retombent autour de mes hanches comme un soufflet et ses yeux se remplissent de larmes. Mon portable bip et je découvre la comptine macabre. Kerrigan jette un œil au SMS et devient toute blanche.

— Ce sont les mêmes mots qu'il m'a écrits, articule-t-elle

péniblement.

> *Au clair de la lune,*
>
> *Mon alter ego,*
>
> *Prête-moi ta plume*
>
> *Pour porter mon nom.*
>
> *Ma chandelle est forte,*
>
> *Elle fluctue, mon feu*
>
> *Ouvre-moi ta porte,*
>
> *Pour sauver, tous ceux,*
>
> *Qui dans ton cœur ne font pas encore partie*
>
> *des cieux.*

— Il va falloir que je retrouve mon coéquipier. Je vais te suivre jusque chez toi, récupérer ses lettres qu'il t'a laissées et ensuite je te déposerai à Penn.

Kerri secoue la tête et se laisse glisser du plan de travail.

Ses jambes tremblent, mais elle redresse le menton.

— Tu dois rejoindre ton collègue. J'ai cours jusqu'à midi, mais ensuite je suis libre et je te déposerai les messages à ton bureau.

N'ayant pas le temps de discuter, j'accepte et pars chercher mes clés et mon arme. Une fois dans nos voitures respectives, je la regarde s'en aller avec un poids à la poitrine. J'ai un mauvais pressentiment, j'appelle mon directeur adjoint Samuel Bancroft et lui explique que j'ai besoin d'une protection pour Kerrigan Rodes, ainsi que pour sa famille et son amie. Tout en conduisant, je lui relate ma conversation avec Kerri. Il accepte et me propose d'affilier à sa protection deux agents du district. Je relâche mon souffle et arrive à l'adresse indiquée par Cooper.

Quand je croise le regard bleu cobalt de Cooper, je sais qu'il va m'annoncer une mauvaise, une très mauvaise nouvelle.

Chapitre 10

Université de Penn

26 octobre

8 h 50

19 °C

Kerrigan

Lorsque j'arrive au cours de Griffin, je ne vois aucune trace de Mickaël, ce qui me soulage un petit peu. Russo, l'assistant du Professeur Griffin nous fait passer des polycopiés, lorsque l'intitulé me saute aux yeux, je me souviens qu'aujourd'hui Griffin devait nous donner un devoir écrit.

« *Comment choisir un bon sujet et qu'est-ce qui constitue un sujet approprié ?* »

Je sens que ça va plaire à Jefferson, une fois que Griffin active le chronomètre, je me lance en essayant de ne pas penser à la jeune femme kidnappée. Mais sans y parvenir. Je passe l'heure à mordre mon crayon et badigeonner ma feuille sans conviction. À la fin de l'heure, je rends ma copie, une boule au ventre et sors respirer un peu d'air. J'ai encore un cours d'économie, mais je décide de sécher. Je parcours le campus et me pose sous un arbre. Mon portable à la main, j'hésite à contacter Ezra pour savoir s'il a réussi à avoir des informations sur Katherine Strauss et son enlèvement, mais je change d'avis. À chaque fois que j'entends sa voix ou que je le vois, j'ai la sensation de ne plus arriver à réfléchir. Et de toute manière, je dois me rendre au bureau d'investigation fédéral pour déposer les messages que j'ai conservés chez moi, mais une ombre se plante face à moi. Je lève la tête et découvre Mickaël. Je serre les dents et le fixe durement. Je me redresse et m'apprête à partir quand il accroche mon bras.

— On doit parler Kerrigan, commence-t-il.

— Non ! On n'a plus rien à se dire.

— Bien au contraire Kerrigan. Écoute, je suis désolé… Pour mon comportement, ma façon de te parler, mais aussi… Bref, je sais que tu ne veux pas qu'on soit ensemble… J'ai compris… Mais peut-être qu'on pourrait quand même se voir ?

Je ne sais plus quoi dire, je ne m'attendais pas à ce qu'il fasse volte-face. Mais je préfère cesser toute relation avec lui.

Il est beaucoup trop instable et à part le cours de journalisme, on n'a rien en commun.

— Merci d'être venu t'excuser, Michaël, mais je pense qu'il vaut mieux rester éloigné l'un de l'autre. Tu es allé beaucoup trop loin et même si j'apprécie que tu t'excuses, je pense sincèrement que nous sommes trop différents pour réellement nous apprécier.

Son regard se durcit et je m'attends au pire, mais il finit par hocher la tête.

— D'accord, mais si tu changes d'avis, je serai là.

Je lui adresse un sourire forcé et me dirige vers ma voiture sans un regard en arrière.

Penthouse, centre de Philadelphie

10 h

2 040 Market St

Je gare la Adolores blanche devant mon penthouse que je partage avec Rosie. Elle doit encore être en cours en ce moment, ce qui m'arrange. Je lui ai laissé sa voiture ce matin et je suis partie rapidement sans lui fournir d'explication. Je sais qu'elle va me cuisiner sur mon absence et celle de sa bagnole, mais je ne suis pas encore prête. Je sors mon sac de la voiture et ferme la portière quand je sens une présence derrière moi. Je me raidis, mais avant que je puisse faire un mouvement, un pic de douleur m'atteint à la tête, mon corps s'affaisse et mes yeux se brouillent. La dernière chose que j'entends avant de sombrer, c'est le fredonnement de la comptine qui me hante depuis le premier message du tueur... Je pense à mon revolver dans mon sac, mais je sais qu'il est déjà trop tard.

Lieu inconnu

Des milliards d'aiguilles picotent et perforent ma peau, j'ai froid et mon corps semble peser une tonne. J'essaie d'ouvrir les yeux, mais la peur me paralyse. Mes oreilles bourdonnent, je me mets à trembler et tout me revient avec acuité. La douleur en sortant de ma voiture, le fredonnement de la comptine, puis plus rien. Le corps glacé, j'ouvre les yeux dans la pénombre. Je sens une présence sans parvenir à l'identifier. Lorsqu'entre les ténèbres, un filet de voix court sur ma peau, je me raidis.

— Chut... Tu ne crains rien, le monstre est mort, me susurre une voix sortie d'outre-tombe.

Je tourne la tête en direction de la voix, mais ma vision est floue et il fait beaucoup trop sombre.

Je déglutis et les mots sortent de ma bouche difficilement :

— Qui êtes-vous ? murmuré-je d'une voix enraillée et hachée.

Je m'assois avec difficulté, ma tête est douloureuse et je lutte pour garder les yeux ouverts. Je sursaute quand une main s'enroule autour de mon poignet.

— Tu seras mon messager, tu étais à lui avant, mais maintenant, tu seras à moi.

— De qui vous parlez ? demandé-je, alors que j'essaie toujours d'identifier cette voix.

— Du monstre, je l'ai tué. Aujourd'hui, c'est moi qui vais accomplir cette mission. Restez là, je vais revenir…

La pression sur mon poignet diminue, pour disparaître. Quelqu'un bouge autour de moi, des pas s'éloignent, une porte s'ouvre et un filet de lumière se déploie dans son embrasure. Je me lève et m'aperçois que je suis nue alors que je m'approche de la sortie. Ma vision est floue et ce que j'aperçois de la personne qui marche dans le couloir est déformé. Je cherche des vêtements dans la pièce, sans rien trouver. Je me frotte les yeux, mais cela n'améliore pas ma perception. J'arrive à entrevoir un matelas à même le sol en béton. Je jette à nouveau un coup d'œil dans le couloir. La lueur de la lune traverse une fenêtre au fond du corridor. Je m'avance pieds nus vers elle et l'ouvre. Je me retourne, mais ne vois plus personne. Je regarde à l'extérieur et découvre que je suis à peu près à deux mètres du sol. J'enjambe l'encadrement de la fenêtre. Personne ne m'arrête, mais je ne prends pas le temps de penser à autre chose que de m'enfuir et saute. Je retombe sur mes genoux écorchés, par les petites pierres au sol, je fais taire la douleur et commence à m'enfoncer dans les hautes herbes. Je me dirige à l'aveugle. Je cherche à avancer plus vite lorsqu'un fredonnement me parvient. Je regarde derrière moi… À la fenêtre de laquelle je me suis enfuie, une silhouette se détache. Je me détourne et force mes jambes à accélérer. Le froid picore ma peau, mais je refuse de mourir. Je pense à Ezra, si seulement je pouvais le contacter… Les larmes coulent sans discontinuer, je m'agrippe tant bien que mal aux écorces des arbres, pour ne pas m'écrouler. Le corps gelé, les muscles tendus et les marteaux-piqueurs qui s'insinuent sournoisement dans mon crâne embrumé ralentissent ma course. J'entends des pas derrière moi. Un sanglot m'échappe, je sens que quelqu'un se rapproche. Ma vision s'obscurcit et mes jambes lâchent. Je sombre de nouveau.

La tête dans un étau, j'ouvre péniblement les paupières. Une couverture rêche est posée sur moi. Je suis assise à l'arrière d'une voiture, un homme brun d'une cinquantaine d'années est penché sur moi.

— Enfin, réveillée ? J'ai appelé une ambulance et la police. Je vous ai trouvée à l'arrière de mon taxi après avoir réglé mon essence à la station-service. Comment êtes-vous arrivée ici ?

— Je ne sais pas… Je m'enfuyais, puis je crois qu'on m'a rattrapée, mais je me suis évanouie. Où on est ?

— Vous êtes près de la forêt nationale d'Allegheny près du barrage de Kinzua. Vous ne vous souvenez de rien ?

— Je…

La sirène de police, ainsi que l'arrivée d'une voiture noire banalisée m'interrompt. Je resserre la couverture autour de moi. J'ai tellement froid… Je me force à sortir du taxi en me retenant à la portière. Je ferme les yeux un instant quand mes pieds nus touchent l'asphalte. Au moment où j'ouvre les paupières, je vois un homme d'une haute stature foncer droit sur moi. J'ai juste le temps de voir des cheveux d'un blanc immaculé avant de me retrouver soulevée du sol. Je pousse un cri sous la douleur cuisante de mes membres qui protestent. Il me repose à terre avec délicatesse, puis son regard me détaille lentement. Quand il remarque mes pieds nus, il me soulève à nouveau dans ses bras avec la couverture que le chauffeur de taxi a posée sur moi, mais en faisant attention de ne pas trop me faire mal, j'enfouis mon visage dans son cou et lâche prise. Mon corps est secoué de spasmes larmoyants. Il me caresse le dos et commence à marcher. Je ne me soucie de rien, mis à part de ses bras. Lorsqu'il fait mine de me reposer, je m'accroche à lui comme à une bouée.

— Kerri, je vais t'allonger sur un brancard, mais je reste avec toi, dit-il en essayant de me rassurer.

Rien à faire, avec le peu de force qu'il me reste, je ne lâche pas ma prise, mais il réussit facilement à me repousser pour m'allonger. Je croise son regard inquiet, mais déterminé. On place une couverture de survie sur moi et l'on me fait monter dans l'ambulance. Je vois Ezra rester à l'extérieur et discuter avec un homme brun aux allures de Matt Damon. Le regard d'Ezra ne me quitte pas pour autant, pendant leur conversation et j'entends des bribes, mais l'orage dans ma tête est beaucoup trop fort.

— Il faut lui poser des questions maintenant Ez', s'exclame le sosie de Matt Damon.

— Elle est en état de choc, je veux d'abord qu'elle soit

examinée.

— Tu es trop concerné, tu dois laisser ta place.

— Hors de question ! aboie-t-il.

— D'accord, mais laisse-moi juste lui poser une ou deux questions.

Ezra fronce les sourcils, mais il finit par hocher sèchement la tête. Son interlocuteur demande à l'ambulancier quelques minutes et monte dans l'ambulance.

— Mademoiselle Rodes, est-ce que vous vous souvenez ce qui s'est passé ?

J'ouvre la bouche pour lui répondre, mais ma voix se fêle. Je tousse pour désengorger ma gorge.

— Je rentrais chez moi… J'ai senti une douleur à la tête et la comptine… Je veux dire j'ai entendu quelqu'un fredonner une comptine, puis je me suis évanouie.

— Vous savez comment vous êtes arrivée là ?

Je secoue la tête et cherche Ezra. Il se tient à côté de la porte de l'ambulance, concentré sur mon visage. Il doit sentir que j'ai besoin de lui, car il grimpe et prend ma main.

— Je crois que j'ai été retenue dans une maison dans la forêt, il y avait quelqu'un près de moi, mais je n'ai pas pu voir son visage ni reconnaître sa voix. Je me suis échappée en sautant par la fenêtre et puis j'ai couru, mais je crois que la personne m'a rattrapée… J'ai dû m'évanouir encore une fois et quand je me suis réveillée, j'étais à l'arrière d'un taxi.

— Vous ne vous souvenez de rien d'autre ?

— Non… Je ne sais pas, j'ai mal à la tête. Je n'arrive pas à réfléchir.

— Ça suffit ! Descends de l'ambulance Cooper, je vais rester avec elle. Rejoins-nous à l'hôpital. Je veux un garde devant sa chambre et aussi préviens ses parents et fais les escorter jusqu'à l'hôpital.

— OK, je vais prévenir aussi le directeur adjoint. J'ai appelé des agents en renfort pour effectuer des recherches dans le bois.

Après m'avoir salué, il redescend du véhicule et le soignant reprend sa place. Ezra s'assoit en gardant ma main dans la sienne.

— Je suis tellement désolé Kerri, je n'aurais pas dû te lâcher d'une semelle.

La gorge nouée, je plonge mon regard dans le sien.

— Il m'a parlé…

Des larmes chaudes glissent sur ma peau gelée.

— Il m'a touchée…

Les traits de son visage se durcissent, il approche sa bouche de mon oreille.

— Je vais lui faire regretter ce qu'il t'a fait, je te promets de l'attraper, de lui faire vivre un enfer et je te jure qu'il ne t'approchera plus.

Sa voix rauque est empreinte de fureur. Je sais qu'il va tout faire pour arrêter ce malade. L'esprit confus par ces dernières heures, j'essaie de parler, mais mes yeux se ferment à nouveau. Les dernières paroles d'Ezra chuchotées à mon oreille me rassurent.

— Je serai là à ton réveil…

Chapitre 11

Penn Presbyterian Medical Center

26 octobre

21 h 30

17 °C

Ezra

— Je veux que l'accès à sa chambre soit limité et sécurisé. Je veux aussi une liste du personnel médical autorisé à pénétrer dans sa chambre. Il faudra deux factions à l'aile ouest et trois à l'aile nord. Je veux les vidéos de surveillances, s'il y en a de la station-service et je tiens à ce que sa chambre soit gardée H 24. Aucun accès autorisé sans que je sois au courant, c'est compris ? !

Cooper fulmine, mais j'ai besoin de tout coordonner pour éviter de tout casser. Quand j'ai compris qu'il s'était passé quelque chose, alors que je n'arrivais pas à la joindre, j'ai foncé à l'université de Penn, puis chez elle. Son sac était par terre près de sa voiture, du sang parsemait le goudron et sa copine Rosie était complètement affolée. Leur appartement avait été saccagé et bien sûr, je n'ai pas retrouvé les messages du tueur chez elles.

— Pour la énième fois Ez', tout est sous contrôle.

Quand je repense que quelques heures plutôt je demandais qu'elle bénéficie d'une protection et qu'ils ne sont pas arrivés à temps. J'ouvre la bouche, prêt à faire sortir ma fureur, quand je vois le médecin qui a pris en charge Kerri venir vers moi. La quarantaine, de petite taille, mince et un visage avenant, il semble assez professionnel pour que je le laisse prendre soin d'elle.

— Agent Lincoln, Mademoiselle Rodes dort, mais j'ai eu le temps de l'examiner. Elle souffre d'un traumatisme crânien, elle est arrivée en hypothermie, mais nous avons réussi à la stabiliser. Elle dispose de quelques engelures, mais je pense qu'elle pourra se remettre doucement. J'ai aussi effectué un examen pour savoir si elle avait été victime d'abus sexuels, mais je n'ai rien détecté. Mademoiselle Rodes vous a réclamé avant que je lui administre des antidouleurs.

Les poings serrés, je m'évertue à rester calme.

— Vous êtes certain qu'elle n'a pas subi de viol ?

— Oui. Apparemment, il semble qu'elle a été inconsciente la plupart du temps, mais les examens cliniques ne démontrent pas de violence sexuelle. Je peux seulement vous dire qu'il faudra sans doute qu'elle soit suivie psychologiquement et que ses blessures intérieures sont sûrement plus sévères que celles extérieures. Toutefois, j'ai pu constater qu'elle possède un fort caractère, alors tant qu'elle ne reste pas seule, je pourrais sûrement la faire sortir d'ici deux ou trois jours.

— Merci, Docteur…

— Kockran. Si vous avez besoin de moi pour quelques questions que ce soit, demandez à une infirmière de me faire appeler. Je reviendrai voir Mademoiselle Rodes demain matin.

Après son départ, je m'adosse au mur, la tête en arrière, je ferme les yeux.

— Ez', ça va aller ? questionne Cooper avec inquiétude.

— Ouais… Il faut qu'on mette la main sur ce tordu Cooper et vite.

Il pose une main sur mon épaule et la serre.

— Il faut que tu ailles te reposer, elle va avoir besoin de toi à son réveil.

Je refuse de la laisser seule dans sa chambre d'hôpital !

— Non, je ne la quitte plus des yeux. Cet enfoiré joue avec

elle, il l'a laissée s'enfuir et j'ai beau me creuser la tête, je n'arrive pas à comprendre pourquoi.

— Écoute, moi aussi cette question me taraude, mais je pense qu'il faut chercher dans votre passé à tous les deux. Cette photo qu'on a retrouvée chez Katherine Strauss de vous deux, il y a six ans, ne veut dire qu'une chose…

Quand j'ai rejoint Cooper sur la scène de crime ce matin et qu'il m'a montré cette photo de Kerri et moi, le jour de mon départ, il y a six ans devant chez mes parents, j'ai pété un câble. Quel que puisse être le tueur, il nous connaît et s'amuse avec nous.

— Je sais… Ça veut dire qu'on est lié à cette ordure, mais plus je réfléchis et moins je comprends. On n'avait pas particulièrement d'ennemis. Kerrigan était une jeune fille sans ennuis et moi, même s'il m'est arrivé de me battre, personne ne pouvait m'en vouloir au point de se mettre à tuer et de jouer avec nous par la même occasion.

— Dans ces cas-là, il faut penser à l'improbable, ce mec est siphonné, mais pas idiot. Il abat ses cartes au compte-gouttes, mais ne laisse aucune empreinte, le seul indice c'est cette photo. Le profiler qui a établi son profil pense qu'il s'agit d'un sociopathe, doublé d'un psychotique. Il ne sait pas s'adapter à ce qui l'entoure, mais sait comment ne pas éveiller les soupçons.

Ça, je m'en doutais déjà, mais j'ai besoin d'en savoir plus.

— Envoie-moi le rapport au complet du profileur, en attendant que Kerrigan se réveille, j'aurais sûrement le temps de l'étudier.

— Je te l'envoie par courriel. Je reviens demain matin, en attendant essaie de dormir également, on va avoir besoin d'énergie pour arrêter ce malade.

Je me glisse sur la chaise à côté de son lit et observe Kerri dormir. Elle semble apaisée, les calmants l'ont sûrement aidée. Je l'embrasse sur le front délicatement et m'installe confortablement dans le fauteuil avant de lire le rapport du profiler.

Homme entre 25 et 35 ans.

Marginal, n'éprouve aucune empathie.

Ayant ses propres règles, ses propres lois.

En quête de la femme idéale.

Manipulateur, organisé, personnalité asociale.

Troubles : Projection de son idéal féminin, obsession amoureuse, aliénations, romantisme aigu, anxiété, irritabilité, maniaque, insatisfaction chronique.

Facteurs à risques : Son esprit prolonge la beauté de la femme après la mort. Il romance ses actes en justifiant de l'amoralité de la femme.

Observation : Il n'enlève pas les femmes au hasard, elles sont ciblées : jeunes, belles, intelligentes. Elles sont cependant issues toutes de milieux sociaux complètement différents. Il prélève des organes, Il brûle, a priori au hasard, une partie du corps ou alors pour des raisons qui nous semblent inconnues... *Il aime le spectaculaire, les maquille, les coiffe et les habille après leur mort. Obsédé par les costumes russes. Aime signer ses crimes en laissant les dépouilles dans des lieux fréquentés au risque de se faire prendre. Assimile le meurtre à un art particulièrement violent et malsain.*

Conclusion : On peut sûrement parler de personnalités multiples, dans lesquelles chez toutes, il y règne une instabilité. Il peut se faire passer pour l'homme idéal, le petit ami idéal, le frère idéal... Mais extériorise sa lubricité, ses souffrances, sa quête de la femme parfaite en prenant plaisir à torturer et à tuer.

Profil désigné : Tueur en série choisissant ses victimes avec précision, les assassinant avec le plus grand soin, à des moments opportuns. Difficile à appréhender et n'ayant aucun remords.

Je me frotte les yeux et les lève sur Kerri, quoiqu'il ait cherché à faire en la kidnappant et en la laissant s'échapper, il avait un but. Il ne laisse rien au hasard…

Maintenant, il faut trouver pourquoi…

Chapitre 12

Penn Presbyterian Medical Center

27 octobre

7 h 45

12 °C

Kerrigan

Mes yeux s'acclimatent doucement à la lumière crue des néons de ma chambre. Je distingue mon corps dans une blouse d'hôpital, j'ai l'impression d'être sectionnée en deux. Les extrémités de mes mains et de pieds sont douloureux, ma peau est irritée de partout et ma tête est n'est plus qu'une cacophonie assourdissante. Je cherche à m'asseoir quand une main se pose sur mon épaule.

— Tu dois rester tranquille.

Ezra est penché sur moi, une boule obstrue ma gorge et un gémissement m'échappe. Merde ! J'aimerais être plus forte et ne pas montrer ma vulnérabilité, mais je ne contrôle plus rien. Le corps endolori, fatiguée moralement, Ezra me prend dans ses bras en s'assoyant près de moi. Je me réfugie le visage dans son cou, mes lèvres frôlent sa peau. Il frémit et resserre ses bras autour de moi.

— Le docteur Kockran va bientôt passer.

— Il a compris que j'avais parlé… Le tueur sait que je t'ai tout dit. Il n'y a pas d'autre explication à ce qu'il s'est passé… Ma famille et Rosie ?

— Ils vont bien, tes parents sont en route pour venir et Rosie a été placée dans une planque du FBI. Elle s'inquiète pour toi, mais elle va bien.

Je me recule un peu pour pouvoir voir ses yeux. Il caresse ma joue et pose son front contre le mien en plantant son regard dans le mien.

— Est-ce que vous avez des pistes ?

— On a un profil plus précis et aussi une direction où éventuellement chercher, mais rien de tangible.

— Qu'est-ce que tu ne me dis pas ?

— Tu sauras ce que tu as besoin de savoir… Pour l'instant, tu vas te remettre sur pied et quand le Docteur Kockran estimera que tu peux sortir de l'hôpital, je t'amènerais à la planque où se trouve Rosie.

Je pose mon regard sur ses lèvres charnues et m'approche doucement. L'envie de goûter à ses baisers pour me sentir vivante et surtout pour éprouver autre chose que de la peur me fait faire le premier pas. Ezra répond à mon baiser, il écarte ses lèvres et s'approprie ma bouche. Je me réchauffe instantanément. Il joue avec ma langue, la mordille délicatement et la caresse sensuellement.

— Kerri… Qu'est-ce que tu me fais ? murmure-t-il d'une voix rauque entre deux baisers.

Je ne réponds pas et glisse ma main enveloppée dans un bandage dans sa chevelure, le retenant contre moi. Je soupire entre ses lèvres, gémis et profite de sa chaleur pour reprendre vie. S'il devait m'abandonner à cet instant, je me briserais. Je le sais, mais je sais qu'à un moment ou un autre, ce sera inévitable. Ezra est un électron libre, sauvage et ne s'attache à personne. Je laisse ses lèvres glisser sur mon cou, mais il s'arrête brusquement. J'ouvre les yeux que j'avais fermés sans même m'en rendre compte. Sa tête nichée dans mon cou, ses lèvres bougent et je me fige dans l'attente qui me repousse.

— Je t'embrasserai bien toute la foutue journée Kerri, mais on a un visiteur…

Je me tourne vers la porte et découvre Mickaël, le regard noir, la mâchoire si serrée que j'entends presque ses dents s'entrechoquer.

Ezra se redresse, ses bras me délaissant et son corps s'éloignent pour s'avancer vers Mickaël.

— Vous n'êtes pas autorisé à lui rendre visite, dit-il à Mickaël, d'une voix si doucereuse que moi-même, je n'ose pas ouvrir la bouche.

Mickaël me regarde, un rictus déforme ses lèvres.

— Tu t'es jetée dans les bras d'un colosse du FBI, tu préfères vendre ton corps à un type incapable d'arrêter un tueur en série ?

— Fais gaffe à ce que tu dis ! s'impatiente Ezra. Je pense que tu devrais dégager et vite.

Le sosie de Matt Damon pénètre à cet instant dans la chambre, il évalue rapidement la scène et sort Mickaël de la pièce en lui tenant le bras. Je baisse les yeux sur le drap posé sur mes jambes. La tension dans la chambre est si palpable que je préfère me complaire dans le silence. J'entends la porte de ma chambre s'ouvrir à nouveau et relève la tête.

— Kerrigan, je voudrais te présenter Logan Cooper, c'est mon coéquipier et ami.

Cooper m'envoie un clin d'œil, ce qui me surprend, à côté d'un Ezra, bougon et taciturne la plupart du temps. Son collègue paraît plus jovial. Il a de très jolis yeux bleus, une mâchoire carrée et il est foutu comme un mannequin. Bien que je sois loin de pouvoir profiter de la vue avec mon état d'esprit actuel, je me demande si beau et sexy sont des critères de recrutement dans le FBI.

— Je suis le plus sympa de nous deux et aussi le plus sexy, blague Cooper.

Ezra lui donne une tape dans le dos et me prend la main.

— Kerri, il va falloir qu'on te repose des questions.

Je me raidis et me cramponne à sa main. Cooper prend le relais en me posant la première question.

— Est-ce que vous vous souvenez de quelque chose qui pourrait nous aider ? Comme une odeur particulière ?

Je secoue la tête, puis me fige.

— Oui... Une odeur de rouille et de sang. Avez-vous pu trouver la maison dans laquelle on m'a séquestrée ?

Il jette un regard à Ezra dont le regard durcit. Il semble avoir une conversation silencieuse, ce qui m'irrite. Je retire ma main de la sienne et relève le menton.

— Quoi ? demandé-je la colère prenant le pas sur la fatigue.

— Mademoiselle Rodes... commence-t-il, mais je le coupe.

— Kerrigan ou Kerri et vous pouvez me tutoyer.

Il sourit brièvement.

— OK, vu notre ami en commun, tu peux en faire de même,

dit-il en désignant Ezra du menton. On a trouvé une maison mansardée à environ dix kilomètres de la station-service où l'on vous a découverte, reprend-il.

— Cooper, dehors ! Tout de suite ! intervient-il, sans que je comprenne pourquoi.

Cooper hoche la tête et le suit à l'extérieur de la chambre avant que je puisse dire un mot. Je soupire et ferme un instant les yeux. Je devrais me mettre en colère et exiger que Cooper continue, mais je suis tellement épuisée que je m'endors sans m'en rendre compte.

Chapitre 13

Penn Presbyterian Medical Center

27 octobre

9 h 40

Ezra

— J'aurais aimé que tu me fasses un topo de ce que vous avez trouvé sur les lieux avant d'en parler à Kerri.

Cooper se frotte la mâchoire en levant les yeux au ciel.

— Elle a le droit de savoir Ez'.

Les muscles tendus, j'essaie de me calmer avant de répondre, mais je bous intérieurement.

— Alors, d'un c'est moi qui déciderai ce qu'elle a le droit de savoir ou non Cooper, et de deux, je te signale que Mickaël Macpherson n'est pas autorisé à rentrer dans sa chambre.

— Oui, ça, je sais. Mais apparemment, l'agent Franklin qui

était en faction devant sa porte ne le savait pas. Je ferai passer le message, mais encore une fois, tu es trop impliqué, Ezra. Laisse-moi m'occuper de la questionner seul. Tu sais que je sais être délicat, surtout en sachant ce que tu éprouves pour elle.

Je serre la mâchoire et lui jette un regard noir.

— Je ne sais pas ce qui te passe par la tête Cooper, mais je la considère comme une amie. Rien de plus.

Cette fois, Cooper sourit en plissant les yeux.

— Ouep ! Reçu cinq sur cinq, mon général, plaisante-t-il. Bon, je vais te la faire courte, mais je t'ai déjà envoyé mon rapport. On a trouvé le corps de Katherine Strauss sur les lieux où a été retenue Kerrigan. Par contre, ce n'est pas du tout le même mode opératoire. Déjà, la jeune femme est morte en se taillant les veines, elle était nue. Aucune marque de violence. On a aussi trouvé plusieurs costumes russes dans une petite pièce. Il y avait aussi des organes dans des bocaux dans une chambre froide, reprend-il plus sérieusement.

— On est sûrs qu'elle s'est ouvert les veines toute seule ?

Il soupire en observant les allées et venues des infirmières.

— Non, mais il y a autre chose…

— Quoi ? demandé-je un peu trop sèchement.

— Il y avait aussi un autre corps près de Katherine Strauss.

Un homme, caucasien, d'une trentaine d'années. On n'a pas encore pu l'identifier, mais il portait plusieurs tatouages et cicatrices sur le corps.

— De quoi serait-il mort ?

— Hum… C'est dans ces moments-là que je me mets à détester mon boulot.

— Cooper ?

— On lui a lacéré le visage et le ventre, après lui avoir arraché le cœur.

— Putain de merde !

— Ouais… Ezra, je sais que tu veux protéger Kerrigan un maximum, mais il y a des choses qu'elle devrait savoir.

J'ai un mauvais pressentiment, je sais que ce qu'il va me dire ne va pas me plaire.

— On a découvert une autre pièce au rez-de-chaussée, les murs étaient tapissés de photos de Kerrigan. Apparemment, ça fait des années que ce malade la suit.

— Donc il fait soit partie de son entourage, soit de son passé, mais dans tous les cas, il l'épie à son insu. Autre chose ?

— Ouais…

Il se racle la gorge et reprend sans me regarder véritablement.

— On a réussi à trouver un lien entre toutes les jeunes

femmes assassinées. Elles portaient toutes un tatouage similaire, une poupée russe sur différentes parties du corps.

— Le médecin légiste qui a examiné les corps n'en avait pas parlé.

— C'est parce qu'il ne pouvait pas les voir.

— Je ne comprends pas.

— Avant qu'elles ne soient torturées et tuées, il les prenait en photo, on a trouvé les clichés près des cadavres. On ne comprenait pas pourquoi il brûlait une partie de leur corps, comme tu le sais, mais en découvrant ces photos, on a compris. Pour ne pas qu'on fasse de lien, il brûlait leur tatouage.

— Donc ce taré tue de jeunes femmes qui se sont fait tatouer des poupées russes ?

— À première vue, oui. Je dois de nouveau interroger les familles des victimes pour savoir où les victimes se sont fait tatouer. Aucune n'avait signalé de tatouage.

— Très bien, interroge-les. Demande s'ils savent où elles se sont fait tatouer. Demande à la scientifique de bien passer la maison au peigne fin et assure-toi que la presse se tienne à l'écart pendant les investigations.

Il grimace à ces mots en se passant une main sur le visage.

— Les journalistes étaient déjà tous à pied d'œuvre à quatre heures du matin à la station-service où Kerri était hier soir. Le chauffeur de taxi souhaitait son heure de gloire et a communiqué en détail avec eux. Ils savent qu'une jeune femme rousse a été découverte nue dans son taxi. Ils n'ont pas encore fait le lien avec le tueur aux poupées russes et ne connaissent pas le nom de Kerrigan, mais ça ne saurait tarder. Certains journalistes sont devant l'hôpital.

— Eh merde ! lâché-je.

À cette allure, Kerrigan va vite se retrouver à la une des tabloïds. Si un connard comme Macpherson parle, son nom et même sa photo se trouveront en couverture.

— Je vais aller parler à Kerri et renforcer la sécurité. Ses parents devraient arriver dans la journée. Une fois qu'ils l'auront vu, ils doivent être conduits à la planque avec Rosie.

Cooper grogne et se racle la gorge.

— En parlant de sa copine, elle a un sacré caractère ! Elle m'a menacé de m'étriper si je ne lui donnais pas des nouvelles de son amie rapidement. Dis-moi que Kerrigan n'est pas aussi névrosée qu'elle, parce que sinon, deux cinglées à protéger dans une seule et même planque, je ne suis pas sûr de supporter.

— Alors, prie pour qu'on résolve l'affaire au plus vite, parce que Kerrigan n'est pas une femme facile.

Penn Presbyterian Medical Center

27 octobre

16 h 20

Kerrigan

Je me réveille doucement en entendant s'agiter autour de moi. Le marteau piqueur qui s'est insinué dans ma tête fait bien moins pression sur mon crâne qu'il y a quelques heures. J'ouvre les yeux et découvre ma mère et mon père près de la porte de ma chambre en grande discussion avec le Docteur Kockran.

— Maman ?

Cette dernière vient rapidement vers moi et me serre contre elle, puis laisse la place à mon père qui se contente d'un hochement de tête. Si j'imaginais qu'il ferait preuve d'affection après ce qu'il m'était arrivé, je me fourrais le doigt dans l'œil.

— Kerrigan, on vient de parler avec ton médecin, il pense que tu devrais bénéficier d'une prise en charge psychologique, me dit froidement mon père, sans même me demander comment je me sens.

— Bonjour à toi aussi, papa. Oui, merci je vais bien, si tu te le demandes.

Le regard noir de Richard Rodes, *mon cher et tendre papa* se pose sur mon visage durement. Je me suis toujours demandé si je n'avais pas été adoptée, mon père et ma mère sont grands, blonds et ils ont des yeux vert émeraude. L'une de mes tantes est rousse comme moi avec des yeux vert doré. Si elle n'existait pas, je n'aurais jamais cru être la véritable fille de Richard et Isabella Rodes.

— Kerrigan, j'ai fait la route depuis Baltimore et ta mère est venue alors qu'elle n'aime pas les hôpitaux.

Pourquoi les a-t-on appelés ? Ah oui, normalement tous parents normalement constitués s'inquiéteraient pour leurs filles, mais non, pas eux. Ils sont juste irrités d'avoir été dérangés.

— Ce n'était pas une obligation… murmuré-je.

— Kerrigan, on a croisé Ezra Lincoln en arrivant. Je ne savais pas qu'il travaillait maintenant pour le FBI. Il nous a demandé de te dire qu'il reviendrait plus tard, déclare ma mère.

— Les Lincoln doivent être fiers de lui. On n'a plus de nouvelles d'eux depuis qu'on a déménagé, rajoute mon père.

J'ai déjà envie qu'ils s'en aillent.

— Nous allons être logés chez des amis à New York. J'ai refusé que le FBI nous mette dans une planque, m'informe mon père.

Je ne devrais pas être étonnée de leur manière de réagir et pourtant je le suis. Qu'est-ce qu'ils ne comprennent pas dans le fait qu'ils soient en péril ?

— Papa, je crois que tu ne saisis pas le danger.

— Mais si ! Nos amis ont un bon système de sécurité et ta mère ne supporte pas d'être confinée avec des personnes inconnues. On sera en sécurité, abrège-t-il d'un ton supérieur.

Je sais qu'il est inutile de discuter, mais pour une fois, j'aimerais qu'ils m'écoutent et sans faire semblant.

— Maman, ils vont tout faire pour arrêter le tueur rapidement et vous resterez à l'abri juste le temps que tout s'arrange.

Ma mère grimace et replace une mèche de cheveux derrière son oreille.

— Non, ton père a raison. Les Macpherson nous ont invités chez eux dès qu'ils ont appris pour toi. Leur fils Mickaël a été très inquiet te concernant.

Une seconde… Depuis quand connaissent-ils les parents de Mickaël ?

— Comment vous connaissez les Macpherson ?

Mon père perd patience, je le vois à la manière dont ses sourcils se froncent.

— On les connaît depuis dix ans au moins, ils ont habité notre banlieue quelques années avant de déménager. D'ailleurs, tu aurais pu nous dire que tu sortais avec leur fils. Non pas que ce ne soit pas une très bonne nouvelle, mais on aurait voulu l'apprendre par toi.

Chapitre 14

Penn Presbyterian Medical Center

27 octobre

22 h 10

17 °C

Kerrigan

Après le départ de mes parents, j'ai réussi à avaler un peu de soupe. Le Docteur Kockran est passé pour me dire que je pourrais sortir de l'hôpital demain matin à condition que je marche le moins possible et que je me repose pendant quelque temps. Ces derniers sont repartis sans même m'embrasser et très en colère. Lorsque je leur ai dit que Mickaël et moi, on n'était pas en couple et que son comportement était complètement dingue, mon père m'a crié dessus que je n'étais qu'une ingrate et que je leur faisais honte. L'agent en faction devant ma porte a dû les faire sortir de la chambre. Je n'ai toujours pas de nouvelles d'Ezra, ni de son collègue. J'essaie de dormir, le dos tourné à la porte, mais j'entends encore cette étrange voix comme si elle était toujours tout près de moi. Je sens encore le froid picoter ma peau et la peur qui me broie les entrailles. J'enfouis mon visage dans l'oreiller pour étouffer mes sanglots. Il y a quelque chose de pernicieux et malsain à repasser dans la tête les paroles que cet individu m'a murmurées. D'autant plus qu'elles n'avaient aucune cohérence. Aucun fil conducteur. Rien de raisonnable ou de censé. J'agrippe le drap à l'intérieur de mon poing, je suis complètement dépassée par cette violence intérieure qui fait rage en moi. Je serre les dents, paniquée à l'idée de faire des cauchemars jusqu'à la fin de ma vie. Ah ! Si seulement, je pouvais ignorer ce tumulte dans ma tête, juste un instant, mais entre ma crise de larmes et les images qui viennent à l'esprit, ça ne s'arrête pas. Je ne sais pas ce qu'ils ont pu trouver dans cette maison, mais je ne suis pas assez attardée là-bas pour le savoir moi-même. Je me lève précautionneusement en faisant attention à ne pas tomber à cause des bandages et des engelures. Je me rends dans la salle de bains et me passe de l'eau sur le visage. Quand je vois mon reflet dans la glace, j'ai l'impression d'être devant une inconnue. Les engelures aux mains ne me permettent pas de bien tenir la brosse à cheveux qu'on m'a donnée. Je soupire et essaie de me démêler les cheveux. J'entends un bruit dans ma chambre et me fige. Ezra apparaît derrière moi. Nos regards se croisent, les siens sont si lumineux, qu'ils sont comme un phare dans la nuit. Il se place dans mon dos, me prend la brosse et me la passe dans ma chevelure.

— Tu ne devrais pas être debout.

— Je n'arrivais pas à dormir… Qu'est-ce que tu fais là ? Les heures de visites sont terminées.

Il pose la brosse sur le lavabo et me soulève délicatement.

— Si j'avais pu rester au lieu de partir tout à l'heure, je ne t'aurais pas quitté une seule seconde.

Il embrasse mon front et me ramène au lit. Il remonte le drap sur moi et prend mon visage entre ses mains.

— Tes parents ont été escortés chez les Macpherson. J'ai demandé que deux agents soient affiliés à leurs sécurités.

Je hoche lentement la tête, la gorge nouée.

— Tu peux me dire ce qui s'est passé aujourd'hui avec tes parents ? L'agent Williams qui assure ta sécurité devant ta chambre m'a dit qu'il avait dû les faire sortir.

— Je ne savais pas qu'ils connaissaient les parents de Mickaël et apparemment il a été question de fiançailles. Mon père et ma mère ont été plutôt déçus de savoir que c'était faux.

— Je vois…

— Pourquoi tu es là, Ezra ?

Son visage se crispe.

— Quand j'ai compris que tu avais été enlevée… commence-t-il. Merde ! Kerri, j'ai vu pas mal de cadavres en quelques années, mais ce malade ne se contente pas de tuer, il les torture et laisse le corps à la vue de tous dans une mise en scène macabre. J'ai fermé les yeux un petit instant, juste un instant pour reprendre le contrôle quand j'ai trouvé ton sac par terre près de ta voiture. Et je t'ai imaginée dans l'un de ces accoutrements que ce malade affectionne…

Une larme solitaire m'échappe, je lève la main pour caresser son visage, mais impossible de sentir sa peau avec ces foutus bandages. Alors je la laisse tomber, mais Ezra la prend dans la sienne et la ramène là où je l'avais posée.

— L'agent Williams va rester devant ta porte jusqu'à demain matin six heures, Cooper prendra le relais, mais je resterai autant que possible avec toi. Comment tu te sens ?

J'ai un rire de dérision et secoue la tête.

— J'ai l'impression d'être passée sous un rouleau compresseur. Quand je commence à me sentir en sécurité, je revis mon réveil à l'intérieur de cette maison dans les bois. Comme s'il était toujours là dans un coin à m'attendre et puis il y a cette voix…

— J'avais des questions un peu plus tôt à te poser, mais tu dormais quand je suis revenu dans ta chambre après le départ de Cooper. Est-ce que tu sens prête à ce que je te les pose ?

Je déglutis, mais accepte.

— Est-ce que tu te rappelles quelque chose en particulier ?

— J'ai dit à l'agent Williams tout à l'heure ce que le tueur m'a dit à mon réveil. C'était décousu et ça ne voulait rien dire.

— Je sais, il m'a transmis ce que tu lui as dit. D'après le profil psychologique du tueur, ça ne m'étonne pas. Tu lui as aussi dit que tu avais vu sa silhouette.

— Oui, mais il portait des vêtements sombres, tout ce que j'ai pu voir, c'est qu'il devait faire dans les un mètre soixante-dix environ. Qu'est-ce que vous avez trouvé dans la baraque ?

Il me regarde sans me répondre, puis pose son front contre le mien.

— On en parlera demain, il vaut mieux que tu te reposes, dit-il sans me poser plus de questions.

— Tu ne veux pas me répondre. Il y avait d'autres femmes dans cette maison ?

— Kerrigan, pas maintenant. Je te dirai tout, mais, demain. Ce soir, si tu veux bien, je vais me coller à toi et l'on va dormir.

J'essaie de lire dans son regard. Je sais qu'il doit se sentir coupable pour mon enlèvement, et s'il y a une chose dont je suis certaine, c'est qu'il ne faut pas que je m'habitue à sa présence.

— Tu devrais rentrer chez toi Ezra. Je vais bien.

— Bien sûr ! Juste avant que je n'arrive, tu as pleuré... Tes parents ont été encore une fois infects avec toi, malgré la gravité de ce qu'il s'est passé et ta meilleure amie n'est pas avec toi, car elle est dans une planque. Alors c'est sûr, tu vas bien, ironise-t-il. Ah oui, j'allais oublier, un tueur se sert de toi, t'agresse et te séquestre dans une maison au fond des bois, toute nue, gelée, droguée et sans repères... reprend-il en serrant les dents. Kerrigan, on va dormir maintenant et il n'y a pas à en discuter, termine-t-il en retirant sa veste et ses chaussures.

Toujours aussi autoritaire !

— Décale-toi, je n'ai pas dormi depuis plus de quarante-huit heures et je peux t'assurer que je n'irai nulle part ailleurs.

N'ayant aucun autre choix, connaissant son entêtement et ma condition actuelle, je me pousse pour lui laisser un peu de place. Face à son gabarit, je me demande si c'est vraiment raisonnable ou même possible. Il pose son arme sur la petite tablette près de ma tête de lit et s'allonge le long de mon corps en veillant à ne pas me faire mal. Ces bras m'enlacent et son front revient contre le mien. Il tend son bras pour éteindre la veilleuse au-dessus mon lit. Logée au creux de ses bras, je me sens bien, je soupire.

— Tu es bien là ? m'interroge-t-il en se penchant en avant sur mon visage.

Il repousse une mèche de mes cheveux et caresse ma joue.

— Kerrigan ? insiste-t-il.

Je lève la tête vers lui et croise son regard légèrement éclairé par la lumière extérieure. Ses yeux se posent sur ma bouche, je n'ai pas le temps de répondre quoi que ce soit qu'il m'embrasse. Je fonds littéralement comme à chaque fois. Sa langue glisse contre la mienne doucement, avant d'intensifier le baiser.

— J'aime tes lèvres, elles sont douces, charnues et terriblement excitantes… susurre-t-il.

Je me colle contre lui, sa bouche descend jusqu'à ma gorge. Il inspire brusquement, recule son visage et pose ma tête contre son torse. Un long frisson le parcourt, lorsque je soulève légèrement sa chemise pour sentir sa peau. Mais encore une fois, j'ai oublié mes bandages et soupire de frustration.

— Content de ne pas être seul contre cette frustration. Je te promets qu'on va se rattraper dès que tu seras en mesure d'apprécier chaque instant. Je t'emmènerai dans mon petit coin de Paradis, dès que cette ordure sera sous les verrous ou mort.

L'estomac soudain noué, je préférerais ne penser qu'à l'instant. Juste lui et moi, même si c'est éphémère. Si j'étais moins bouleversée par ce qui s'était passé, pour ma santé mentale et mon cœur, je lui dirais de partir. Ce que je ressens dans ses bras, enveloppée de son odeur et de sa chaleur est trop intense.

Il dépose un baiser sur mon front et resserre ses bras autour de moi.

— Dors, il ne peut rien t'arriver contre moi, murmure-t-il.

Je le crois instantanément, j'enfouis mon visage dans son cou et je m'endors. Toutes les tensions que j'avais accumulées s'apaisent.

Chapitre 15

Penn Presbyterian Medical Center

28 octobre

9 h 52

15 °C

Ezra

Le docteur Kockran vient de nous laisser le feu vert pour sortir de l'hôpital. Kerri range les affaires que je lui ai apportées dans un petit sac. En jean, pull angora blanc, coiffé d'un chignon lâche et sans maquillage, elle ressemble à une princesse des temps modernes.

Et ça me fait sourire un peu, malgré la gravité de la situation.

Le Docteur Kockran lui a retiré ses bandages, ses mains sont encore rouges et elle doit y faire attention en attendant qu'elles guérissent.

Cooper entrebâille la porte à cet instant et me fait signe de le rejoindre, avant de s'éclipser discrètement. Je me place dans le dos de Kerrigan en mettant mes mains sur ses hanches, elle sursaute, sûrement dans ses pensées.

— Je vais sortir quelques minutes pour discuter avec Cooper. Prends ton temps, OK ?

Elle hoche simplement la tête et frissonne quand je dépose un baiser sur sa tempe.

Je rejoins Cooper dans le couloir, son visage m'indique qu'il s'est passé quelque chose et que ça ne va pas me plaire. Appuyé contre le mur, le visage assombri, il jette un coup d'œil aux alentours avant de me regarder.

— Cet enfoiré a encore frappé. Apparemment une amie de Kerrigan, Julia Hoover. Rosie m'a dit qu'elles étaient toutes les trois amies, mais qu'elles ne l'avaient pas vue depuis deux semaines. Julia avait laissé un mot à Rosie et Kerrigan comme quoi, elle devait rentrer dans sa famille en urgence. Mais la famille de Julia Hoover a appelé ce matin Rosie en demandant des nouvelles de leur fille. Je me suis renseigné, Julia n'a pas été vue depuis deux semaines, elle n'est pas rentrée chez elle ni en cours. Elle a disparu des radars, j'ai essayé de la retrouver en retraçant sa carte bancaire ou son téléphone, rien ! Elle possède une Aston Martin de couleur rouge, mais personne ne l'a vue.

— Tu as fait circuler sa plaque ?

— Oui, mais R.A.S. pour l'instant.

— Rosie est certaine que c'est l'écriture de Julia Hoover sur le mot qu'elles ont trouvé Kerri et elle ?

— Non, mais ça ne les a pas inquiétées, elles ont pensé que dans la précipitation pour retrouver sa famille, elle avait griffonné rapidement. J'ai apporté le mot au labo, on en saura peut-être plus dans quelques heures.

Dans ma tête, les informations s'enchaînent, je réfléchis rapidement, mon regard doit parler pour moi, car Cooper secoue la tête.

— Qu'est-ce que tu as en tête, Ezra ? Tu sais que tu ne vas pas pouvoir la mettre sous cloche, elle doit savoir, argumente-t-il comme si je ne comprenais pas que je devais compartimenter mon boulot de ma relation avec Kerrigan.

— Deux jours Cooper, je ne demande que deux jours pour qu'elle se rétablisse un peu et que je lui dise tout.

— Que vas-tu faire ?

— Je vais l'emmener loin de tout.

— Le directeur adjoint Bancroft ne va pas aimer ça.

— Je m'en contre fous !

— Bon sang ! Tu l'as dans la peau cette nana !

— Je tiens à elle, Kerrigan compte pour moi. C'est tout ce qu'il y a à savoir Cooper !

Il lève les yeux au ciel, mais finit par opiner.

— OK, deux jours agent Lincoln, après ça, je ne pourrai plus sauver tes fesses.

Je nous conduis jusqu'à l'aéroport, Kerrigan est silencieuse. Elle ne cherche même plus à me questionner. Ce qui m'inquiète énormément, dans ses pensées, elle ne fait pas attention à la route et cligne des yeux quand je me gare dans le parc de stationnement de l'aéroport international de Philadelphie.

— Qu'est-ce qu'on fait là ? demande-t-elle en regardant autour d'elle.

— On va se mettre au vert deux jours.

Elle se tourne vers moi, semblant sonder mon visage.

— Tu as besoin de changer d'air et j'ai très envie de t'éloigner de ce malade. Alors on se tire !

— Tu es fou ! On ne peut pas s'en aller comme ça ! Tu vas te faire virer et on va lancer un avis de recherche sur moi.

Amusé, je la regarde reprendre du poil de la bête en s'énervant.

— Non, Cooper me couvre et toi aussi par la même

occasion. On va juste respirer un peu d'air ailleurs.

— Où ça ?

— Tu verras… Je vais descendre de la voiture, vérifier que personne ne nous a suivis et ensuite, on va aller s'enregistrer au guichet.

Je n'attends pas de réponse et sors de la voiture. Il est 10 h 20 du matin et il n'y a pas grand monde autour de nous. Je ne remarque rien de particulier et fais le tour de la voiture pour ouvrir à Kerrigan. J'attrape deux sacs de voyage dans le coffre que j'ai demandé à Cooper de préparer dans un laps de temps très court et lui prends la main pour la faire avancer. On s'enregistre rapidement, avant de se diriger à la porte d'embarquement.

— Je ne pense pas que ce soit une bonne idée Ezra. Je dois rejoindre Rosie et si jamais mon départ…

— Deux jours Kerrigan, je ne demande pas la lune.

Elle se tait, mais j'ai la vague impression que ça ne va pas durer longtemps, la connaissant, une heure, voire deux, mais Kerrigan est un électron libre et a besoin d'exprimer ses pensées, même les plus tordues.

— Ouais, de toute manière, ai-je le choix ?

Je grogne et la fais asseoir sur une chaise en attendant l'embarquement.

— Non, tu n'as pas le choix, mais tu sais ce qui serait fabuleux Kerri ?

— Quoi donc Agent Lincoln ?

— Que tu la fermes et que tu te laisses guider au moins quelques heures sans râler !

Black Sands Beach

Californie

27 °C

19 h 30

Je gare ma berline de location devant ma maison sur pilotis. J'entends déjà les vagues faisant ruisseler les petites roches au bord de la plage. Cette plage au sable noir est peu fréquentée. J'aime venir m'isoler ici quand cela m'est possible. Kerrigan va adorer voir les lions de mer assis sur les rochers profitant du bain de soleil. Les pélicans survolent souvent la plage, mais ce qui est apaisant c'est le son des galets noirs et des fines roches s'enroulant dans l'écume des vagues. Kerrigan sort de la voiture sans m'attendre et s'approche du bord de la falaise. Je la suis en récupérant les sacs d'abord.

— Viens, tu pourras contempler la vue de la terrasse sans

risquer de te tordre la cheville et de dégringoler en bas de la falaise, Kerri.

— Je ne suis pas maladroite, Ezra, rétorque-t-elle sans me regarder.

— Ah ouais ? Je me souviens d'une jeune fille voulant grimper à un arbre et qui s'est retrouvée la tête en bas, une jambe coincée entre deux branches.

Elle finit par se tourner vers moi une moue mécontente au visage.

— C'était ta faute, tu as crié *« araignée »* et j'ai paniqué, explique-t-elle.

— J'ai crié que tu allais me faire devenir cinglé, Kerrigan !

Elle hausse les épaules et part vers l'entrée de la maison sans m'attendre.

Quelle peste !

Je pose les sacs près de la porte pour l'ouvrir et fais signe à Kerrigan d'entrer.

— Je vais porter les bagages dans la chambre, j'ai demandé à des voisins de remplir le frigo. Il doit y avoir tout ce qu'il faut. Je ne veux pas que tu sortes sur la terrasse à découvert sans moi, alors n'y va pas, s'il te plaît.

Elle me fait un bref salut militaire en admirant la déco. Je n'ai pratiquement rien changé de l'agencement initial. J'ai gardé les poutres apparentes, les lambris laqués et le crépi blanc sur les murs. Je n'ai mis que très peu de meubles, je n'aime pas me sentir étouffé dans une pièce. Un canapé gris foncé, une table de salle à manger en bois de cerisier et une table basse. Il y a aussi une cheminée que je n'allume que vers février, les nuits un peu plus fraîches, bien que les températures en Californie ne descendent jamais au-dessous de dix degrés. La cuisine est séparée par un îlot central avec une vue sur la plage. Je la laisse découvrir les lieux et monte nos affaires. La chambre est dans les mêmes tons que le reste de la maison avec un lit à baldaquin et une commode. Les Parker, mes voisins ont même préparé le lit. Ils habitent à deux, trois kilomètres de ma maison et m'ont souvent rendu service quand je décidais de mettre mes fesses au vert quelques jours. Je pose les sacs et redescends retrouver Kerrigan. Je ne la trouve pas et me renfrogne en comprenant que cette tête de mule ne m'a pas écouté. Elle est près de la rambarde de la terrasse, le visage tourné vers le ciel et les cheveux au vent. Les bras appuyés au montant de la baie vitrée, je la regarde s'insinuer dans ma vie, dans ma tête et maintenant chez moi, alors que Kerrigan Rodes est une emmerdeuse de première que j'ai laissée derrière moi, il y a six ans. Elle a dû sentir ma présence, car elle se retourne vers moi et plante son regard dans le mien. Kerri est encore plus belle que le panorama qui est pourtant magnifique ici. Je dois lui dire tout ce qu'on a trouvé, ce que Cooper a vu dans cette maison dans les bois, lui révéler des choses qu'elle n'est sans doute pas prête à entendre et sur lesquelles je n'ai pas envie de m'attarder pour le moment.

Chapitre 16

Black Sands Beach

20 h 30

27 °C

Kerrigan

J'ai beau me sentir redevable parce qu'Ezra est resté près de moi hier soir à l'hôpital, il n'en reste pas moins que ce type arrogant, autoritaire et diablement sexy, va me rendre folle. Assise sur la terrasse en teck, j'admire la vue en jouant avec les spaghettis à la sauce forestière qu'Ezra nous a préparés. Je n'ai pas levé le petit doigt, trop occupé à fragmenter mon envie de lui sauter dessus à celui de l'envoyer en orbite d'un coup de pied sur la lune. Je devrais le remercier de m'éloigner du tueur, mais je suis trop en colère contre lui et contre moi-même pour profiter de l'instant même si c'est un véritable petit coin de

Paradis comme il l'appelle. Je sais que si je le questionne sur l'affaire, le terrain sera miné. Je le vois à sa manière d'ignorer mes regards pleins de questions, mais aussi à sa posture rigide.

— Si tu ne veux pas que je te donne la becquée, tu as plutôt intérêt à manger Kerri.

Je roule des yeux sans pouvoir m'en empêcher et entends sa chaise racler le sol. Je lève le regard sur lui au moment où son visage se penche vers moi. Ce géant me cache le coucher du soleil et empiète un peu trop dans mon espace.

— Je ne suis pas une gamine de cinq ans Ezra. Laisse-moi respirer.

— Je te laisserai respirer comme tu dis, quand tu enfourneras les spaghettis dans ta bouche et que tu arrêteras de faire carburer ton cerveau à cent à l'heure.

Je baisse les yeux sur mon assiette en regrettant qu'il lise en moi si facilement. Il relève mon menton d'un doigt et dépose un baiser sur mon nez. J'ai brusquement l'impression d'avoir vraiment cinq ans et me recule en lui lançant un regard noir.

— C'est bon agent Lincoln, je vais manger, mais après je veux tout savoir sur ce que vous avez découvert.

Sa mâchoire se contracte et il retourne s'asseoir à sa place.

— Pas maintenant, demain !

— Tu m'as déjà dit ça hier ! Aujourd'hui tu me kidnappes

et m'emmènes à des kilomètres de Philadelphie. Demain, tu m'emmèneras où ? À Tombouctou ? En Alaska ? Sur Mars ?

— Pourquoi pas ! grogne-t-il en buvant une gorgée de bière.

Beurk ! De la bière et des pâtes, ce mec est décidément incurable !

— Je veux que tu détendes un peu. Merde ! C'est si compliqué à comprendre ! ?

Pourquoi il faut toujours que ça finisse en confrontation ? En fait, ça a toujours été comme ça. Je le pique, il crache, il me pique, je crache. On pourrait nous comparer à deux dragons, l'un provocant, l'autre attaquant, en échangeant les rôles de temps en temps.

— Mais je suis parfaitement détendue ! mens-je effrontément et sans vergogne.

Il soupire, se cale le dos dans son siège en me lançant un regard qui ne trompe personne. Je mens et il le sait, même si c'est carrément impossible de se détendre après ces derniers jours.

— Tu devrais lire la définition du mot *détente* Kerrigan ! Ton visage renfrogné et hanté, reflète le poids des horreurs qu'à fait ce cinglé. Tu ne vas quand même pas me faire croire que malgré ce qu'il s'est passé, tu arrives que ne serait-ce que quelques minutes à te détendre et profiter du paysage, ne serait-ce que quelques minutes ?

— Ouais, on ne peut pas la faire à un agent du FBI dûment entraîné et aussi têtu que toi ! Mais je vais te dire une chose… Je ne pense pas que j'arriverais à me détendre quand je sais que ce que tu me caches ne va pas me plaire.

Je décide de me taire avant de m'énerver encore plus que je ne le suis déjà et de finir par lui balancer mon assiette ou encore qu'il m'envoie la sienne au visage. Je mange mon repas en silence et Ezra fait de même de son côté. Je le laisse débarrasser la table, sans me soucier d'avoir vraiment l'air d'une gamine en boudant. Il rentre à l'intérieur pour ramener nos assiettes et je me lève en voyant un jacuzzi au fond de la terrasse. Je retire la bâche et lance le moteur sans demander la permission. Je me déshabille en gardant mes sous-vêtements et m'installe dans l'eau. Je laisse poser l'arrière de ma tête sur le bord et ferme les yeux. J'aimerais vraiment pouvoir oublier quelques instants mon réveil dans cette maison froide et délabrée, j'ai l'impression de toujours avoir sur moi cette odeur métallique qui me poursuit. Et je voudrais tant effacer le son de cette voix asexuée murmurant à mon oreille, ensevelir ces derniers mois, les mots de ce fou, ses menaces, ses messages et faire taire cette peur qui me comprime l'estomac.

J'ouvre les yeux au moment où je sens la présence d'Ezra

derrière moi. Je sens ses mains sur mes épaules, puis sur mes bras. Je frissonne, retenant un soupir de bien-être. Ses mains remontent et redescendent lentement sur ma peau. Son souffle frôle mon oreille et je referme les yeux en essayant de cacher l'effet que sa proximité et ses mains ont sur moi.

— Je ne sais pas si te baigner est une bonne idée, même si tes mains et tes pieds ont repris forme humaine, mais je suis prêt à t'accorder quelques minutes, si tu me laisses te rejoindre, chuchote-t-il au creux de mon oreille en faisant grimper la température du jacuzzi d'une centaine de degrés.

— Monsieur est trop bon, mais je suis bien toute seule.

Son poing se referme sur ma tignasse que j'ai préféré laisser libre et ma tête bascule en arrière, j'ouvre les yeux et tombe sur ceux d'Ezra.

— Je rectifie… Je vais venir te rejoindre, me caler derrière toi et profiter du bain à remous qui je te signale m'appartient !

Il me relâche et entre derrière moi dans le jacuzzi en me décalant sans demander mon avis. Il s'installe en agrippant ma taille et me place contre son torse. Je me raidis en sentant une protubérance dans le bas de mon dos.

— Pervers !

— Peste !

— Prétentieux !

— Emmerdeuse !

— Trompe d'éléphant !

Il y a un flottement d'un seul coup et plus personne ne parle. Quand je sens les vibrations de son torse dans mon dos, je tourne le visage vers lui. Ezra se retient de rire, mais fini par sourire, ce sourire me percute comme un TGV lancé à grande vitesse. Obnubilée par ses lèvres, je sens son regard sur moi, mais ne lève pas les yeux.

— Dis-moi Kerri, en quoi c'est une insulte ?

— Je ne sais pas, c'est sorti tout seul. La fatigue me fait dire n'importe quoi.

— Si tu continues à me regarder comme ça, je vais devoir sévir Kerri.

— Hum… Comment ? demandé-je ingénument.

Il rapproche son visage du mien jusqu'à toucher mes lèvres.

— Je ne suis pas un saint, Kerrigan et j'aime trop t'embrasser pour me retenir, dit-il ses lèvres jouant avec les miennes, tout en parlant.

Je suis presque certaine que c'est loin d'être une brillante idée, pourtant je rêve que de lui depuis six ans et c'est long surtout quand on a connu après lui qu'un type qui prend son plaisir sans se préoccuper de l'autre et un mec qui devrait se contenter de poupées gonflables. Pathétique ! Je supputerais presque qu'Ezra a demandé à une vieille mamie vaudou de me jeter un sort afin que je ne puisse plus connaître le plaisir après lui.

Je suis sur le point de me laisser aller, quand des feux d'artifice éclatent et me font sursauter. Ezra sourit et me sort de l'eau. Il m'enveloppe dans une serviette et me soulève pour me ramener à l'intérieur.

— C'est l'heure pour les grandes filles de se reposer sur le canapé devant un film. Tu vas prendre une douche bien chaude à l'étage et je vais préparer du pop-corn.

Il me dépose en bas des marches de l'escalier en m'administrant une claque sur les fesses. Je le foudroie du regard, mais il me tourne déjà le dos pour se rendre dans la cuisine.

Ezra Lincoln est un homme mort !

Je monte les marches en imaginant mille supplices que je pourrais lui infliger, mais me renfrogne en pensant au retour de bâton que je pourrais récolter ! Je finis de grimper à l'étage avec la grâce d'un éléphant, quand je me rends compte que l'étage est immense. Ezra a disposé nos sacs dans la première pièce en apercevant nos affaires par la porte ouverte, mais il y a cinq autres portes qui doivent donner sur des chambres. Je pourrais aller à l'encontre de ses directives et prendre une chambre pour moi, mais il serait capable de m'attacher et me garder toute la nuit comme ça.

Foutu Goliath !

Foutus yeux vairons et foutu empêcheur de tourner en rond !

Quand j'aurais repris ma vie en main, je me ferais un plaisir d'envoyer valdinguer son sourire, son regard hypnotique et son autorité de petit con prétentieux !

Oui ! Kerrigan Rodes aura le dernier mot et je finirai par botter le cul de l'agent Lincoln du FBI !

Je prends la direction de la salle de bain communicante à la chambre sans prendre le temps de noter la déco. Je referme la porte derrière et me déshabille en zieutant la douche à l'italienne à plusieurs jets. Je laisse mes sous-vêtements à même le sol quand je sens un vertige et me raccroche au lavabo qui contient une panoplie de shampoings et de gels douche en tous genres. Les flacons tombent au sol, mais je ne m'en occupe pas, concentrée à ne pas finir à terre la tête la première, la chaleur et les frissons m'envahissent, je ressens un froid en moi m'envahir. Je parviens à retrouver l'équilibre quand je sens deux bras me soutenir.

— Merde ! J'aurais dû venir avec toi ! grogne Ezra en me soulevant. Ma tête se loge dans son cou et mes yeux se ferment, car je me sens en sécurité. Il sort de la salle d'eau et me pose sur le lit, je le retiens de crainte qu'il s'en aille, mais il tire la couette, s'allonge à mes côtés et nous recouvre.

— Ouvre les yeux Kerrigan !

Je me force à décoller les paupières et je rencontre ses beaux yeux inquiets et coupables.

— Ça va, c'est juste un vertige.

— J'aurais dû rester avec toi. Tu t'es cognée ?

— Non.

— Tu as encore la tête qui tourne.

— Moins, mais j'ai l'impression que mon corps ne m'appartient plus.

— Tu vas retrouver toutes tes capacités, mais il va falloir un peu de temps.

Je suis si bien dans ses bras que je laisse la fatigue accumulée, me faire rendre les armes. Mes yeux luttent pour combattre le sommeil. Ezra caresse mon dos, je devrais m'inquiéter d'être complètement nue avec lui dans un lit, mais je suis trop éreintée pour protester et m'endors en songeant que j'aime vraiment le sentir contre moi…

Chapitre 17

Black Sands Beach

29 octobre

8 h

25 °C

Ezra

Je prépare le petit-déjeuner en attendant que la belle au bois dormant se réveille. Ne voulant pas qu'elle reste trop longtemps toute seule et qu'elle descende les escaliers sans moi, je me dépêche de faire couler le café, presser les oranges et de faire cuire des crêpes, avant de tout mettre sur un plateau. Je peux dire que c'est une première pour moi de faire ça pour une femme.

Kerrigan aura ma peau ! Si Cooper me voyait, il se foutrait de ma gueule et si mes parents...

Bref, on s'en fout !

Lorsque je reviens dans la chambre, Kerrigan n'a pas bougé d'un cil depuis que je suis sorti du lit. J'ai essayé d'être délicat en l'écartant de mon corps pour pouvoir sortir du lit ce matin. On peut dire qu'elle m'a littéralement grimpé dessus en dormant. Un sourire étire mes lèvres, juste avant de s'endormir hier soir, elle a murmuré combien elle aimait mes bras autour d'elle.

J'aime beaucoup la Kerrigan alanguie et à moitié endormie.

Elle se livre beaucoup plus que la peste réveillée.

Je dépose le plateau sur une des tables de chevet et soulève la couette pour me glisser contre le corps chaud et nu de Kerri. Si je n'avais pas été si inquiet cette nuit, elle aurait mis mon sang-froid à rude épreuve. Mon regard suit les courbes de son corps tourné vers moi. Sa peau est parfaite tout comme il y a six ans. Je ne m'attarde pas trop à la mater, ne voulant pas passer pour un pervers, comme elle me l'a dit hier. Mais la peur que j'ai eue en la voyant si faible dans la salle de bains a calmé mes ardeurs. Seulement maintenant que je la sens de nouveau contre moi, mon corps réagit et quand elle se blottit en poussant de petits gémissements de contentement, ma tension artérielle monte en flèche !

— Ezra… souffle-t-elle encore dans les vapes.

Je me contracte et resserre mes bras sur elle. Kerri se love contre mon torse et se presse contre moi. Ses seins fermes plaqués contre mon flan me donnent envie de les caresser. Je serre les dents, caresse son dos pour la réveiller doucement. Ses paupières papillonnent et ses prunelles s'aimantent aux miennes, elle sourit largement, avant de se figer.

— Putain de Merde ! hurle-t-elle en me vrillant un tympan au passage.

Elle se recule et enroule la couette autour d'elle en me fusillant du regard.

— Ezra Lincoln, tu n'es qu'un porc !

Je me redresse sur mes coudes et la regarde se débattre avec la couette en ayant la furieuse envie de sourire.

— Je suis un gentleman Mam'selle Rodes, dis-je en prenant négligemment l'accent du sud.

— Idiot !

— Hé ! Je t'ai juste tenue dans mes bras, c'est toi qui t'es enroulée autour de moi comme si ta vie en dépendait ! Et puis je connais ton corps Kerri, ce n'est pas une couette ou autre chose qui m'empêche de pouvoir le visualiser à ma guise et ça, depuis six ans.

Elle rougit comme une tomate bien mûre, mais aucune gêne ou colère n'éclaire son regard vert, ce qui rehausse sa beauté, si c'est possible.

Je devrais désamorcer la bombe, mais une Kerri froissée au saut du lit et terriblement en colère est une Kerri vivante et pas une femme sous l'emprise de la peur.

— Je ne pensais pas qu'une jeune femme de vingt-quatre ans pesant cinquante kilos toute mouillée pouvait me prendre pour son Doudou !

Les éclairs dans son regard me font bander et sans la couette, mon bas de pyjama fin ne peut pas cacher mon désir pour elle. Kerri le remarque et incline la tête dans sa direction. Sa langue humecte ses lèvres et ma queue dans mon pantalon se tend plus encore.

— Je crois que l'agent Lincoln a un problème de taille, dommage que la blonde qui était chez lui l'autre nuit ne soit pas là pour régler son cerveau qui enfle !

Elle s'éjecte du lit en emportant la couette et va s'enfermer dans la salle de bains sans un regard en arrière. Je laisse retomber ma tête sur le lit en essayant de ne pas m'imaginer enfonçant la porte qui nous sépare et prendre Kerrigan dans la douche. Je suis encore au lit en train de la visualiser nue sous le jet de douche quand mon portable sonne, m'annonçant que la vie reprend ses droits et que la terre ne s'arrête pas de tourner même à des kilomètres de Philadelphie.

— Ouais… salué-je la personne sans égard ni amabilité.

— Je vois que la femme de ta vie te rend aimable ! me jette Cooper sans préambule.

— Connard !

— Ouais, raille-t-il. Moi aussi je t'aime mon pote, mais je ne t'appelle pas pour te conter fleurette. On a retrouvé Julia Hoover.

Je me redresse et la porte de la salle de bains s'ouvre à ce moment-là, ce qui m'irrite un peu plus. Kerrigan en sort enveloppée dans une serviette qui laisse peu de place à l'imagination, elle m'ignore en allant jusqu'à son sac de vêtements.

— Où ?

— Au pied de la statue de Benjamin Franklin à l'université de Penn. Emmaillotée dans une couverture. Il a changé son mode opératoire Ezra. C'est comme si c'était un copy cat, mais il y a autre chose, cette fois, aucune partie du corps n'a été brûlée et Julia Hoover avait un tatouage identique aux autres, une poupée russe en bas du dos. Elle avait aussi un doigt amputé, mais apparemment sa date de quelques années. Il faut que vous rentriez Ezra, je ne pourrai pas contenir plus longtemps Bancroft, il est sur les dents.

— J'imagine très bien. OK, on prend le prochain vol et je briefe Kerrigan. Je t'appelle quand on atterrit et l'on va changer de planque Rosie. Préviens Bancroft que je les place chez moi à York. Demande à une équipe de vérifier ma maison et de renforcer la sécurité.

— OK, je te préviens si j'ai du nouveau, je t'attends avec Kerrigan.

Il raccroche et je lève mon regard sur Kerrigan. Elle est pétrifiée près de son sac et ne me quitte pas des yeux.

— Rosie ? demande-t-elle.

— Elle va bien, mais il va falloir qu'on retourne à Philadelphie.

Je tends la main vers elle et elle se dirige dans ma direction sans rechigner. Je la fais asseoir sur mes genoux en la serrant contre moi. Les mots qui vont sortir de ma bouche m'arrachent un grondement. Kerri passe ses bras autour de mon cou et niche sa tête dans mon cou.

— Dis-moi Ezra, on a assez attendu…

Je dépose un baiser sur son front, regrettant de ne pas avoir cédé quelques instants plutôt à mes pulsions et ne pas avoir raté ce coup de fil.

— Dans la maison dans les bois, on a retrouvé le corps de Katherine Strauss et aussi d'un homme. Ils devaient déjà être morts quand tu t'y trouvais.

Elle frissonne et referme son poing dans ma chevelure. Je ne m'en plains pas et caresse son dos pour lui faire sentir que je suis là.

— Kerrigan, on a trouvé aussi une pièce tapissée de photos des victimes, mais aussi de toi, d'il y a six ans à aujourd'hui. Également chez la femme qui a été tuée.

Elle se redresse et plante mon regard dans le mien, je caresse sa pommette et reprends :

— Le type mort avec Katherine Strauss, on n'avait pas pu l'identifier tout de suite, mais quand je suis allé à la morgue… Je l'ai reconnu, c'était Brian O'Connell, ton ex.

Elle fronce les sourcils, complètement perdus.

— Je ne comprends pas…

Je secoue la tête.

— Moi non plus Kerri… Il y a encore autre chose… Je lui annonce sans toutefois poursuivre.

Elle attend silencieuse et je reprends :

— Julia Hoover…

Kerri se met à trembler, elle se lève d'un seul coup. Agrippe sa tignasse et marche de long en large dans la chambre. Je la retiens par les épaules et la force à me regarder.

— Je suis désolé, Kerri… Julia est morte.

Ces genoux cèdent, mais je la rattrape et la maintiens contre moi.

— Ça va aller Kerri, je sais que pour l'instant tout doit te sembler insurmontable, mais tu es forte.

Je la serre contre moi, en espérant faire disparaître quelques nuages noirs, mais je sais que c'est impossible.

Chapitre 18

White Rose City

North York Pennsylvanie 2

9 octobre

16 h

20 °C

Ezra

Kerrigan est restée la plupart du temps silencieuse pendant le voyage, elle ne répond que du bout des lèvres, lorsque je lui parle. Quand je gare mon Range Rover devant ma maison, Kerrigan se tourne vers moi m'interrogeant du regard.

— C'est ici que j'habite la plupart du temps, celle où tu es entrée par effraction, c'est en fait celle de mes parents.

Elle tique quand je lui rappelle la manière dont elle est rentrée chez moi, mais j'ai toujours appelé un chat… Un chat. Je ne prends jamais de gants pour dire les choses comme je les pense.

— Qu'est-ce qu'on fait là ?

— Personne à part Cooper ne connaît cette maison. Je ne donne jamais mon adresse à qui que ce soit. J'ai fait sécuriser les abords de la maison et quatre agents vont monter la garde, jour et nuit. Viens…

Je sors de la voiture, prends nos sacs et l'invite à me suivre. Je vis dans un quartier sûr et ma demeure offre tout le confort nécessaire. Elle dispose d'un grand salon, d'une cuisine, d'une salle de bains au rez-de-chaussée, de quatre chambres à l'étage avec salles de bains attenantes pour chacune d'elles au premier étage. Je nous fais entrer et referme la porte derrière nous en réactivant l'alarme.

— Je vais te montrer la chambre. Rosie et Cooper, ne devraient pas tarder à arriver.

Son visage s'éclaire un peu, mais la tristesse de ses traits me donne envie de tout casser.

Je ne contrôle plus mes émotions depuis le retour de cette rousse aux verts dans ma vie.

Je lui montre l'étage et la fais rentrer dans ma chambre. La décoration est plutôt sommaire : des murs blancs, du parquet en bois clairs, un lit, une commode, une armoire et deux tables de chevet en bois de cerisier. Le couvre-lit est immaculé lui aussi, la seule touche d'originalité, ce sont les rideaux bordeaux. Kerrigan fait un tour de la chambre et s'assoit finalement sur le lit.

— Tu dors où ? me demande-t-elle.

— Ici même, avec toi.

Son front se plisse en réaction à ma réponse.

— Tu as d'autres chambres, non ?

— Exact ! Mais on dort ensemble.

— Pourquoi ?

— Parce que je l'ai décidé. Rosie occupera déjà une chambre et Cooper la dernière. Donc tu n'as pas vraiment le choix.

— Je pourrais dormir avec…

— Kerrigan, ne discute pas. Tu perdras de toute manière.

— J'oubliais qu'Ezra Lincoln avait toujours le dernier mot… siffle-t-elle.

Je jette nos sacs sur le sol, la pousse sur le lit et m'installe au-dessus d'elle en maintenant ses poignets de chaque côté de son visage furieux.

— Il y a une chose que tu dois savoir Kerrigan, je vais rester coller à tes basques autant que possible.

Je ne lui laisse pas l'occasion de me répondre et prends possession de ses lèvres. Elle gémit sans pouvoir s'empêcher et je souris contre sa bouche.

— Tu n'es qu'un enfoiré, Ezra Lincoln.

— Ouais… Mais je suis le tien ! réponds-je sans réfléchir et je me fige en prenant conscience de ce que je viens de dire…

Elle me regarde avec de grands yeux étonnés, mais je l'ignore, me redresse et pars vers la porte.

— Je vais préparer du café en attendant les autres. N'hésite pas à te servir de la salle de bain.

Je la fuis littéralement, mais j'ai brusquement besoin d'espace. Quand je repense à hier et à son malaise. Sans me retourner, la main sur la poignée de la porte, je m'arrête.

— Tu te sens assez bien pour rester seule quelques minutes ?

Kerrigan met du temps à répondre, inquiet, je lui fais face. Elle est assise sur le lit, le visage tourné vers la fenêtre perdue dans ses pensées.

— Kerri ?

— Oui, je me sens mieux aujourd'hui… murmure-t-elle, d'une voix un peu absente.

Je sors de la chambre en ayant qu'une envie, y retourner et

lui faire l'amour. Mais je sais qu'il vaut mieux que je la laisse un peu seule et je ne suis clairement pas prêt à admettre une certaine vérité.

Au moment où le café termine de couler, on sonne à la porte. Mon arme à l'arrière de mon jean, je vérifie par l'une des fenêtres l'identité de la personne. J'ouvre à Cooper, Rosie et trois agents du FBI que je connais bien, Simons, Carter et Aloran. Les trois agents me saluent et vont se poster autour de la maison, pendant que Rosie et Cooper entrent.

— Où est Kerri ? demande tout de suite Rosie, en guise de salutations.

— À l'étage, dernière chambre sur la droite. Tu pourras prendre la deuxième chambre en face.

— OK.

Elle court à l'étage sans tarder. Cooper pose des bagages près du canapé. Je l'invite à me rejoindre dans la cuisine et lui sers une tasse de café. Il grimace dès la première gorgée.

— Apprends à faire le café, mec ! Ou mieux, utilise un filtre !

— Si tu préfères une verveine, fais-toi plaisir, mais pas touche à ma cafetière !

— Alors, tu lui as tout dit ?

— Ouais, mais j'aurais aimé avoir plus de temps pour ne pas tout lui balancer en une seule fois.

Il hoche la tête, boit une autre gorgée de café et grimace à nouveau.

— Bon, j'ai discuté avec sa copine Rosie, après que je lui ai appris la mort de leur copine Julia Hoover.

— Et ?

— Mon vieux, il va falloir que tu restes calme, car tu ne sais pas tout sur Kerrigan.

— C'est-à-dire Cooper ? lui dis-je, perdant patience.

— La première année de Kerrigan à l'université de Penn, il y a trois ans, elle, Rosie et Julia sont allées à une fête donnée par une sororité du campus. Rosie m'a raconté qu'elles s'étaient promis toutes les trois sous l'insistance de Julia de ne jamais parler à personne de ce qu'il s'était passé. C'était aussi la première année de Julia à l'université et elle avait eu beaucoup d'ennuis avec la police à cause de ses parents. Elle ne voulait pas être montrée du doigt et avait peur d'être virée de l'université. Alors, elles ont fait un pacte, ne jamais rien dire et si jamais l'une d'elles avait besoin d'en discuter, elle devait appeler les autres.

Les bras croisés, j'attends qu'il en vienne aux faits, mais plus il tourne autour du pot, plus mes nerfs menacent de lâcher.

— Où veux-tu en venir, Cooper ! ?

— Elles ont été droguées toutes les trois, Ez.

Mon poing part dans le mur, avant que je ne réalise mon geste. Je ne ressens aucune douleur à part celle causée dans ma tête et dans mon cœur. Cooper m'envoie un torchon que j'enroule mécaniquement autour de ma main en sang. Je m'efforce de reprendre mon calme et m'appuie contre le plan de travail.

— Continue !

— Rosie et Kerrigan n'ont aucun souvenir de cette nuit-là. Julia, elle, ne se rappelait pas non plus. Mais… Au matin, elles se sont réveillées toutes les trois dans une chambre de motel à des kilomètres du campus. Ez, elles étaient à poil, Rosie sur le lit, Kerrigan sur la moquette et Julia sur le sol de la salle de bain. Elles avaient des traces de morsures comme si un animal s'était acharné sur elles, ainsi que des bleus et Julia avait été amputée d'un doigt.

— Tu sais si elles se sont fait examiner ? Si elles ont fait des dépistages ?

Il hoche la tête et inspire profondément.

— Ouais, pour Kerrigan et Rosie, oui. Elles ont demandé un dépistage, mais elles ont refusé de porter plainte contre x ou même de raconter ce qui s'était passé. Julia, elle, n'avait pas de couverture sociale. Kerrigan et Rosie ont proposé de payer pour elle, mais elle refusait. Elle ne s'est même pas fait soigner son doigt par un médecin, ce qui répond à la question de son doigt mutilé.

— Autre chose ?

— Ouais… Je sais que si tu l'avais su, tu m'en aurais parlé, mais as-tu vu le tatouage de Kerrigan ?

Mon sang afflue dans mes veines et je serre les poings tellement forts, que le sang de ma main blessée goutte sur le sol. Non ! Je l'ai vue nue, je n'ai observé aucun tatouage !

— CRACHE CE QUE TU SAIS COOPER !

— Kerrigan et Rosie ont toutes les deux, une poupée russe tatouée sur leur corps. Rosie m'a dit que la sienne se trouvait comme Kerrigan à l'intérieur de sa cuisse droite. Eh ! Vieux, je sais que ce n'est pas facile à digérer, mais putain, elle va avoir besoin de toi et moi aussi sur cette affaire.

Je dois prendre sur moi pour ne pas foncer à l'étage et vérifier par moi-même que Kerrigan porte bien ce maudit tatouage. Hier, je l'ai vue sans vêtements, mais je n'ai pas pris le temps d'inspecter sa peau sous toutes les coutures, beaucoup trop inquiet par son malaise. Je suis encore dans mes réflexions quand Rosie et Kerrigan nous rejoignent dans la cuisine.

— Ezra ? me demande-t-elle, d'une voix soucieuse en

voyant ma main. Elle s'approche de moi, mais je lève ma main valide et elle s'arrête. Elle jette un coup d'œil à Cooper qui grimace en baissant la tête, puis à Rosie qui semble avoir compris et qui lui envoie un regard d'excuses.

— Quoi ! ? nous questionne-t-elle, en nous regardant tour à tour.

Seul le silence lui répond, mais finalement Rosie s'avance vers Kerrigan.

Chapitre 19

White Rose City

North York Pennsylvanie

29 octobre

20 h

15 °C

Kerrigan

Rosie se rapproche de moi, les larmes aux yeux, Ezra n'a pas bougé d'un pouce depuis notre entrée dans la cuisine et Cooper reste silencieux. Le cœur en miettes par la mort de Julia, je ne suis pas certaine, d'être prête pour une autre mauvaise nouvelle. Mais ensuite, je prends conscience du regard coupable de Rosie, je comprends rapidement pourquoi le poing d'Ezra est en sang et pourquoi l'atmosphère est si sombre tout à coup, dans cette cuisine.

— Je suis désolée, Kerri... s'excuse-t-elle. J'ai tout raconté à Cooper, car je l'avais entendu parler au téléphone d'un tatouage de poupée russe sur les corps des victimes.

Je me raidis et deviens livide. Je ne savais pas que les femmes enlevées et tuées avaient le même tatouage que moi, Rosie ou Julia. La tête dans un étau, je me retiens au mur en sentant un vertige. Je n'ose pas croiser le regard d'Ezra et me concentre sur le sol. Quand j'entends la voix d'Ezra me parvenir, j'ai l'impression qu'elle est chargée de fureur.

— Je te laisse Kerrigan et Rosie, Cooper, il faut que je prenne l'air.

Il passe à côté de moi sans me regarder et sort de la cuisine. Après quelques secondes, j'entends la porte claquer et mes jambes cèdent...

Quelques heures plus tard, je sors précautionneusement de la douche. Je me sens aussi faible qu'un nouveau-né et j'ai la sensation qu'un poids énorme pèse sur mes épaules. Après le départ d'Ezra, Cooper et Rosie m'ont aidée à m'asseoir sur le canapé dans le salon. Avec Rosie, c'était la première fois qu'on reparlait de ce qui s'était passé, il y a trois ans. Je n'avais jamais dit à Rosie ou à Julia que je faisais des cauchemars sur cette nuit-là.

Je ne voulais pas les perturber plus qu'elles ne l'étaient déjà.

J'ai aussi des flashs, mais sans vraiment arriver à remettre les pièces du puzzle en place. Toutes les images dans ma tête sont floues, mais je me souviens de mon incapacité à réagir cette nuit-là. Mon corps ne semblait plus m'appartenir, mes membres ne fonctionnaient pas. Je sais qu'on nous avait droguées toutes les trois, qu'un homme était sur moi, pendant qu'un autre était sur Rosie. Je me rappelle la douleur physique, mais aussi psychologique de me sentir si impuissante et le cri intérieur que je voulais laisser sortir à cet instant, mais qui semblait ne pas pouvoir passer la barrière de mes lèvres, s'évanouissant dans un chaos muet. Je me suis évanouie plusieurs fois, pendant qu'ils s'acharnaient sur nous, pour la première fois de ma vie, j'aurais voulu mourir. Je sais qu'ils étaient trois avec nous dans la chambre, mais leurs visages étaient camouflés sous des masques blancs. Quant au petit matin, on a finalement ouvert les yeux, aucune de nous ne se rappelait comment on était arrivées dans ce motel lugubre, nos corps meurtris et un tatouage similaire gravé sur nos chairs. Lorsque j'ai voulu prévenir la police avec Rosie, Julia nous a suppliées de ne rien dire. Elle avait peur pour son avenir à l'université de Penn. Elle avait travaillé dur pour pouvoir payer ses études en journalisme. Des études qui auraient dû durer deux ans pour valider tous les crédits, mais elle, comme moi, n'avions pas pu boucler. Je secoue la tête, les larmes inondant mon visage.

Julia était quelqu'un de solaire, elle illuminait n'importe quelle pièce dans laquelle elle rentrait. Je l'avais rencontrée avec Rosie, il y a trois ans sur le campus. Elle aimait les livres, parlait souvent de découvrir le Japon et sa culture. Julia était une battante, car la vie ne l'avait pas épargnée. Père alcoolique et violent, une mère égoïste qui ne s'était jamais préoccupée d'elle et un ex-petit ami qui l'a trompée à tout bout de champ. Mais Julia gardait le sourire, ne jugeait jamais personne et ne regardait jamais en arrière. Mes parents n'ont jamais voulu m'aider à payer mes études, ce qu'ils appelaient un caprice et j'avais dû prendre un boulot de serveuse pour financer mon diplôme juste après le lycée. Quant à Julia, ses parents vivaient dans le Bronx et de toute manière, ils n'ont jamais voulu l'aider. Ils l'ont mise à la porte, il y a quatre ans et elle a dû, depuis ce jour-là, prendre deux boulots. Alors malgré ma première impulsion d'appeler la police, on s'était rhabillées et on était rentrées chez nous. Je n'ai jamais rien dit à personne, mais garder un si lourd secret m'a laissé des stigmates indélébiles. Ce soir en reparlant de cette nuit d'horreur, tout est remonté à la surface et l'un des flashs les plus récurrents depuis trois ans, c'est celui d'un tatouage, un serpent avec une tête de femme. Je m'étais renseigné sur ce genre de tatouage et la seule explication que j'avais trouvée, c'est que c'était un symbole pour certains prisonniers russes. Il indique que ces derniers sont des experts en perversions. J'avais arrêté là mes investigations, bien trop choquée par ce que nous avions enduré mes amies et moi. J'en ai parlé à Cooper qui m'a informé que ce tatouage de femme serpent était dessiné sur l'avant-bras de Brian O'Connell, mon ex-petit ami. J'en ai encore des sueurs froides.

En me regardant dans la glace, je découvre mon regard noyé de larmes contenues, mon teint livide et les ombres qui se dessinent sous mes yeux. Je m'entoure d'une serviette et m'appuie des deux mains sur la faïence du lavabo. À cette allure, à deux jours d'Halloween, je n'aurais pas besoin de me déguiser pour faire peur. On tape deux petits coups à la porte de la salle de bains, Rosie ouvre sans attendre de réponses de ma part et me rejoint.

— Ton Ezra est revenu, il discute avec Logan dans la cuisine, m'indique-t-elle.

— Logan ?

— Cooper, si tu préfères, mais je trouve que son prénom est « *so sexy* » !

L'ombre d'un sourire effleure ses lèvres, mais je suis trop anesthésiée par ces derniers jours pour le lui rendre. Elle penche sa tête sur le côté en m'observant.

— Comment tu te sens Kerri ?

Comme si on m'avait rouée de coups et qu'on m'avait poussée d'une falaise...

Mais ne voulant pas l'inquiéter plus que nécessaire, je me force à desserrer la mâchoire et à lui sourire. Enfin, je pense, car elle grimace.

— Ça va, juste un peu secouée.

Rosie hoche lentement la tête, mais je sais que je ne trompe personne et encore moins elle.

— Cooper m'a aidé à préparer des spaghettis à la Bolognaise. Habille-toi et rejoins-nous à la cuisine. Tu as besoin de reprendre des forces.

Je ne sais pas si j'aurais l'énergie de me retrouver dans la même pièce qu'Ezra. Voir dans son regard combien je lui suis pathétique et brisée me fait peur.

— Ne t'inquiète pas, Ezra s'est calmé. Il est toujours tendu, mais j'ai l'impression que chez lui, c'est un état permanent.

Ce n'est pas faux ! Elle semble l'avoir cerné rapidement.

— Rosie, et toi, comment tu te sens ?

Elle perd son sourire, mais vient me prendre dans ses bras en réponse.

— Je crois que je tiens le coup, mais il faut dire que Logan m'a beaucoup soutenue, ces derniers jours. Je sais que je viens à peine de le rencontrer, mais je l'apprécie beaucoup.

Je me recule un peu pour pouvoir voir son visage.

— Ah ouais ?

Son regard s'éclaire et un petit sourire se dessine sur ses lèvres à nouveau.

— Oui, pour un agent du FBI, il n'est pas taciturne, ni fermé comme une huître, ni autoritaire…

Je roule des yeux, ce qui me rappelle ma migraine. Merde !

— Tu devrais arrêter avec tes préjugés. Et Mac ? Celui que tu as rencontré dans le bar irlandais.

— Hum… Il est comment ton Ezra ? gruge-t-elle, changeant volontairement de sujet.

Je me retiens de rouler à nouveau des yeux et me contente de soupirer.

— OK, tu as gagné. Mais ce n'est pas *mon Ezra*.

— Si tu le dis… En tout cas, vous deux dans la même pièce, c'est comme se trouver proche d'un volcan en éruption.

— C'est juste une histoire d'alchimie. De toute manière, il préfère les blondes sans cervelle.

— C'est lui qui t'a dit ça ? demande-t-elle.

— Non, mais j'ai des yeux pour voir, répliqué-je d'une voix un peu trop amère.

— Alors il ne sait pas ce qu'il perd Kerri, m'affirme-t-elle en me faisant un clin d'œil.

— Ouais… Je vais vous rejoindre. Je vais juste essayer de reprendre figure humaine et passer un truc.

— OK… Kerri, je suis morte de peur et je m'en veux de n'avoir rien dit à personne sur cette nuit-là, mais… Je suis contente d'être avec toi, me confie-t-elle, avant de quitter la salle de bains.

Pendant que Rosie redescend à la cuisine et je me regarde de nouveau dans la glace.

La couleur est revenue un peu sur mes joues, mais mon regard est toujours perdu dans cette réalité qui est devenue un véritable cauchemar.

Je les retrouve tous les trois autour de l'îlot de la cuisine. Rosie boit un verre de vin rouge, tandis que Logan et Ezra se contentent d'un coca. Ezra relève son regard sur moi et semble comme dans le bar irlandais, me passer aux rayons X. Je m'assois rapidement à côté de Logan qui me tend un verre de vin. J'entends un grognement et je me sens soulevée brusquement de ma chaise, avant qu'on me redépose doucement sur une autre place. Je suis tellement surprise que je mets quelques secondes à comprendre qu'Ezra m'a déplacée pour me mettre à côté de lui. Un peu gêné par la présence de Logan et de Rosie, je lève le visage vers eux. Logan se retient de rire, tandis que Rosie sourit.

— Ah ouais... Tu as sans doute raison Kerri, quand tu dis qu'il préfère les blondes. En tout cas, l'agent spécial du FBI n'a pas l'air de bouder les rousses non plus, raille-t-elle, exprimant comme d'habitude ses pensées à voix haute.

Cette fois-ci, je dois être rouge comme une écrevisse, mais je ne me démonte pas, cherchant encore une fois la confrontation avec Ezra, notre seule manière à tous les deux de communiquer.

— Je peux t'assurer que l'une de *ses ex* était blonde et que la femme qui était chez lui l'autre soir l'était également, rétorqué-je. Une vraie bimbo, gros lolos, longues jambes et une graine de poussière en guise de cervelle.

Je jette un coup d'œil Ezra. Un muscle de sa mâchoire tressaute, mais il ne dit rien.

— Ce n'est pas toi qui me disais tout à l'heure qu'il ne

fallait pas avoir de préjugés ? me demande Rosie avec espièglerie.

— Son ex s'est laissée enrôler dans un groupe de terroristes et la blonde de l'autre soir, au lieu de monter au créneau quand Ezra lui a demandé de se tirer elle a répliqué comme une nana qui prend son corps comme un trophée… Alors, non, ce ne sont pas des préjugés.

— En attendant les blondes, ont souvent moins mauvais caractère que les rousses ! Elles ne se fourrent pas dans les emmerdes comme des abeilles sur du miel, balance Ezra en se tournant vers moi.

Je botte en touche en plongeant dans son regard. Il n'est parti que quelques heures et je me sens comme une droguée, ayant besoin de sa dose. Il ne m'a pas touchée ou même embrassée et comme à chaque fois que nous sommes dans la même pièce, j'ai envie de lui sauter dessus. Notre conversation silencieuse est interrompue par Logan qui essaie de cacher son rire dans son poing.

— Bon, j'ai faim et il est tard. Je vote pour ramener la balle au centre et remettre cette tension… Cette discussion, je veux dire à plus tard, se reprend-il en aidant Rosie à servir les pâtes.

Chapitre 20

White Rose City

North York Pennsylvanie

29 octobre

23 h 45

12 °C

Kerrigan

Je me force à avaler un peu de nourriture et bois deux verres de vin. Rosie rit aux blagues de Logan, tandis qu'Ezra ne me quitte pas des yeux. Au moment où Rosie et Logan remontent dans leurs chambres respectives après le repas, je commence à faire la vaisselle. Ezra se colle dans mon dos, repousse mes cheveux et m'embrasse dans le cou, je frissonne et je le sens sourire contre ma peau. Je coupe l'eau, m'essuie les mains nerveusement et me retourne subitement vers lui. Il m'agrippe les hanches, avant de me soulever. Je croise instinctivement les jambes dans son dos en me retenant à ses épaules.

— Qu'est-ce que tu fais ? demandé-je, même si ça me paraît évident.

Je sais que je devrais le repousser, sauf que je n'en ai aucune envie.

— Il est tard, la vaisselle attendra demain.

— Tu sais que je peux très bien marcher…

— Ouais, mais je n'en ai aucune envie.

— Ezra… À quoi tu joues avec moi ?

— À rien, je veux juste pouvoir te sentir près de moi.

— Je croyais que j'étais une emmerdeuse.

Il sourit en penchant la tête vers moi. Ses lèvres sont à un souffle des miennes.

— C'est un fait ! Donne-moi une seule bonne raison que ce ne soit pas une bonne idée ?

Je tente de redescendre, mais il serre ses doigts sur mes cuisses.

— Ça va mal finir pour moi Ezra. J'ai déjà donné avec toi.

Il ne réplique rien pendant un moment où l'on se contente de s'abreuver du regard de l'autre.

— Kerrigan, je ne sais pas ce que tu m'as fait, mais depuis six ans, j'ai conservé le goût de tes lèvres, l'odeur de ta peau... À chaque fois que je te sens près de moi... Merde, Kerrigan !

Il prend mes lèvres d'assaut sans terminer sa phrase, je sens vaguement qu'il me plaque contre un mur, que ses mains relèvent mon pull et le fait passé au-dessus de ma tête. Je me repais de lui, de ses baisers et ne prête aucune attention au reste. Je m'arrache à ses lèvres, pour mordiller son lobe et faire glisser ma langue et ma bouche sur son cou. Je remonte à mon tour son pull et l'aide à le retirer. Il atterrit sur le sol carrelé de la cuisine à côté du mien. Je laisse courir mes mains sur son torse redessinant la masse de ses muscles sous mes doigts et suis la ligne de cicatrice qui lui barre le peck. Ezra empoigne mes cheveux en tirant ma tête en arrière. Il reprend mes lèvres et glisse sa langue dans ma bouche. Je gémis en m'agrippant à ses cheveux. Je resserre mes cuisses autour de ses hanches et me frotte contre sa protubérance. Mes doigts serpentent sur son torse entre nous, jusqu'à la fermeture éclair de son jean. Lorsque la main d'Ezra enserre mes doigts, les stoppant dans leur course. Je continue quand même à déposer des baisers sur sa mâchoire puis son cou en lui arrachant un grondement sourd, si sexy que je lui mords gentiment l'épaule en représailles.

— Il faut qu'on monte dans la chambre Kerri et tout de suite, avant que je n'oublie complètement, que nous ne sommes pas seuls dans cette maison... souffle-t-il d'une voix rendue gutturale par l'excitation.

Beaucoup trop obnubilée par la chaleur de ses bras, je fais abstraction de tout, sauf de lui. J'essaie de ramener ses lèvres vers les miennes en tirant sur sa tête, mais Ezra la secoue en souriant.

— Kerri, ma puce. Il faut vraiment...

— La chambre est beaucoup trop loin... murmuré-je contre ses lèvres.

Il prend une grande inspiration et repose son front contre le mien. C'est moi qui devrais me montrer raisonnable. Mais j'ai eu une révélation dans la douche !

Ma vie est une partition de musique flippante !

Depuis longtemps, j'ai la sensation que l'univers me trahit. Mon cœur se noie littéralement avec lui.

— Je ne veux pas te faire l'amour contre un mur ou sur la banquette arrière d'une voiture. Je te veux dans mon lit, dans mes draps, dans mes bras... déclare-t-il en me regardant droit dans les yeux.

Je me liquéfie à ses mots. La première fois qu'on a fait l'amour, on se disputait juste avant et même pendant. On n'a jamais su se parler sans se prendre le bec et voilà qu'il me la joue *paroles romantiques à la Ezra* !

Ce n'est pas ma vie qui est flippante, c'est lui !

Je me laisse glisser le long de son corps en baissant les yeux sur le sol. Je lâche la première phrase qui me vienne à l'esprit.

— J'ai envie de glace !

— Quoi ! ?

Je préfère ne pas le regarder, récupère mon pull et me cache la poitrine en le plaquant contre moi. Je me dirige vers le freezer et l'ouvre. Évidemment, il n'y en a pas. Je le referme rageusement et reste figée devant.

— Kerri, regarde-moi ! ordonne-t-il.

— Tu sais quoi ? Ce n'est clairement pas une bonne idée ! asséné-je en lui faisant face.

Il est toujours torse nu au milieu de la cuisine, appuyé contre le mur, les bras croisés en une pose nonchalante, il me dévore des yeux, un petit sourire énigmatique aux lèvres.

— Ne gaspille pas ton énergie à tout analyser Kerrigan.

D'accord... C'est le genre de phrase que sort un mec à toutes les nanas qu'il a juste envie de sauter.

— Tu sais ce que te dit mon côté analytique !

Il plisse les yeux, ne comprenant clairement pas où je veux en venir, puis soupire.

— OK, retour de l'emmerdeuse !

Il se décolle du mur et ramasse son pull en me fusillant du regard. Il l'enfile et se plante devant moi.

— Tu sais quoi ? me demande-t-il à son tour. Finalement, c'est peut-être le moment que l'on discute de ton tatouage.

Mon cœur a un raté, je remets mon haut et le contourne pour monter dans la chambre, mais il m'arrête en glissant sa main dans la mienne.

— D'accord, tu veux savoir comment j'ai pu me laisser droguer ? Tu vas aussi m'accuser de te l'avoir caché ? Mais ça fait quoi ? Quelques jours que tu as remis un pied dans ma vie.

— Je n'ai pas l'intention de te faire la morale. Kerrigan, tu es plus solide que tu le crois et ceci n'est pas de ta faute. Écoute, Cooper et moi, on pense que tout est lié. Jusqu'ici, on a toujours cru qu'il n'y avait qu'un psychopathe, mais peut-être qu'on a tout faux depuis le début. Le labo a découvert les empreintes de Brian O'Connell dans cette baraque dans les bois, sur les photos, les armes blanches qui s'y trouvaient et chez Katherine Strauss. Tout laisse à penser que ce n'était pas une simple victime... Elle sortait avec Brian, il y avait des photos de tous les deux chez Strauss. Kerrigan, la scientifique a trouvé des lettres de O'Connell chez elle et les a comparés aux mots posés sur les corps des victimes. C'est la même écriture. J'ai fait des recherches sur ton ex. Il a fait trois ans au pénitencier de Eastern State pour viols, agressions et il a même tué une femme. Il faut que tu saches que les crimes constituant des infractions pénales les plus graves, ce sont aussi celles qui sont le plus lourdement sanctionnées, mais Brian O'Connell avait de la famille haut placée et au lieu d'une peine de quinze ans, elle a été commutée à trois ans. J'ai étudié le dossier, Kerrigan, la femme qu'il a tuée te ressemblait à s'y méprendre. Rousse aux yeux verts, jolie, mince et étudiante en journalisme.

J'ai brusquement la nausée. Je n'arrivais pas à saisir pourquoi le tueur de poupées russes m'avait fait rentrer dans l'équation en me demandant d'écrire ces foutus articles !

— Je ne comprends pas, tu veux dire qu'il faisait une fixette sur moi ? Que tout ça, c'est ma...

— NE FINIS PAS CETTE PHRASE ! Rien n'est de ta faute ! C'était un malade mental.

— Peut-être... Peut-être que tu te trompes, il était peut-être seul.

— Non Kerri... Qui t'a enlevée ? Qui t'a mise dans ce taxi ? Qui l'a tué ?

— Peut-être que c'est Katherine Strauss qui m'a aidée, et qu'après elle s'est tuée.

Il secoue la tête et soupire.

— Le médecin légiste a déclaré qu'il était mort depuis une semaine. Katherine Strauss était déjà morte étranglée, avant qu'on lui taille les veines pour faire croire à un suicide. On a eu tort de cibler un seul homme. Et puis, Cooper s'est renseigné sur le motel où vous vous êtes réveillées avec Rosie et Julia. Penn's View Hotel appartient à la famille de O'Connell, c'est lui qui t'a droguée et il n'était pas seul cette nuit-là. Je suis allé interroger moi-même le directeur du motel, il m'a dit qu'il n'y avait aucune trace dans ces registres du nom d'O'Connell, mais par contre, il y avait celui de Mickaël Macpherson, la nuit du 18 septembre 2017.

J'ai dû devenir livide, car il me force à m'asseoir sur une chaise.

— Je crois que je vais être malade…

— Kerri, on a lancé un avis de recherche pour Macpherson, mais apparemment depuis le jour, où il est venu te voir à l'hôpital, ses parents n'ont plus de nouvelles. Il n'est pas retourné en cours et ses amis de sa fraternité ne l'ont pas revu.

— Pourquoi ? Pourquoi ils ont fait ça ?

— Il n'y a pas toujours de réponses à nos questions, la seule chose dont on peut être certain, c'est que Brian O'Connell était obsédé par toi. Pour Macpherson, je pense que son côté narcissique a influencé le fait de vouloir se rapprocher de toi pour surpasser O'Connell. On n'a pas encore trouvé le lien entre Macpherson et O'Connell. Mickaël fait partie d'une famille bourgeoise dont le cercle d'amis se résume à la haute sphère et à sa confrérie. O'Connell n'a pas poursuivi ses études après le lycée et il a disparu des radars, avant de se faire arrêter pour meurtre et de sortir de prison, il y a tout juste trois ans.

— L'un des hommes qui étaient dans cette chambre de motel, celui au-dessus de moi, avait un tatouage de femme serpent sur l'avant-bras.

Il hoche simplement la tête et me serre la main.

— Mickaël n'a pas de tatouage sur l'avant-bras… précisé-je.

— Brian en avait un Kerri. Quand je suis allé à la morgue pour examiner le corps, j'ai vu le tatouage dont tu parles. Une femme serpent qui torsadait autour de son avant-bras.

Je ferme les yeux, fatiguée aussi bien physiquement, que moralement. Ezra me prend dans ses bras et m'emmène à l'étage. Je ne sais pas si j'arriverais un jour à oublier tout ça…

Chapitre 21

Fédéral Bureau-Investigation

31 octobre 2020

9 h

15 °C

Jour d'Halloween

Ezra

Dans les films, la nuit d'Halloween est considérée comme la nuit de l'horreur. Quand je suis parti ce matin pour me rendre au bureau fédéral, mon quartier était enseveli de décorations morbides, telles que des effigies de Freddy Krueger, de Michael Myers ou encore Jason Voorhees. Au milieu de citrouilles, de squelettes, de lanternes, de fantômes et j'en passe. Ma maison doit être la seule du quartier à être dépourvue de décors. Mais ce qui me préoccupe le plus c'est que pendant la nuit d'Halloween, c'est la porte ouverte à toutes les folies, les sociopathes laissent libre cours à leur imagination et les psychopathes réalisent leurs fantasmes les plus tordus comme si rien ne pouvait les arrêter.

Nous n'avons toujours pas mis la main sur Mickaël Macpherson et les interrogatoires que nous avons fait passer à toute la fraternité de ce dernier n'ont rien donné.

Sigma Alpha Epsilon a déjà fait beaucoup parler d'elle depuis des années, les bizutages ont souvent tourné aux drames. Les membres ne sont pas des enfants de chœur et ils sont qui plus est, des membres fortunés qui se passent le flambeau de génération en génération.

Bancroft entre dans mon bureau, du haut de son mètre quatre-vingt avec ses épaules larges, sa moustache et sa coupe militaire, il arrive à effrayer pas de mal de personne, mais je le connais beaucoup trop pour me laisser impressionner.

— Lincoln, j'ai décidé d'affecter Jason Willis à la protection de Mademoiselle Rodes et Mademoiselle Walker en plus des Agents. Il est déjà chez vous avec les autres agents sur place.

Je me renfrogne et prie pour garder mon sang-froid. Willis est un bouseux arrogant et condescendant. J'ai été obligé de travailler sur deux affaires avec cet enfoiré et voilà que Samuel Bancroft me le remet dans les pattes. Je ne sais pas comment un type qui joue les jolis cœurs en permanence en ignorant le protocole de sécurité lors de la protection de témoins ou la filature d'un magnat de la drogue peut avoir eu le droit de poser un orteil au sein du FBI. Cette affaire me touche de trop près pour que je le laisse protéger Kerrigan et Rosie.

— Il me semblait que Jason Willis avait été mis à pied sur la dernière enquête ?

— J'ai décidé de lui offrir une toute dernière chance et je tiens à ce que vous et lui, vous faisiez profil bas et que votre collaboration se passe pour le mieux. Et... Lincoln, si je devais avoir des récriminations de votre part, je pourrais très bien choisir de vous retirer l'affaire. J'ai fermé les yeux sur le fait que cette affaire vous touche de trop près, parce que je sais que vous êtes un excellent agent et que vous savez conserver votre maîtrise, mais ne venez pas me casser les pieds !

Il fait mine de sortir, avant de se retourner de nouveau face à moi.

— Ah oui ! Un certain Josh Jefferson a demandé à vous voir et vous attend en salle d'interrogatoire, m'annonce-t-il avant de se retirer.

Je n'ai aucune idée de qui est ce type, mais j'ai déjà hâte

d'en finir pour passer un appel à Cooper. Partir ce matin en laissant Kerrigan m'a demandé un effort presque surhumain, mais je devais encore faire des recherches sur Macpherson et interroger encore une fois ses parents. À part son nom sur le registre du motel, je n'ai aucun élément de preuve qui prouve qu'il a drogué et violé les filles ou qu'il puisse disposer d'un lien avec le tueur en série.

Je prends deux cafés à la machine dans le couloir et me dirige vers la salle d'interrogatoire. Le nom de Jefferson ne me dit rien, mais quand j'entre dans la pièce le visage de Josh me rappelle l'étudiant à l'air aussi arrogant que Macpherson dans le cours du professeur Griffin. Son regard noisette est impénétrable, mais le léger tic à sa joue droite montre qu'il est nerveux.

Je m'assois en face de lui et repousse un des gobelets à café vers lui.

— Monsieur Jefferson...

— Agent Lincoln, le shérif Sullyvan m'a dit que je devais venir vous parler.

Je me cale contre le dossier de ma chaise, attendant qu'il poursuive. Mais il ne dit rien et je commence à perdre patience.

— Dites-moi en quoi puis-je vous aider, Monsieur Jefferson ?

Il jette un rapide coup d'œil vers la vitre tentée de la pièce, puis se racle la gorge.

— Je sais que vous êtes à la recherche de Mickaël Macpherson et j'ai peut-être des choses à vous apprendre. Je ne le connais pas très bien, lui et moi, nous sommes comme deux loups alpha et comme vous pouvez vous en douter, deux Alpha ne s'entendent pas.

— Où voulez-vous en venir ?

— Mickaël a refusé mon admission au sein de sa fraternité parce que selon lui, je n'avais pas les capacités pour l'intégrer. J'en ai discuté avec le président, mais Mickaël faisant partie de l'exécutif, il ne pouvait pas aller à l'encontre de son avis. Les anciens ont des privilèges, tels que pouvoir refuser un membre sans devoir donner une seule explication. Mais avant que ma candidature soit considérée comme nulle et non avenue. J'ai…

— Quoi Monsieur Jefferson !?

— J'ai fouillé sa chambre.

— Pourquoi ?

Mal à l'aise, il se passe une main dans ses cheveux blonds et gigote sur sa chaise.

— Je pensais faire en sorte de piéger Mickaël pour le faire dégager de la fraternité et pouvoir y entrer…

— Monsieur Jefferson venez-en aux faits, je ne vais pas jouer les délétères, même si je pense que ce que vous vouliez faire était sûrement illégal.

— J'ai trouvé des choses étranges sous son pieu.

— En plus de la drogue que vous avez voulu y mettre ?

Il se crispe et baisse les yeux sur la table.

— Regardez-moi, Monsieur Jefferson, ordonné-je.

Il relève les yeux et me lance un regard noir.

— Ouais, mais je ne l'ai finalement pas laissée. Ce que j'ai vu... J'en ai encore des sueurs froides.

Je pose mes mains à plat sur la table entre nous, une sensation de froid remontant le long de ma colonne vertébrale.

— Il y avait des armes blanches... Des couteaux à cran d'arrêt, des photos de femmes attachées. Elles avaient l'air terrifiées, leurs maquillages avaient coulé et elles étaient toutes nues. J'ai voulu sortir en vitesse de sa chambre, mais j'ai entendu du bruit dans le couloir, alors... Je me suis caché dans le placard. Mickaël et une autre personne sont entrés, j'ai perçu une dispute, je n'ai pas su identifier l'autre personne, alors j'ai entre ouvert la porte du placard. C'était une femme, une blonde, plutôt jolie, mince. Je n'ai pas pu voir correctement son visage, mais je suis sûr de ne pas la connaître. Quand j'ai compris de quoi, ils parlaient... J'ai fait le lien entre les photos des femmes sous le lit de Mickaël et les victimes retrouvées mortes affublées des toilettes que les femmes portaient au temps des tsars en Russie.

— Pourquoi venir seulement maintenant me voir Monsieur Jefferson ? Combien de temps avez-vous attendu avant de venir ici, déballer vos découvertes ?

— Je sors avec Cyrielle Carre, elle suit le cours du professeur Griffin avec moi. On devait se retrouver hier soir après mon boulot au bar de la cinquième avenue. Elle devait me rejoindre, mais mis à part son sac à terre à côté de sa voiture, il n'y avait aucune trace d'elle sur le parc de stationnement. Je l'ai signalé au Shérif qui m'a dit de venir vous voir. Comprenez-moi, je ne suis pas du style à courber le dos, mais j'ai eu peur. Après le soir où je suis entré dans la chambre de Mickaël, je l'ai évité comme la peste. Je suis sûr que si vous allez fouiller sa chambre sur le campus, vous trouverez tout ce que je vous ai dit.

— On a déjà perquisitionné sa chambre à la fraternité, mais aussi celle de chez ses parents, il n'y avait rien, à part des magazines cochons d'un étudiant lambda et un peu d'herbe.

— Je vous jure que je dis la vérité ! crie-t-il en donnant un coup de poing sur la table.

— Y avait-il un mot, Monsieur Macpherson, où se trouvait

le sac de Mademoiselle Carre ?

— Non, rien d'autre que son sac et sa voiture.

— Avez-vous transmis une photo de Cyrielle Carre au Shérif Sullyvan ?

— Oui. Elle n'a pas de famille, personne qui ne se soucie d'elle à part moi. Est-ce que... Vous pensez qu'elle est morte, comme toutes les autres ?

— Je ne sais pas Monsieur Jefferson, tout ce que je sais c'est que les choses ont l'air de se précipiter et le modus operandi a changé. Les règles ont changé. Pouvez-vous me dire exactement sur quoi Mickaël et cette femme blonde discutaient ?

— Mickaël voulait s'occuper lui-même de Kerrigan et de Rosie, mais la blonde affirmait qu'il en avait déjà assez profité avec un certain Brian et un type du nom de Black Star. Elle disait que c'était son tour et qu'elle devait faire payer à Kerrigan ce qu'elle lui avait fait.

— Mickaël ne l'a jamais appelée par son nom en se disputant avec elle ?

— Non.

— La femme a dit pourquoi elle en voulait à Kerrigan ?

— Non, après ils ont changé de style de communication.

— Ce qui veut dire ?

— Ils ont baisé. Je n'ai pu me faufiler à l'extérieur du placard et sortir de la chambre qu'une heure plus tard quand ils ont mis les voiles.

— Une dernière question... Mademoiselle Carre avait un tatouage ?

Chapitre 22

White Rose City

North York Pennsylvanie

31 octobre

19 h 15

12 °C

Nuit d'Halloween

Ezra

Les dossiers sur Macpherson, O'Connell et Katherine Strauss sur le siège passager de ma voiture garée devant ma maison, je repense à ce que m'a dit Josh Jefferson. Brian comme Mickaël ont approché Kerrigan. Ils n'ont pas hésité l'un comme l'autre à lui faire du mal, même si Kerri n'a pas pu voir les visages des hommes qui l'ont droguée et violée, ces charognards l'ont touchée. Il reste cette mystérieuse blonde, inconnue au bataillon… Il faut que je découvre aussi comment Macpherson et O'Connell ont fait connaissance. Pourquoi en avaient-ils après elle et quel était le but de cette tuerie ? Pourquoi l'avoir enlevée, pour finalement la laisser s'enfuir et même l'aider en la mettant à l'arrière d'un taxi ? Je suis retourné interroger les membres de Sigma Alpha Epsilon pour savoir s'ils se rappelaient s'ils avaient vu Mickaël Macpherson avec une grande blonde avec laquelle, il se serait disputé. Et la réponse que j'ai obtenue me laisse encore songeur. Il ne ramenait jamais de femmes dans sa chambre ou même à la fraternité. Ils ont tous répondu par la négative, il y en a même un qui pense que Mickaël est gay, ce qui ne colle pas avec les Play-Boys que nous avons trouvés dans sa chambre, et non plus dans son attitude avec Kerrigan, puisqu'il la collait comme une sangsue.

Le problème, c'est que ça n'a pas de corrélation avec les propos de Josh Jefferson, même si mon intuition me pousse à croire sa version. Je dois bien admettre que les gars de cette foutue confrérie ne semblent pas non plus mentir… Mon intuition me pousse à croire Josh, mais j'aurais aussi tendance à croire les gars de cette foutue fraternité. Ils auraient juste pu simplement me dire en me confiant ne se souvenir d'une blonde en particulier, mais non, ils ont affirmé qu'ils ne l'avaient jamais vu avec une femme.

Je me décide à sortir ma carcasse de la voiture. Je salue les trois agents en faction devant chez moi. En poussant la porte, j'entends Rosie et Cooper se disputer et le rire de Kerrigan, tandis qu'une quatrième voix m'interpelle. Je me raidis et prends une grande inspiration avant de refermer la porte et de me diriger dans le salon. Ils sont tous assis sur le canapé autour de ma table basse. Rosie, Cooper, Kerrigan et ce trou du cul de Jason Willis. Si je suis obligé de l'accepter sur l'affaire, je ne suis pas dans l'obligation de l'accepter chez moi. Cooper se lève en me voyant, je pose mes clés de voiture sur la table et m'approche de Kerrigan qui est assise juste à côté de Willis. Elle doit lire dans mon regard combien je suis irrité, car elle se redresse et fronce les sourcils. Elle porte un legging noir et un pull qui me dit vaguement quelque chose… Depuis notre écart de l'autre soir, nous avons juste dormi ensemble. Je n'ai rien tenté, voulant la laisser encaisser toutes les informations de ces derniers jours.

— Ezra… Tout va bien ? me demande-t-elle en venant naturellement dans mes bras quand je lui ouvre.

Je la serre contre moi sous l'œil moqueur de Jason Willis.

Je hume l'odeur de ses cheveux avant de donner toute mon attention à Willis.

— Les agents Simons, Carter et Aloran t'attendent dehors Willis, tu n'as rien à faire à l'intérieur, grondé-je d'une voix sourde.

Je sens Kerri se figer dans mes bras. Rosie reste stoïque et Cooper sourit comme s'il n'attendait que ça. Le visage angulaire de Willis affiche un rictus. Je n'ai jamais aimé ce type, en dehors du fait que c'est un véritable boulet dans le boulot, je n'ai jamais pu sentir ce petit con prétentieux.

— On les a de travers Agent Lincoln ? Ou c'est le fait que je m'approche de trop près de *ta dulcinée* ?

Kerrigan se dégage de mes bras et lui fait face.

— Agent Willis…

— Kerrigan, je vous ai dit de m'appeler Jason.

— Agent Willis… reprend-elle. Je pense que vous devriez aller rejoindre vos collègues et éviter de remettre les pieds à l'intérieur… Pour votre bien, évidemment, réplique-t-elle d'une voix ferme et dénuée d'amabilité.

Je souris intérieurement, elle a beau être une emmerdeuse, c'est la mienne ! À peine ai-je formulé cette pensée, que je me demande d'où ça sort. Ouais, je tiens à elle, beaucoup, mais je ne suis pas du style à me poser et si ça m'avait échappé à haute voix, Kerrigan en aurait été choquée.

— Je vois... Je suppose que Bancroft est au courant que Monsieur se tape l'une des deux femmes placées sous sa protection... raille-t-il, un sourire énigmatique aux lèvres.

Cooper se place entre nous, mais je préfère mener mes propres batailles et je suis certain que la situation amuse beaucoup trop Willis pour que je laisse passer ça.

— Cooper et moi sommes décisionnaires sur cette affaire, Bancroft t'a juste affecté à la protection. Quant au reste, ça ne te regarde pas ! craché-je. Si j'étais toi, Willis, je ne ferais pas de vagues. Bancroft t'a dans le collimateur et c'est ta dernière chance de prouver que tu sais te servir de ta cervelle.

— Lincoln... Un jour, quelqu'un te fera descendre de ton piédestal et tu ne pourras plus jouer les gros bras, ricane-t-il.

J'arrive à conserver mon sang-froid, mais pas Cooper qui l'attrape par le collet et le plaque au mur. Willis se débat, mais pas longtemps avant d'abandonner. Voilà quel genre de mec Samuel Bancroft m'a encore mis dans les pattes.

— Cooper, relâche-le, lui intimé-je.

Cooper le maintient un moment avant de retirer ses mains de son col de chemise, mais reste sur ses gardes. Je n'attends pas Willis, je lui prends le bras en serrant si fort que ma main blanchit et l'escorte jusqu'à la porte que j'ouvre brutalement. Les trois agents à l'extérieur se tournent vers nous, impassibles. Je le pousse vers le perron et le regarde droit dans les yeux.

— Je te conseille de rester professionnel à l'avenir Willis, si tu ne veux pas te retrouver sur la touche une deuxième fois, il n'y aura pas de retour !

Je lui referme la porte au nez, irrité et épuisé par cette longue journée.

— Je suis désolé mon vieux, j'avais voté pour qu'il reste à l'extérieur, mais Mademoiselle Rosie n'a rien voulu entendre, apparemment les latinos lui font de l'effet, râle-t-il en jetant un regard noir à l'intéressée.

Rosie fait la moue en buvant un verre de vin rouge. Cette fille a une sacrée descente, hier elle a bu la moitié à elle toute seule d'un pinot noir. Kerrigan, vu son regard, attend des explications, mais je suis trop fatigué pour lui en donner.

J'indique à Cooper d'un bref mouvement du menton, la cuisine. Cooper opine et y va. Je commence à le suivre quand Kerrigan me barre la route en se plaçant devant moi, les bras croisés et un regard déterminé.

— Je veux savoir ce que tu as appris aujourd'hui, Ezra. Tu n'as pas besoin de m'épargner.

Je croise à mon tour les bras et plisse légèrement les yeux, mais évidemment, ça ne l'impressionne pas.

— OK… Tu es acceptée pour le moment pendant mon débriefing, mais j'ai vraiment besoin de faire le point avec Cooper, alors je te déconseille de jouer les emmerdeuses. C'est clair ?

Elle penche son joli visage sur le côté, comme pour me défier, puis soupire.

— Je veux juste comprendre pourquoi ma vie est devenue un enfer, soupire-t-elle en remettant une mèche de ses cheveux derrière son oreille.

Il y a un truc que je ne comprends pas, comment peut-elle me donner envie de la plaquer contre un mur à chaque fois que je la vois.

Rosie se pose à côté de Kerri, elle croise les bras également sur sa poitrine. Je grogne, mais ne compte pas me battre contre deux rousses ce soir.

— OK. Dans la cuisine et fermez-la !

Elles me laissent passer et me suivent.

Voilà pourquoi, en règle générale, je choisis les blondes…

Certes, celles que je choisis dans les bars sont pour la plupart plus douces, moins rebelles et surtout moins casse-couilles !

Mais c'est ce que je recherche dans les plans d'un soir, pas de prise de tête.

Cooper est déjà installé à l'îlot central de la cuisine, une tasse de thé à la main. Je souris et me sers une tasse de café.

— Tu t'es mis au thé, mamie ? le charrié-je.

— Ton café m'a bousillé l'estomac. Je crois que si j'en bois encore une tasse, je vais être malade, dit-il en faisant la grimace.

— C'est vrai que ton café pourrait servir d'emplâtre, raille Kerrigan.

— Kerrigan…

Elle lève les deux mains en l'air comme pour dire qu'elle va se taire, mais j'ai quand même des doutes.

— OK… Bon, on a un nouvel enlèvement : Cyrielle Carre, annoncé-je abruptement.

Kerri ouvre la bouche pour parler, mais la referme et Rosie porte une main à sa bouche.

— Elle a disparu depuis hier soir, aucun mot n'a été laissé. Le *modus operandi* a changé encore une fois et les choses s'accélèrent. Macpherson est toujours dans la nature et il est possible que deux autres personnes participent à cette boucherie.

— Qu'est-ce qui te laisse penser ça ? me questionne

Cooper.

— Josh Jefferson est venu me voir au bureau. Cyrielle Carre était sa copine, elle devait le rejoindre, mais il n'a retrouvé que la voiture de Mademoiselle Carre dans le parc de stationnement du bar où ils devaient se rejoindre. Cette dernière avait aussi un tatouage de poupée russe. Jefferson savait déjà que Mickaël Macpherson était responsable des tueries, mais il a eu peur et n'a rien dit.

— Comment l'a-t-il su ? demande Kerrigan d'une voix tremblante.

— Pour résumer, Josh a découvert des photos des victimes et des armes blanches sous le lit de Mickaël.

— Je suppose que ce que Jefferson faisait sous le matelas de Macpherson n'est pas important ? marmonne Cooper.

— Tout juste ! Non, ce qui est important, c'est que Jefferson a dû se cacher dans le placard en entendant Mickaël et une jeune femme arriver. Apparemment, ils se disputaient et Jefferson a dû attendre la fin de leur dispute et la réconciliation sur l'oreiller avant que le couple ne se tire et qu'il puisse sortir de sa cachette. Tout ce qu'il a pu dire sur la femme, c'est qu'il ne la connaissait pas, qu'elle était blonde et jolie.

— Qu'est-ce qui te fait penser que ce que t'a dit Jefferson prouve que la blonde est dans le coup ? demande Cooper d'une voix impatiente.

Je bois une gorgée de café et plante mon regard dans celui inquiet de Kerrigan.

— Ils se disputaient sur ton compte, Kerri.

— Comment ça ?

— La blonde estimait qu'O'Connell, Macpherson et un certain Black Star avaient déjà bien profité de toi et que c'était à son tour., répliqué-je sans doute trop abruptement.

Kerrigan se raidit et devient livide. Ses mains posées sur ses genoux se mettent à trembler. Je laisse ma tasse de café sur le plan de travail de la cuisine et lui prends les mains. Je caresse ses phalanges et la rapproche de moi.

— Kerrigan, est-ce qu'une femme pourrait t'en vouloir de quelque chose ?

Chapitre 23

White Rose City

North York Pennsylvanie

31 octobre

19 h 35

12 °C

Nuit d'Halloween

Ezra

Elle secoue la tête, retire ses mains des miennes et commence à reculer. Son visage exprime une grande frustration et aussi de la fatigue. Je tends une main vers elle, mais elle ne la prend pas.

— Je vais monter. Je me sens fatiguée, murmure-t-elle en partant de la cuisine sans plus d'autres explications.

Je me passe une main lasse sur le visage en espérant pouvoir trouver les mots qui pourront un peu l'apaiser. Lorsque la lumière se coupe dans la maison. J'ai un mauvais pressentiment et sors mon arme. La cuisine est partiellement éclairée par les lampadaires du quartier. Cooper, l'arme au poing inspecte l'extérieur par la fenêtre.

— Les autres maisons ont toujours la lumière, m'informe Cooper. Et je n'aperçois aucun agent dehors.

— Reste avec Rosie, je monte chercher Kerrigan.

Je n'ai pas le temps de faire un pas, que j'entends le cri de Kerrigan. Je cours la rejoindre, arrivé à l'étage, un silence pesant m'accueille. Mes pas sont assourdis par la moquette dans le couloir. Il n'y a aucun bruit qui filtre et un long frisson glacial me prend aux tripes. J'avance doucement jusqu'à ma chambre tout en gardant un œil sur les autres portes fermées. Je pousse lentement la porte et jette un rapide regard sur la pièce à peine éclairée par l'extérieur. J'aperçois la porte de la salle de bain entrouverte et m'avance. Un cri étouffé me parvient à l'intérieur et je sens une présence familière derrière. Cooper me fait signe et se place dos au mur près de la salle de bain. Je donne un grand coup de pied dans la porte et braque mon arme à l'intérieur. Je découvre Kerrigan assise au sol contre la baignoire, une entaille à la tête, mais seule.

— Kerri ?

Elle se redresse en grimaçant et je l'aide pour se remettre debout. La lumière revient et j'entends des pas monter à l'étage. Willis et Simons pénètrent dans la chambre et s'arrêtent en nous voyant.

— On a laissé Rosie avec Aloran et Carter dans la cuisine. Quelqu'un a réussi à s'échapper par la fenêtre de la chambre au fond du couloir. On a sécurisé la maison, annonce Simons en jetant un regard noir à Willis.

Je me tourne vers Kerrigan qui s'accroche à mon pull pour garder l'équilibre.

— Dis-moi ce qui s'est passé Kerrigan ?

— Il était là dans la chambre quand je suis montée. Il portait un costume de Ghost face. Je n'ai pas pu voir son visage, mais c'était la même voix. Exactement celle que j'ai entendue quand j'ai été enlevée, dit-elle d'une voix tremblante. Il m'a attrapée par la gorge... reprend-elle en portant ses mains à son cou.

Mon regard tombe sur les marques rouges sur son cou. Je serre les poings dans son dos et embrasse le dessus de sa tête.

— Willis, Simons descendez à la cuisine, restez avec Mademoiselle Walker et appelez le Docteur Kockran, sa carte est sur mon bureau au rez-de-chaussée.

— Non ! s'écrie Kerrigan.

— Tu as une entaille au front et je veux qu'on t'examine ! exigé-je sans lui laisser le choix.

Elle fronce les sourcils et lève la main vers son entaille, mais je lui attrape sa main et la rabaisse. Willis et Simons repartent de la chambre et Cooper regarde par la fenêtre les alentours.

— Apparemment Willis a convaincu Carter qu'il prenne sa relève derrière la maison, mais cet abruti est parti pisser sans prévenir personne.

— Ça suffit ! Je vais appeler Bancroft et lui dire que s'il ne veut pas avoir un autre meurtre sur les bras, il va devoir trouver un autre moyen de laisser une chance à ce con ! hurlé-je.

— Ouais, mais je pense qu'avec cette nouvelle boulette, Willis va finir dans un cagibi à remplir de la paperasse et sans que tu sois obligé de le menacer. Tiens… me dit-il en me montrant un mot avec une main gantée.

Au clair de la lune,

Mon alter ego,

Prête-moi ta plume

Pour porter mon nom.

Ma chandelle est forte,

Elle fluctue mon feu,

Ouvre-moi ta porte,

Pour sauver, tous ceux,

Qui dans ton cœur ne font pas encore partie

des cieux.

Trop tard, tu es bientôt morte,

Aussi ton précieux.

Et tous ceux qui pour toi,

En feront le choix.

— Il était posé sur le couvre-lit. Je vais l'emmener au labo pendant que tu t'occupes de Kerrigan, m'indique Cooper.

Il le place dans une pochette transparente, pose une main sur mon épaule et s'en va. J'aide Kerrigan à s'asseoir au bord du lit et vais chercher une serviette que je lui applique sur sa blessure.

— Je ne pense pas que ce soit profond, mais tu vas sûrement

avoir quelques points. Comment ça s'est passé ?

— Je lui ai envoyé un coup de coude dans le ventre quand il a essayé de m'étrangler, il m'a balancé au sol et j'ai dû m'ouvrir au front en tapant sur le bord de la baignoire. J'ai crié et il est parti.

— Tu dis « *il* », mais es-tu sûr que c'était un homme ?

— Je crois, il faisait 1 m 70 environ, il était fort. Si c'est une femme, elle fait sans doute de la musculation, car cette personne avait une force impressionnante.

Je laisse le linge sur son front et le lui fais tenir, le temps de prendre mon téléphone dans ma poche, m'assois à côté d'elle et passe un bras autour d'elle.

— Je suis désolé, il n'aurait pas dû pouvoir t'approcher d'aussi près. Kerrigan, je sais que tu as peur, mais je te jure que ce sera bientôt terminé.

Elle plisse ses jolis yeux et laisse retomber sa main qui tient le linge sur son front.

— Tu me caches quelque chose ?

— Pas exactement, disons que je retourne en boucle les informations qu'on a et il y a plusieurs choses qui ne collent pas. Un tueur en série a un but, une ligne directrice. On a toujours pensé qu'il n'y avait qu'un tueur. Une seule personne et peut-être que c'était le cas ! Je pense que Brian O'Connell était en quelque sorte le meneur et l'exécuteur. Les autres l'aidaient pour les enlèvements et aussi les mises en scène. Macpherson, lui violait les femmes ou matait juste. Mais il n'est pas du style à se salir encore plus les mains en les tuant, c'est le genre de type à penser qu'il est au-dessus de tout. La femme blonde est là, elle, juste pour une histoire de vengeance. Depuis que Brian est mort, les représentations ont cessé, mais il y a encore des meurtres. Qu'importe soit la raison pour laquelle ces meurtres ont commencé, ce n'est plus le même message ni le même dessein.

— Alors pour toi, il y a quelque chose à comprendre dans tout ça ?

Je me frotte le visage et me lève pour me poster en face d'elle.

— Je pense qu'il n'y a plus aucune règle, que Brian et la femme blonde sont deux personnes qui se connaissaient au lycée où nous étions et qu'ils se sont associés avant de faire rentrer Mickaël Macpherson, Strauss et ce dénommé Black Star dans leur groupe de psychopathes.

— Donc Brian et la blonde font partie de notre passé et ils m'en voudraient tous les deux pour quelque chose.

— La femme oui, mais Brian était à la recherche de la femme idéale et clairement, c'était toi. Il te voulait, mais il savait que c'était impossible alors il tuait pour créer ce qui lui paraissait se rapprocher de la perfection. Les femmes qu'il déguisait et coiffait, tout en les mettant en scène, c'était pour lui une forme d'art. Brian était frustré de ne pas pouvoir te posséder, alors il assouvissait ses pulsions sur d'autres femmes. Je pense aussi qu'il faut creuser sur cette nuit-là, il y a trois ans. Vous avez été marquées toutes les trois comme du bétail. Mais je ne pense pas que les victimes de ce cinglé étaient elles aussi à cette soirée. J'ai demandé un relevé des plaintes pour agressions ou viol à la date du lendemain de cette soirée.

— Tu penses que contrairement à nous certaines ont porté plainte et que si l'on a la liste des femmes qui étaient à la soirée avec nous, on pourra éviter d'autres meurtres.

— Peut-être… Tout dépend du but de ceux qui ont pris le relais après Brian.

On tape à la porte, le docteur Kockran apparaît.

— Alors Mademoiselle Rodes, on n'avait pas parlé de repos ? plaisante-t-il.

— C'est ça d'avoir tous les tarés de la région sur le dos, raille Kerrigan.

Une heure et demie plus tard, on est tous installés dans le

salon. Kerrigan est choquée, mais elle va bien. Après lui avoir fait des points de suture, le Docteur Kockran est reparti. Cooper est revenu après avoir déposé le mot trouvé sur le lit.

— Je pense que si la personne voulait tuer Kerrigan, il l'aurait fait, balance Cooper.

— Et moi je crois qu'il voulait me prévenir que la tuerie ne s'arrêterait pas avant qu'elle ne soit morte. Il faut percer le panier avant que d'autres femmes soient tuées.

— Tu es vraiment certain que Jefferson disait la vérité ?

— Oui et je pense que les membres de sa fraternité aussi. Mickaël a dû rester assez discret quand il a ramené la blonde à la confrérie. C'est pour ça que personne ne l'a vu. Il faut aussi qu'on découvre qui est Black Star. Bien que ce nom me dise vaguement quelque chose. J'irai demain matin à l'université de Penn et interrogerai les élèves du cours du professeur Griffin.

— Pourquoi ? demande Kerrigan.

— Une intuition… Je pense qu'il n'y avait pas que Mickaël qui te gardait à l'œil. Et si je ne me trompe pas, quelqu'un d'autre que Jefferson aura peut-être entendu parler d'un dénommé Black Star. Depuis tout à l'heure, ce nom tourne en boucle dans ma tête, je sais que je l'ai déjà entendu… Cooper, tu restes avec les filles, je ne prends pas le risque de laisser

Kerri ou Rosie à quelqu'un d'autre.

— OK, mais il faudrait peut-être interroger l'équipe de football de l'université, il se peut que ce Black Star en fasse partie.

— Oui, j'irais aussi au Beaver Stadium[5], mais ça serait trop facile de mettre la main dessus comme ça.

---

[5] Stade de football situé sur le campus de l'université de l'état de Pennsylvanie.

Chapitre 24

White Rose City

North York Pennsylvanie

31 octobre

0 h 30

10 °C

Nuit d'Halloween

Kerrigan

Assise sur le banc près de la fenêtre, j'observe les guirlandes d'Halloween qui illuminent le quartier. Rosie est partie se coucher, trop épuisée par cette soirée, mais moi je n'arrive pas à fermer les yeux. Ezra et Cooper sont toujours au salon et discutent de l'affaire. Comment j'ai pu me mettre tous ces fous sur le dos ? Dire que mon premier petit copain était un psychopathe ! Comment j'ai pu ne pas remarquer qu'il était cinglé ? ? Notre relation a duré deux semaines, avant que je n'y mette un terme. Il voulait qu'on fasse l'amour, mais je ne me sentais pas prête et je pensais beaucoup trop à Ezra pour coucher avec lui. Je me souviens qu'il s'était mis en colère et qu'il m'avait giflée. Il s'était tout de suite excusé et était parti de chez moi en claquant la porte. Ezra m'avait questionné sur ma joue rouge quand je l'avais rejoint pour regarder un film chez lui. J'avais joué la comédie en disant que j'avais glissé dans la salle de bain et m'étais cognée contre le lavabo. Il avait froncé les sourcils, mais il n'avait rien rajouté. J'ai menti l'autre soir en affirmant à Ezra qu'il n'avait pas été le premier à me donner du plaisir.

Je n'avais jamais laissé Brian aller aussi loin.

Je pose une main sur mon cou, en réfléchissant un peu mieux maintenant que j'ai les idées, un peu plus claires. Les mains de la personne qui m'étranglaient correspondaient plus à des mains d'homme que de femme. Elles étaient grandes et un peu rêches.

J'aperçois soudain de la fenêtre un groupe de jeunes passer devant les maisons en faisant sauter des pétards. Les étincelles projettent une lumière sur leurs visages masqués. Je me fige quand je repère l'un d'eux avec le masque de Ghost Face. Brusquement, il lève la tête et regarde dans ma direction tandis que je me redresse tremblante. Je m'éloigne de la fenêtre en reculant sans le quitter des yeux. Quand mon dos bute contre un torse, je pousse un cri et la personne me fait faire volte-face en me tenant par les épaules. Lorsque mes yeux croisent ceux d'Ezra, j'essaie de me reprendre.

— Qu'est-ce qui se passe Kerri ? Tu as vu quelque chose dehors ?

Je secoue la tête en me traitant d'idiote. Beaucoup de jeunes choisissent ce costume pour Halloween et je suis bien trop sur les nerfs.

— Je pense que je me suis fait peur toute seule, désolée. J'ai vu des jeunes qui jouaient avec des pétards et l'un d'eux avec ce déguisement… Bref, désolée.

J'entends quelqu'un courir et ouvrir la chambre à la volée. Cooper l'arme à la main, jette un regard circulaire à la pièce avant de nous regarder.

— Tout va bien ? demande-t-il.

Ezra m'observe encore un moment avant de se tourner vers lui.

— Ouais, la nuit a été longue et Kerri a besoin de dormir.

— Tu es sûr ? insiste-t-il.

— Oui… Demande à Simons et à Carter de refaire un tour de quartier avant d'aller te coucher s'il te plaît et de barricader les fenêtres de l'étage. Et dis-leur de faire un topo de ce soir à l'équipe qui prendra leurs relèves à cinq heures demain matin.

— OK, bonne nuit, Kerrigan. me dit-il avant de repartir en refermant la porte.

Je contourne Ezra et me glisse sous la couette. Ezra me regarde un instant avant d'aller dans la salle de bains. Je soupire en essayant de fermer les yeux, mais je n'y arrive pas. J'entends l'eau de la douche couler et me redresse en m'adossant à la tête du lit.

J'ai besoin d'un dérivatif, d'un exutoire, de quelque chose de tangible à laquelle je peux me raccrocher durant quelques minutes. Je sors du lit, abandonne mon pantalon de pyjama et mon débardeur à terre et me dirige dans la salle de bains que j'ouvre et referme derrière moi. Je m'appuie contre la porte et observe les gouttes d'eau qui dévalent sur le dos d'Ezra. Le côté pile n'a vraiment rien à enlever au côté face. Ezra a un corps où les vallées de ses muscles dansent à chaque mouvement. Il doit sentir ma présence, car il me fait face rapidement et plante son regard fiévreux dans le mien. Il ne descend à aucun moment le regard quand je m'avance vers lui.

J'entre dans la douche et colle mon corps contre le sien en me mettant sur la pointe des pieds pour arriver à la hauteur de sa bouche. Ses mains reprennent leurs places sur mes hanches, comme si elles étaient moulées pour mon corps. Lèvres contre lèvres, on s'observe. Ezra sourit doucement et remonte une main dans mon dos jusqu'à ma nuque, qu'il maintient.

— Tu es certaine de toi Kerri ?

— Oui, je veux que tu m'embrasses, que tu me fasses l'amour et surtout... Je veux oublier tout ce qui est en dehors de toi et moi, maintenant.

Il baisse son visage et me mord la lèvre supérieure. Je gémis dans l'expectative et m'accroche à ses épaules. En un instant, je me retrouve soulevée, contre le mur carrelé de la douche et les cheveux serrés dans mon dos. Il m'embrasse avec ferveur, agrippe mes fesses comme si je lui appartenais me faisant sentir son membre contre mon sexe. Excitée, j'empoigne ses cheveux, caresse sa langue avec la mienne et halète en bougeant mes hanches contre les siennes.

— Kerri... grogne-t-il en m'arrachant ses lèvres des miennes et en faisant courir sa bouche sur mon cou.

Il mordille ma peau et dépose des baisers me faisant frissonner.

Tout à coup, il me serre encore plus fort, coupe l'eau et sort de la douche en m'emportant dans la chambre sans même nous essuyer. Sans me lâcher, il m'allonge en me suivant sur le lit et reprend ma bouche.

— Je t'avais dit que je voulais te faire l'amour dans un lit Kerrigan, me souffle-t-il entre deux baisers.

Il enserre l'une de mes cuisses et la remonte sur sa hanche. J'ai la sensation que mes terminaisons nerveuses sont toutes au diapason. Ses lèvres caressent les miennes, jouant avec moi, je sens une de ses mains passer entre nous et s'arrêter sur mon clitoris. Je prends une brève inspiration et rejette la tête en arrière en laissant échapper un gémissement.

— Chut... Tu vas réveiller tout le monde, sourit-il en descendant doucement sur mon sexe humide. Sa langue glisse à l'intérieur de ma cuisse. C'est plus doux que la première fois qu'on l'a fait et beaucoup plus intense. Je bascule les hanches sans pouvoir m'en empêcher, quand il se fige. Mes yeux trouvent les siens et s'aimantent.

Son pouce passe sur mon tatouage et ma gorge se serre. Je ne l'ai pas fait disparaître, car ça me permettait de ne pas croire que j'étais devenue folle en imaginant cette nuit de cauchemar. Rosie et Julia, elles ne voulaient jamais en parler, mais moi j'avais besoin de mettre des mots, de vérifier que tout ça ne sortait pas d'une imagination morbide et infâme.

— Je veux que tu te le fasses retirer Kerri, ce corps n'appartient pas à des cinglés.

— Je… C'était une preuve Ezra que je ne devenais pas folle…

— Tu n'es pas folle, ma puce. Tu es une emmerdeuse, oui, mais pas folle, rétorque-t-il avant de sucer mon clitoris et d'enfoncer un doigt en moi.

Je me cambre en sentant mon corps se réchauffer et le plaisir se dissoudre dans mes veines.

— Ezra… soupiré-je, en me mordant la lèvre pour m'empêcher de crier.

Il retire son doigt et glisse sa langue à sa place. Je suis parcourue de frissons qui semblent serpenter le long de mon corps.

Nom de Dieu ! Sa langue rentre et sort de mon sexe comme si c'était sa queue. Mes hanches se soulèvent plus vite, à une cadence extrême. Je ferme les yeux et jouis longuement en posant mes mains sur sa tête. Ezra remonte sur moi, tend le bras vers la table de nuit et en sort un préservatif. Il déchire l'emballage et l'enfile avec dextérité, remonte mes jambes dans son dos et me pénètre sans me quitter des yeux. Son regard vairon semble illuminé et une décharge électrique se répand dans mes veines quand je le sens centimètre par centimètre s'insérer en moi. Mon cœur fait un bond dans ma poitrine, mes mains attirent son torse contre moi et ma bouche se précipite vers la sienne pour éviter que mes émotions ne se lisent dans mes iris. Le constat était pourtant clair, mais je refusais de voir la vérité en face. Je suis toujours amoureuse de lui, de ses yeux, de sa bouche, de son corps qui s'aimante parfaitement au mien et de son caractère invivable, mais que j'aime quand même. Ezra répond à mon baiser en s'enfonçant un peu plus en moi. Ses mouvements de va-et-vient sont puissants et lents à la fois. S'il continue comme ça, je vais vite être de nouveau terrassée.

— C'est si bon d'être en toi Kerri, murmure-t-il en prenant mon téton entre ses lèvres.

Il me le mordille, le lèche et va s'occuper de l'autre. J'ai très envie de plus... De plus de baisers, plus de caresses, d'encore plus d'Ezra... J'attire son visage vers moi et lui mords la lèvre en accélérant les coups de reins. Il se contracte et son membre tressaute en moi.

— Merde ! gronde-t-il en m'accompagnant encore plus durement. Tu me rends complètement dingue.

Nos respirations sont rapides, nos souffles se mélangent, nos corps transpirent, glissent l'un contre l'autre dans une danse où notre communion est totale et infinie. Je sens le point de rupture graviter autour de nous. Nos peaux brûlantes enfiévrées par l'intensité de notre ancrage galvanisent toutes les cellules de mon corps. Il accélère encore comme pris de frénésie, un cri de jouissance m'échappe, il m'embrasse fort pour l'étouffer et l'extase s'empare de lui… Plongé dans la volupté du plaisir, Ezra serre ses bras autour de moi en continuant à m'embrasser profondément. Je me repais de lui en caressant les vallées sinueuses de son dos. J'aimerais que ça ne s'arrête jamais et profite de ce moment comme si c'était le dernier.

Chapitre 25

White Rose City

North York Pennsylvanie

1er novembre

6 h

11 °C

Ezra

Je me réveille avec un corps chaud blotti contre moi. Kerrigan a la tête posée sur mon épaule et son bras est en travers de mon torse. Je la repousse sur le côté et me place au-dessus d'elle, l'embrasse sur le bout du nez, sur le menton et la regarde. Elle dort, les traits de son visage sont doux, apaisés, tranquilles. Ses cheveux ondulés forment une auréole au-dessus de sa tête. Ses paupières papillonnent et son regard d'un vert doré se pose sur moi, avant même qu'elle n'ouvre la bouche, je butine ses lèvres et y glisse ma langue. Ses bras se lèvent et ses mains s'accrochent à mes cheveux. Je grogne de satisfaction. J'aime vraiment la sentir si réceptive. J'agrippe ses hanches et ses jambes s'enroulent à nouveau autour de moi.

— J'ai encore envie de toi, Kerrigan… susurré-je contre ses lèvres.

Elle sourit et me donne un baiser avant de se reculer.

— Ne t'inquiète pas, je pense qu'on peut trouver un vaccin contre les rousses. Clairement, celui contre les blondes ne fait pas effet bien longtemps avec toi, se moque-t-elle.

Je me renfrogne et me recule un peu pour bien voir ses yeux. Ils sont inquiets et je sais ce qu'elle pense… Qu'une fois cette affaire terminée, je vais partir sans un regard en arrière. Et c'est sans doute ce que je devrais faire. Je mène une vie infernale. Mon boulot au sein du FBI me fait souvent voyager. Je peux partir des mois en infiltration ou pour assurer une protection. Je n'ai pas d'horaires et la seule chose constante chez moi, c'est mon caractère de merde !

Ouais, je pourrais offrir un vrai petit paradis !

Mais en égoïste que je suis… Je ne peux pas me résoudre à la laisser partir.

— Je te veux dans ma vie Kerrigan, insisté-je.

— Eh bien j'y suis… Non ? rétorque-t-elle.

Je secoue la tête, place mes deux mains autour de son visage et frotte mon nez contre le sien en essayant de l'amadouer.

— Tu n'as pas compris, je pense. Je veux qu'après cette affaire, tu continues d'être dans ma vie et dans mon lit.

Elle fronce les sourcils, repousse mes mains et se redresse sur ses coudes me forçant à reculer.

— Pourquoi ? me demande-t-elle comme si ce que je venais de dire était stupide.

— Peut-être parce que j'aime ça, grogné-je. Je veux dire, j'aime que tu sois près de moi.

— Tu veux dire comme une moule accrochée à son rocher ou du fromage sur une tartine de pain ! ?

— OK… J'avais oublié combien tu pouvais être casse-couilles dès le matin, soufflé-je agacé.

Elle me donne un coup de genou dans l'abdomen et me repousse pour se lever.

— Tu n'es qu'un… qu'un…

— Quoi ! ?

— Tu n'es qu'un homme !

— Waouh ! Ça, c'est de l'insulte. Merci, je ne m'en suis pas du tout rendu compte.

Je sors du lit, passe un boxer et commence à m'habiller. Quand je me tourne vers elle, elle a enfilé mon peignoir et retrousse les manches. Je ricane en voyant mon vêtement l'engloutir, Kerrigan se retourne, attrape ma chaussure et me la balance. Je baisse rapidement la tête et la chaussure tape dans le mur derrière moi. Je lui jette un regard assassin et m'avance vers elle en ayant à peine eu le temps d'enfiler mon jean. Elle se penche pour prendre l'autre chaussure, mais je l'intercepte avant qu'elle me l'envoie en lui agrippant les poignets.

Elle cherche à se défaire de ma poigne, mais je la colle contre moi et l'empêche de bouger. Elle relève la tête et me regarde comme si elle avait envie de me taper sur le crâne.

— Pourquoi avec toi c'est une bataille constante ? Tu ne baisses jamais ta garde et tu t'emploies à toujours me tenir tête.

— Parce que tu penses avoir un caractère facile ! ?

— Non ! Mais je te dis que j'aimerais que tu fasses partie de ma vie et tu le prends comme une insulte.

— Je sais très bien ce que tu me proposes Ezra… Mais dès que tu te lasseras de moi, tu retourneras vers *tes blondes*.

— Alors, si tu es aussi certaine que je vais vite retourner à mes blondes, comme tu les appelles. Pourquoi avoir couché avec moi, hier soir ?

Elle baisse le regard et ses yeux se fixent sur ma cicatrice qui me barre le torse. Je lui soulève le menton et caresse son nez avec le mien.

— Pourquoi Kerrigan, m'as-tu rejoint dans la douche ?

Elle se mord la lèvre avant de la relâcher et de soupirer.

— Je suis sous pression et j'avais envie d'oublier quelques instants…

La colère gronde en moi et ma pression sanguine afflue rapidement dans mes veines. Je ne sais pas si je dois lui refaire l'amour pour lui montrer que nous, ce n'est pas juste un corps chaud contre un autre, mais une véritable connexion.

— Alors tu as juste satisfait un besoin ? Si cela avait été Cooper ou un autre dans la douche, tu l'aurais rejoint ! ?

Ses traits se contractent et je la sens se raidir dans mes bras.

— Il faut croire qu'on se ressemble beaucoup finalement. On pense qu'un corps est interchangeable ! crache-t-elle.

Je la relâche, attrape un pull noir dans l'armoire, enfile mon holster avec mon arme et me dirige vers la porte. Je m'arrête un instant, la main sur la poignée et sans me retourner, je lui assène une dernière chose.

— La prochaine fois que tu voudras t'envoyer en l'air, choisis quelqu'un d'autre. Je passe le relais !

Je sors de la chambre en claquant la porte et descends à la

cuisine. Cooper boit un café qu'il a dû sûrement faire lui-même.

— Tu sais te servir d'une cafetière maintenant ? raillé-je.

— J'avais besoin de caféine et j'en ai assez de boire du marc de café. Alors... me dit-il en levant sa tasse et en la portant à ses lèvres.

— Je vais aller parler à Bancroft avant de me rendre à Penn.

— OK, tu veux en parler ?

Je plisse les yeux sans comprendre. Cooper lève les yeux au ciel et repose sa tasse.

— Tu as fait trembler les murs en claquant la porte de ta chambre...

— Laisse tomber, Cooper !

Il lève les deux mains en l'air et reprend sa tasse, mais continue de m'observer. Je décide de boire mon café au bureau et prends mes clés de voiture sur le plan de travail, mais soudain je me fige. Quelque chose m'échappe, sans que je parvienne à trouver ce qui me trouble à l'instant.

— Qu'est-ce qu'il y a ? me demande Cooper.

— Rien, je pensais juste avoir laissé mes clés au salon en arrivant hier.

Cooper hausse les épaules en terminant son café.

— Il faut dire que tu étais un peu distrait en arrivant. Willis a le don de nous retourner le cerveau. Si jamais Bancroft l'autorise à revenir ce soir pour assurer la surveillance, je crois que je ne me limiterai pas à le coller contre un mur.

— Ouais, mais Bancroft n'est pas complètement con. Willis a fait une énorme bourde hier soir qui aurait pu coûter la vie à Kerrigan, Rosie et à nous. Alors je pense qu'on ne le reverra pas de sitôt.

— Carter et Simons ont renforcé les fenêtres à l'étage et Aloran a trouvé des traces de pas dans la cour arrière. L'équipe de la scientifique devrait arriver d'ici une heure. Aloran a veillé à l'arrière de la maison pour surveiller que personne ne vienne effacer les traces.

— OK, je veux que tu m'appelles au moindre souci. Je ne devrais pas m'absenter longtemps.

— Ne t'inquiète pas, après hier soir, je ne pense pas qu'il refasse une tentative tout de suite.

— Reste sur tes gardes, je pense qu'on navigue à vue.

— Je sais… Dis-moi que tu n'as pas trop énervé la tornade rousse ?

— Je te laisse le découvrir, apparemment je ne suis pas qualifié pour contenir une rouquine qui sort les griffes à tout bout de champ.

Je sors de la maison et salue l'équipe du jour en déverrouillant à distance ma voiture, quand une explosion nous propulse au sol. Ma tête frappe durement le béton, des éclats de verre atterrissent sur moi et le bruit assourdissant dans mes oreilles me désoriente. Je sens un liquide visqueux couler sur mon visage. J'entends vaguement des cris lointains au-delà du sifflement qui résonne dans ma tête, mais mes paupières pèsent des tonnes. Je lutte pour rester éveillé, mais un brouillard noir m'emporte.

Chapitre 26

White Rose City

North York Pennsylvanie

1ᵉʳ novembre

6 h 40

Kerrigan

Je regarde par la fenêtre le jour poindre, toujours dans le peignoir d'Ezra. Je sais que je dois faire l'effet d'être une véritable emmerdeuse pour lui. Monsieur exige, et moi je dois suivre, mais je n'ai pas oublié qu'Ezra Lincoln ne s'attache pas. Je sais qu'il tient à moi, mais il ne m'aimera jamais réellement, totalement et infiniment. J'entends la porte de la maison claquer et vois Ezra sortir en saluant la nouvelle équipe quand sa voiture explose et que des germes de flammes s'élèvent dans le ciel.

Je pousse un cri de terreur et m'élance hors de la chambre en courant.

Non ! Non ! Non !

J'ouvre la porte d'entrée lorsqu'un bras s'enroule autour de mon ventre et m'empêche de retrouver Ezra. Je me débats en envoyant mes jambes dans tous les sens. Je hurle en m'époumonant comme une folle. Je cherche Ezra du regard, mais on referme d'un coup de pied la porte.

— Ezra ! Ezra ! Ezraaaaaa ! hurlé-je en larmes.

Non ! Non ! Non ! Ça ne peut pas être vrai !

— Kerrigan ! Calme-toi ! crie Cooper dans mon dos.

Je plante mes ongles dans son bras qui me maintient toujours.

— Putain ! Kerrigan… Si je te laisse sortir, tu risques de te faire tuer !

— Ezra !

— Kerrigan, tu vas aller t'asseoir dans le salon au sol et ne pas t'approcher des fenêtres, dit-il en reculant avec moi vers le séjour.

Je crie, prête à rejoindre par tous les moyens Ezra. Cooper resserre son emprise sur moi et penche sa tête vers mon oreille.

— Il ne voudrait pas que je te laisse sortir Kerrigan… Il ne voudrait pas que je te laisse le rejoindre.

Je revois son regard vairon que j'aime tant et mon corps s'affaisse, puis s'effondre. Cooper m'aide à m'installer par terre et des bras rassurants m'entourent.

— Kerri... souffle Rosie.

Je me colle à elle et pleure toutes les larmes de mon corps.

— Restez là toutes les deux. Une équipe a été dépêchée pour nous rejoindre. Dès qu'elle sera ici, on s'en va, annonce Cooper d'une voix rauque d'émotions.

— Ezra ? murmuré-je comme s'il pouvait encore être vivant après le souffle de l'explosion.

— Une ambulance et les pompiers vont arriver. Je ne sais pas Kerri...

Une demi-heure plus tard, deux agents que je ne connais pas sont montés avec Rosie et moi pour qu'on rassemble nos affaires. Mais je ne veux pas partir sans avoir de nouvelles d'Ezra. Lorsque nous redescendons, une dizaine d'agents du FBI sont dispersés dans la maison. Cooper discute avec un homme de grande taille, la coupe militaire et un regard dur. Cooper me fait signe d'approcher.

— Kerrigan, je te présente Samuel Bancroft, le directeur adjoint du FBI.

— Enchanté Mademoiselle Rodes, on va vous transférer ailleurs avec votre amie Mademoiselle Walker.

— Ezra ?

— L'agent Lincoln a été amené au Penn Presbyterian Medical, le souffle de l'explosion l'a projeté au sol. D'après les ambulanciers, sa vie n'est pas en danger, mais il a une commotion, des brûlures sur des parties de son corps et des coupures au visage.

— Je veux le voir, exigé-je.

Bancroft secoue la tête et lance un regard à Cooper.

— Kerrigan, on doit vous mettre à l'abri, Rosie et toi. Ezra nous rejoindra dès qu'il le pourra. Mais on ne peut pas aller le voir.

Mes yeux se remplissent de larmes, mes mains tremblent. Cooper me prend les mains.

— Il va s'en sortir Kerrigan... Il était encore inconscient quand les secours sont arrivés, mais il a ouvert les yeux, quand on lui a mis le masque à oxygène. D'après l'ambulancier, la première chose qu'il a réussi à dire en retirant le masque, c'était de vous mettre toutes les deux en sécurité.

Je hoche la tête, mais j'ai besoin de le voir pour réellement le croire. Je sais que je n'ai aucune chance de les convaincre de me laisser aller à l'hôpital. Résignée, je n'insiste pas. Le pull d'Ezra sur le dos, Rosie et moi suivons Cooper et quelques agents du FBI à l'extérieur de la maison. Sa voiture est une épave dont les vitres ont explosé, la carlingue est tordue et le capot a été envoyé à quelques mètres de là. Le sol est jonché de poudre noire et du sang parsème l'asphalte. Les corps de deux agents sont recouverts sur une civière mortuaire. Mon cœur saigne pour tous ces morts disséminés dans ma vie.

Maison Dayton

Oregon à 18 km du centre de Salem

On nous installe à l'étage après avoir sécurisé la maison, mais je n'y reste pas et redescends après y avoir déposé mon sac. C'est une grande résidence qui donne sur un lac avec une terrasse en teck qui offre une vue imprenable sur la faune. Cooper est au téléphone dans le salon et parle à voix basse, mais j'entends à son ton qu'il essaie de rester calme. Il me tourne le dos et ne m'a pas encore vue.

— Elle va bien… Non ! Tu dois rester à l'hôpital Ezra. Non ! Je te dis qu'elle va bien ! Kerrigan est secouée et s'inquiète pour toi, mais…

Il se tait, fronce les sourcils et frappe la main à plat sur le mur, près de la baie vitrée.

— Bancroft ne peut pas cautionner ça ? Non ! Tu restes...

Il se retourne vers moi et plante son regard dans le mien. J'y vois de la colère et de la frustration, puis de la résignation.

— OK... On t'attend. À demain, conclut-il en raccrochant.

Le portable serré dans sa main, il soupire et s'appuie contre le mur.

— Bonne nouvelle ! Ton mec a conservé son caractère de merde ! L'explosion ne l'a clairement pas calmé. Il veut aller voir le professeur Griffin demain matin et venir nous rejoindre juste après.

Je soupire de soulagement de le savoir déjà prêt au combat, même si j'aurais préféré qu'il reste à l'hôpital pour se rétablir complètement.

— Les médecins l'autorisent à sortir ?

— Parce que tu crois qu'il en a besoin ? Cette tête de mule n'écoute que lui ! Et Bancroft lui donne raison. Ezra a trouvé d'autres éléments sur l'affaire... Le nom de Black Star lui disait quelque chose, sans savoir quoi... En fait c'était une organisation terroriste, connue pour des crimes dans les années quatre-vingt-dix. Elle a été démantelée, il y a tout juste, trois ans.

Trois ans... L'année où je me suis réveillée dans une

chambre d'hôtel avec Rosie et Julia. L'année où l'on nous a marquées comme du bétail.

— Comment Ezra a découvert ça ?

— Il s'est souvenu du nom du groupe terroriste qui a enrôlé Susan Broman, son ex.

— Alors c'est la blonde qui se disputait avec Mickaël dans sa chambre.

Je la pensais frivole, superficielle et complètement à côté de la plaque, mais je ne la voyais pas participer à des crimes aussi atroces. Je croise les bras sur ma poitrine, l'odeur d'Ezra sur son pull est encore présente et me donne la force de rester debout.

— Sûrement, il faut croire que vos ex se sont alliés pour vous nuire. Tu devrais aller te reposer, il y a six agents dehors et trois à l'intérieur avec moi. On n'a pas été suivis en atterrissant à Portland et cet endroit est sécurisé. Il y a des caméras, une alarme et aussi un détecteur de mouvement à l'extérieur.

Il prend le verre d'eau posé devant lui, le bois d'un trait et le repose violemment sur le formica de la table.

— Merde ! gronde-t-il.

— Quoi !?

— Avant de sortir de la maison ce matin, Ezra a eu un

instant d'hésitation. Je le revois avec ses clés en main, il les a prises sur le plan de travail de la cuisine. Avant de partir ce matin, Ezra m'a dit avoir laissé son trousseau de clés au salon et au lieu de réagir, je lui ai seulement dit qu'il devait avoir la tête ailleurs. Quel con ! Ça aurait dû m'interpeller ou au moins me faire réfléchir, mais non, je l'ai laissé sortir de la baraque...

Je porte les mains à mon visage... Je l'avais énervé avant qu'il ne sorte de la chambre. Il n'était pas concentré.

— C'était de ma faute, on s'est disputés ce matin. Il aurait compris que ses clés n'étaient pas à la bonne place et que quelque chose clochait, soufflé-je, les larmes aux yeux.

Cooper se rapproche et pose ses mains sur mes épaules.

— Non, Kerrigan. On aurait dû être plus vigilants. On a merdé. On pensait que comme le leader Brian O'Connell est mort, les autres n'agiraient pas aussi rapidement et aussi violemment. Il y a autre chose, on a retrouvé le corps de Mademoiselle Carre dans une chambre d'hôtel du Penn's View...

C'est dans ce fameux hôtel que tout a commencé, mais ce n'est pas là que cela va se terminer. Je n'ai aucune idée de pourquoi tout cela nous est arrivé. J'ai la sensation qu'un gouffre s'est ouvert sous mes pieds. Rosie que je n'ai pas entendue arriver me prend dans ses bras en se collant à mon dos. Je devrais la rassurer aussi, mais mon corps est anesthésié.

Chapitre 27

Université de Philadelphie

2 novembre

8 h 10

Je ne peux pas dire que c'est la grande forme, mon épiderme est à vif sur mes bras et mes jambes. Les coupures sur mon visage doivent être impressionnantes, car les jeunes qui passent près de moi me jettent des regards à la fois, inquiets et interrogateurs. J'attends que la faune d'étudiants sorte du premier cours de Griffin et m'avance vers lui. Son assistant récupère les copies qui ont été déposées en me jetant un bref regard.

— Agent Lincoln ?

— Professeur Griffin, je suis désolé de ne pas avoir pu vous rejoindre pour cette partie de poker vendredi dernier, dis-je en guise de salutations.

— Sullyvan m'a expliqué que vous aviez eu un

contretemps, mais ce n'est pas pour cela que vous êtes ici, n'est-ce pas ?

— Non, l'affaire du tueur de poupées russes avance et j'aurais quelques questions.

Il fronce les sourcils et me dévisage sans comprendre.

— Je croyais d'après les journaux, que ce cinglé était mort et que son corps avait été découvert dans une maison isolée.

— C'est exact, mais on pense qu'il n'était pas seul. Avez-vous entendu quelque chose sur un dénommé Black Star ?

Griffin semble réfléchir, du coin de l'œil, le regard inquisiteur de son assistant me fait froid dans le dos.

— Oh ! Je ne sais plus si je vous ai présentés la dernière fois, voici Monsieur Vadim Russo, mon assistant.

Je tique sur son prénom à consonance russe. Même si Russo n'est pas un nom de famille russe. Je ne laisse rien paraître et souris à cet homme d'une trentaine d'années, blond, maigrichon et qui peut facilement se fondre dans la foule sans qu'on ne lui prête attention.

— Agent Lincoln, dis-je en lui tendant ma main.

Russo la regarde un instant, avant de la serrer. Sa poigne est franche, peut-être un peu trop.

— Vadim est un prénom russe, n'est-ce pas ? le questionné-je en lui relâchant sa main.

Il hoche sèchement la tête sans répondre directement.

— Votre mère est russe ?

— Oui, ma mère est née à Saint-Pétersbourg, mon père est italo-américain.

— Je vois, vous avez entendu la question que j'ai posée au Professeur Griffin ?

— Non, prétend-il, alors qu'il était juste derrière moi.

— Le nom de Black Star vous dit quelque chose ?

Son regard est froid, aucun muscle de son visage ne bouge, mais je vois sa pomme d'Adam remonter et redescendre difficilement.

— Non, agent Lincoln.

— Avez-vous entendu parler de Brian O'Connell ou de Susan Broman ?

— Oh ! Susan Broman, jolie femme. Elle voulait savoir si j'avais encore de la place dans mes cours. Mais malheureusement, on ne peut pas changer d'orientation en cours d'année, intervient Griffin.

— Vous voulez vous dire qu'elle est inscrite à Penn ?

— Oui, d'ailleurs, elle est venue me voir il y a deux ou trois jours, elle cherchait Mademoiselle Rodes. Mademoiselle Broman m'a dit qu'elles suivaient le même cours d'économie avec Mademoiselle Rodes, elle avait besoin de ses notes.

— Que lui avez-vous répondu ?

— Eh bien, ça fait plusieurs jours que Mademoiselle Rodes ne vient plus en cours. J'ai dû d'ailleurs en référer au recteur. Je lui ai répondu que je ne pouvais pas l'aider. Elle semblait en colère et elle est partie sans attendre.

— Et en ce qui concerne Black Star ?

— Aucune idée ! répond Griffin.

Russo reste silencieux, mais je me rends compte que ses mains tremblent légèrement en tenant les copies entre ses mains.

— Monsieur Russo, avez-vous quelque chose à dire ?

— Non…

Ce dernier m'ignore alors presque copieusement et se tourne vers Griffin.

— Je dois encore me rendre à la bibliothèque. Excusez-moi, dit-il en me regardant brièvement et sort de l'amphi.

Le professeur Griffin se racle la gorge et me lance un regard d'incompréhension.

— Depuis combien de temps, Monsieur Russo travaille-t-il pour vous en tant qu'assistant ?

— Eh bien, cela doit faire trois mois environ. Je n'avais pas passé d'annonces, mais je comptais en mettre une pour me seconder. Il s'est présenté à moi, en me demandant si j'avais besoin d'un assistant. Monsieur Russo a un diplôme en journalisme, mais également un doctorat d'histoire. Je lui ai dit qu'avec un tel bagage, être un simple assistant ne lui rendait pas justice, mais il m'a répondu qu'il aimait la vie du campus et préfère prendre son temps pour trouver un travail qui lui convenait réellement.

— Et ça ne vous a pas paru bizarre que quelqu'un d'un tel niveau se rabaisse à un poste d'assistant ?

Griffin se passe une main dans les cheveux et plisse les yeux.

— Oui, bien sûr, mais Monsieur Russo n'est pas le genre d'homme à être suffisamment sûr de lui pour prétendre à plus. Depuis quelques temps, j'ai remarqué un changement dans sa personnalité, il est plus sombre, plus sec, plus froid… Mais je pensais que c'était peut-être dû à une rupture ou autre. À vrai dire, je n'en suis plus certain, j'ai des étudiants qui sont venus se plaindre de lui. J'ai essayé de lui parler, mais il est complètement fermé.

— Vous savez si sa famille est dans le coin ?

— D'après ce qu'il m'a dit, ses parents sont partis vivre à Saint-Pétersbourg. La Russie manquait à sa mère, mais il m'a dit qu'ils avaient gardé leur maison à York. Monsieur Russo y vit seul depuis quelques années.

— Professeur Griffin, je ne voulais en parler devant Monsieur Russo, mais en ce qui concerne Mademoiselle Rodes, elle est sous la protection du FBI.

— Elle va bien ? demande-t-il, visiblement inquiet.

— Oui, mais ça ira mieux quand on aura retrouvé Macpherson et Susan Broman.

Le professeur hoche la tête en se pinçant le nez.

— Oui, j'ai entendu parler de l'avis de recherche concernant Macpherson. Je le pensais imbu de sa personne, mais je ne le voyais pas aider un tueur.

— Je pense que Macpherson ne faisait pas que l'aider. Je pense qu'il participait jusqu'à un certain point, reste encore à le définir. Bien, Professeur Griffin, je vous remercie pour votre temps, je vais passer au bureau du recteur pour récupérer l'adresse de Broman et de Russo. Je pense sans vouloir trop m'avancer que votre assistant n'est pas clair.

— Oui, vu sa réaction avec vous et vos questions, je pense comme vous. N'hésitez pas à revenir me voir si vous avez d'autres questions agent Lincoln.

— Appelez-moi Ezra, j'espère que la prochaine fois que je vous reverrai, on se fera cette partie de poker.

Griffin sourit, mais son sourire n'atteint pas ses yeux, le fait d'avoir eu un assassin dans sa salle de classe ne doit pas le ravir.

— Avec plaisir agent… Ezra, me salue-t-il.

Je passe chercher les adresses dont j'ai besoin, me rends au Beaver Stadium. Évidemment, personne n'a entendu parler d'un joueur qui s'appelle comme ça. Je sais que j'ai vu juste quand je me suis souvenu du nom de l'organisation qui a fait entrer Susan dans ses rangs. Je mettrais ma main à couper que mon intuition est la bonne et que la blonde avec laquelle discutait Macpherson est bien mon ex. Maintenant, il va falloir la trouver et découvrir pourquoi nos anciens petits amis sont de véritables malades.

Mon téléphone sonne, je décroche en voyant le nom de Cooper s'afficher.

— Tu as du nouveau ? me demande-t-il.

— À part que personne de l'équipe de football n'a entendu parler d'un certain Black Star. Je garde en attendant ma théorie selon laquelle il s'agirait de l'organisation où était Susan. J'ai trouvé aussi l'attitude de l'assistant de Griffin étrange, son nom est Russo, mais son prénom est russe. Sa mère vient de Saint-Pétersbourg et son comportement fuyant m'a interpellé. Je vais aller glaner quelques informations chez lui. Apparemment, il vit à York, tout près de chez moi.

— Tu crois que c'est une coïncidence ? me demande-t-il

d'une voix septique.

— Non, j'ai aussi l'adresse de Susan Broman. Elle est inscrite à Penn et suit un cursus de droit. Je ne pense pas pouvoir prendre l'avion de 14 h 15. Je prendrai le prochain si tout va bien. J'arriverais à Salem dans la nuit. Je vais faire mettre Susan Broman sous surveillance et jeter un œil chez Russo.

— OK, il y en a une qui a hâte que tu sois là, me glisse-t-il.

— Elle va bien ?

— Elle est choquée et elle a peur pour toi, mais elle va bien.

Je ferme les yeux un instant, puis observe autour de moi. Je regrette de ne pas lui avoir dit ce que j'avais vraiment sur le cœur. Si j'avais été moins con, on ne se serait pas disputés, j'aurais fait plus attention à mon instinct en récupérant mes clés et compris qu'il y avait un problème.

— Dis-lui d'écouter ce qu'on lui dit et de le faire pour sa sécurité et que je serai là dans la nuit.

— OK ! Fais attention, mon vieux. Tu connais la marche à suivre quand il n'y a plus de règles… Et là, les brebis ont perdu leur berger. Quand un troupeau n'a plus de maître, ils se dispersent sans tenir compte des autres.

— Je sais… Toi, fais attention à vous, là-bas.

Je raccroche en sortant du Beaver Stadium en me

promettant de ne plus ignorer mon instinct surtout quand la menace au-dessus de ma tête est si grande. Je monte dans ma voiture de location, une Toyota hybride blanche. Je soupire en regrettant ma Range Rover, quand j'ai ouvert les yeux sur le brancard et que j'ai vu l'état de ma bagnole, je me suis demandé comment je pouvais être encore en vie. Malheureusement deux agents qui étaient plus près de ma voiture, n'ont pas eu cette chance. Je ne sais pas encore quand auront lieu les obsèques et si je pourrai y assister, mais je vais faire en sorte que celui ou celle qui a fait ça, le paye très cher.

Chapitre 28

Oregon à 18 km du centre de Salem
3 novembre
1 h 52
0 °C
Maison Dayton
Ezra

Cooper sort sur le palier quand j'arrive avec l'agent Rodriguez et Parkins qui sont venus me chercher à ma sortie d'avion. La neige recouvre d'une nappe gelée, le sol, et moi qui n'ai jamais froid, même à cinq degrés, je sens l'humidité s'infiltrer sous mes vêtements.

— On dirait que tu es entré en collision avec une vitre, raille-t-il.

— Ouais, je sais. Comment ça va à l'intérieur ?

— Plus chaudement. Viens ! J'ai préféré dire à Kerrigan que finalement tu ne savais pas quand tu pourrais nous rejoindre au cas où, tu n'aurais pas pu venir cette nuit.

J'opine du chef, car à vrai dire, jusqu'à ce que je sois dans l'avion, je ne savais pas si Bancroft n'allait pas changer d'avis et me dire de rester sur place.

— Rosie est partie se coucher très tôt, elle dort très mal et Kerrigan a tenu à attendre que tu appelles, mais j'ai réussi vers minuit à l'envoyer se coucher.

— Tu as bien fait.

On pénètre dans l'atmosphère chaude de la maison et je retire mes chaussures. Rodriguez s'installe sur une chaise et sort son laptop, pendant que Parkins fait le tour de la maison.

— Tu as pu avoir un mandat de perquisition pour entrer chez Russo ?

— Non, mais je m'en suis donné la permission tout seul.

— Ezra…

— Du calme, j'ai fait attention à ne pas être vu et de toute manière, je n'ai rien découvert mis à part qu'il est fétichiste des chaussettes de Noël. Il en a deux tiroirs pleins à craquer.

— Alors, c'était une fausse piste ?

— Je ne sais pas… Mais après être allé chez lui, j'ai demandé qu'on surveille sa baraque tout comme celle de

Susan.

— Eh bien, entre une blonde psychopathe et une nana au caractère de Dogue argentin, on peut dire que tu sais les choisir, plaisante-t-il.

Je lui jette un regard noir en posant mon sac que j'ai pu récupérer chez moi avant de venir. J'ai mal partout et je rêve d'une bonne nuit, je n'ai pas encore pris les calmants que m'a prescrits le médecin Johnson à l'hôpital.

— Tu veux un café ? me propose Cooper.

— Non, juste de l'eau et j'irai me coucher.

— Ouais, vu ta tête, tu dois en avoir besoin, raille-t-il.

Cooper me ramène un verre, je le remercie et prends un cachet pour essayer de passer une bonne nuit.

— Dans quelle chambre se trouve Kerrigan ?

Il grimace en levant les yeux en l'air.

— Quatrième chambre à droite, mais tu ferais mieux de t'installer dans une chambre tout seul. Les galipettes dans ton état ne sont pas vraiment conseillées, mec !

— Merci, mais je compte vraiment dormir. J'ai l'impression qu'on m'a roulé dessus avec un tractopelle.

— Ouais, le souffle d'une explosion peut faire cet effet-là, lâche-t-il en grignotant des petits biscuits.

— La scientifique m'a transmis les résultats sur la bombe

placée sous ma voiture, le dispositif est similaire à celui utilisé par l'organisation terroriste Black Star. Je pense que Jefferson a mal compris quand il a entendu leur dispute, il ne s'agissait pas d'une personne, mais d'une organisation. Elle a été dissoute, mais certains membres, dont Susan, ont dû reprendre le flambeau.

— Tu es sûr de toi ?

— En tout cas, on a que cette piste pour le moment et tout converge dans cette direction.

Je laisse Cooper avec les deux agents et monte à l'étage avec mon sac. J'entre dans la chambre indiquée par Cooper. La petite lampe à côté du lit est allumée, mais Kerrigan n'est pas dans la pièce, je vois une lumière filtrer sous la porte de la salle de bains. Je laisse tomber mes affaires sur le sol, pose mon arme sur une petite commode et retire mon pull, mon jean et garde mon boxer. Je suis tenté de me coucher sans attendre, mais je préfère vérifier que tout va bien. La porte n'est pas verrouillée et j'entre. Kerri est dans la baignoire, les yeux fermés. Elle a les traits tirés, mais semble endormie. Son entaille au front est encore un peu rouge, mais semble bien cicatriser. J'attrape une serviette et la pose sur le rebord, ses paupières papillonnent et son regard se pose sur moi. Après une ou deux secondes de battement, elle se redresse et se jette dans mes bras. Kerrigan enfouit son visage dans mon cou, je sens ses larmes imprégner ma peau. Je la serre dans mes bras et la soulève. D'une main, je prends la serviette et l'entoure. Elle sanglote et crispe ses bras autour de ma nuque.

— Chut... Ça va aller, ma puce.

Je la sèche et la ramène dans la chambre. Je nous installe sur le lit, elle se blottit toute nue contre moi et je savoure son contact. Je lui relève le menton. Son regard est empli de larmes, elle se mord la lèvre et passe ses doigts sur mon visage en contournant les coupures.

— J'ai l'impression d'être l'ange de la mort, Ezra.

Je souris vraiment pour la première fois depuis la dernière fois qu'on a fait l'amour. Je lui agrippe les hanches pour la faire remonter sur moi et laisse mes mains caresser son dos.

— Non, ma puce, tu es tout sauf un ange de la mort, soufflé-je contre ses lèvres.

— Tu veux dire qu'il n'y a pas que des morts autour de moi ?

— Non, je suis vivant. Rosie est vivante, tes parents sont toujours sains et saufs chez les Macpherson.

Elle se redresse en appuyant ses deux mains sur mon torse.

— Je les ai eus au téléphone, ils refusent de quitter la

maison des Macpherson. Ils ne croient pas à la thèse où Mickaël serait impliqué, ils pensent que j'invente tout et que je suis capable de tout pour faire parler de moi.

— Kerrigan, Bancroft est passé les voir pour leur faire un résumé sur l'affaire. Ils étaient en train de dîner avec les parents de Mickaël et d'autres invités. À croire que tes parents vivent sur une autre planète ! Je me demande comment ils ont pu avoir une fille comme toi, avec la tête sur les épaules, belle, maline et intelligente.

— Et tu demandes encore pourquoi, quand on était voisins, je passais le plus clair de mon temps chez toi ?

— Non, en fait, je pensais que déjà à l'époque, tu ne pouvais pas te passer de moi et de ma belle gueule.

— Ah oui ? Tu te crois si irrésistible ?

— Ne le prends pas mal, mais tu me dévorais du regard et… Je ne pouvais pas résister. Il était incandescent comme maintenant. J'ai toujours eu du succès

Et tandis qu'elle lève les yeux au ciel, et me fais sourire, je continue sur ma lancée.

— Ce que je veux dire, c'est que la plupart des nanas voyaient mes yeux comme un truc curieux et mes cheveux comme de la poussière de lune.

— De la poussière de lune ? Tu es sérieux ?

— Chut… Je parle, femme ! dis-je en lui administrant une petite tape sur les fesses.

Elle plisse les yeux en me lançant un regard plein d'avertissements, mais je l'ignore et lui caresse la joue.

— Charisma Spencer m'a dit que mes cheveux avaient la cool attitude et que si les filles étaient attirées par moi, c'est parce qu'elles pensaient que je possédais des pouvoirs magiques.

— Elle avait quel âge quand elle t'a sorti ses âneries ?

Mes lèvres s'étirent, son regard se perd dans le mien et mon corps reprend de la vigueur. Mes mains glissent sur ses cuisses, sa peau frissonne.

— Elle avait dix-sept ans… Mais elle avait le QI d'un mulet !

Elle roule des yeux et un petit sourire sournois apparaît.

— Comme toutes les femmes qui sont passées dans ton lit !

— Ah oui ! ? Et toi alors ?

— Moi, c'est différent, affirme-t-elle avec sérieux. Je suis celle qui a réussi à passer à travers les filets pour te faire comprendre ce que tu ratais.

Je pince les lèvres en essayant de reprendre mon sérieux. Je la bascule sur le côté et me place au-dessus d'elle.

— Tu sais quoi ? Tu as raison, je n'ai plus jamais pu te sortir de ma tête.

Je prends ses lèvres et les dévore, Kerrigan passe ses bras derrière ma nuque et lève une jambe sur ma hanche que j'agrippe pour la serrer contre moi.

— Ma puce…

Je passe ma langue sur ses lèvres et l'enfonce dans sa bouche. Elle frémit et gémit en bougeant son bassin contre le mien. Ses doigts s'aimantent à mes cheveux et les tirent doucement. Je grogne en sentant un désir égal au mien. Je descends mes lèvres dans son cou, je caresse un téton et le prends en bouche. Kerri griffe la peau sur mes épaules. Je le suce et joue avec l'autre de mes doigts. Elle a des seins magnifiques, comme tout le reste d'ailleurs. Sa peau à la texture de la soie et son goût, est doux et amer à la fois. Au moment où je me dis que je ne peux plus attendre, elle me repousse. Je m'étends sur le dos et la regarde se placer entre mes jambes, embrasser mon aine et prendre mon sexe dans sa main.

— Kerrigan, je ne vais pas tenir longtemps, grogné-je.

Elle sourit et me lèche le gland en faisant des cercles. Je serre les dents et agrippe mes poings dans les draps. Elle referme sa bouche sur moi et me suce langoureusement. Mon membre tressaute entre ses lèvres, elle fait courir sa langue le long de ma hampe et remonte sur moi en mettant ses jambes de chaque côté de mes hanches. Je la renverse sur le lit, tends ma main vers la table de nuit et laisse tomber, quand je me rappelle qu'on n'est pas chez moi et que je n'ai pas apporté de préservatifs.

— Ezra ?

Je relève la tête et la regarde.

— Je n'ai pas de préservatif, ma puce…

Elle prend mon visage entre ses mains et m'embrasse. Sa langue s'enroule autour de la mienne et je ne peux pas m'empêcher d'approfondir le baiser. Elle geint en s'accrochant encore plus fort à moi et s'arrache à mes lèvres.

— Je te fais confiance, Ezra. S'il te plaît…

Je n'ai fait jamais l'amour sans protection et même si quelques fois, j'y avais pensé, je n'ai jamais cédé à mes pulsions. Mais avec Kerrigan c'est différent, ça l'a toujours été et ça le sera toujours.

Elle, cette différence qui nous unit et nous aimante.

Je me réapproprie ses lèvres, ramène sa jambe contre ma hanche et la pénètre. Kerrigan lâche un cri et gémit quand je commence mes va-et-vient. Je reprends un téton entre mes lèvres et le suce en continuant de lui donner des coups de reins. Je la sens trembler, ma peau frissonne et les battements de mon cœur s'accélèrent. Ma tension artérielle crève le plafond, lorsque sa tête bascule en arrière et qu'elle laisse échapper un long cri rauque. Je lui mordille l'autre sein avant de m'enfoncer dans sa bouche. Je jouis sans lâcher ses lèvres et prononce des mots que je ne pensais jamais m'entendre dire.

— Je t'aime, Kerri…

Je la sens se contracter sous moi, puis sourire contre mes lèvres.

— Il était temps, agent Lincoln…

Elle mord ma lèvre inférieure et m'embrasse.

On se blottit l'un contre l'autre et on s'endort lentement, sans rêves ni cauchemars.

Chapitre 29

Oregon à 18 km du centre de Salem
4 novembre
8 h
0 °C
Maison Dayton
Kerrigan

J'ai enfilé un legging fourré et mis le pull d'Ezra qu'il a laissé au sol hier, avant de descendre, me prendre un café et m'installer sur la terrasse. Un agent dont je ne me rappelle pas le nom a tenu à me suivre et s'est posté dos à la baie vitrée pour observer les alentours. Emmitouflée dans une doudoune, je suis installée sur une chaise et bois doucement mon café en admirant la rivière. J'ai préféré laisser Ezra dormir pour pouvoir réfléchir. J'ai attendu tellement longtemps qu'il me dise « *je t'aime* » Que je me demande si je ne l'ai pas rêvé. Je me lève, m'approche de la rambarde et m'accoude à la barrière. Le silence et la beauté des lieux me font sourire.

— Mademoiselle Rodes, vous ne devriez même pas être là, prononce une voix rauque familière juste dans mon dos.

Un bras entoure mon bassin et une main attrape mon menton. Ezra tourne mon visage vers lui et m'embrasse langoureusement. Je me retourne dans ses bras, monte sur la pointe des pieds et croise mes mains derrière sa nuque. J'aime tellement ses baisers, ses bras autour de moi et la chaleur de son corps. Quelqu'un se racle la gorge et nous rompons le baiser à contrecœur. Sans me détacher de lui, je me tourne vers Rosie qui se frictionne les bras en sautillant presque sur place. Je me retiens de rire, car vêtue seulement d'un jean et en pull fin, elle semble frigorifiée.

— Cooper m'envoie vous dire que le petit-déjeuner est prêt. Mais la prochaine fois, je le laisserai faire la commission, il fait un froid polaire, les gars ! Il y a des chambres pour ça et vous seriez bien au chaud.

Elle fait demi-tour pour rentrer sans oublier d'envoyer un clin d'œil à l'agent en faction et balance le dos tourné qu'il n'y a que des cinglés dans cette baraque. Je ris et relève les yeux vers Ezra, qui semble ne pas m'avoir quittée du regard.

— Je t'aime Kerrigan Rodes, murmure-t-il en déposant un

baiser sur le bout de mon nez.

Mon cœur a raté un battement et mon souffle se coupe.

— Je t'aime aussi, agent Lincoln.

Ses lèvres frétillent avant de s'étirer.

— Il était temps, Mademoiselle Rodes !

Nous finissons par rentrer dans la maison, suivis par l'agent qui est resté avec moi, dehors. Cooper a installé le petit-déjeuner sur la table du salon, la cuisine étant trop petite pour nous tous. Je retire ma doudoune, la pose sur une chaise et enlève mes chaussures. Ezra me jette un regard et sourit largement.

— J'ai cherché mon pull ce matin, me susurre-t-il.

— Je ne vois pas de quoi tu parles, répliqué-je amusée.

Il se penche à mon oreille et je frissonne.

— Tu portes quelque chose en dessous ? me demande-t-il en chuchotant.

Je l'embrasse encore, ne pouvant résister, mais ne réponds rien. On prend place l'un à côté de l'autre et je commence à me servir un jus d'orange, quand je me rends compte du silence autour de la table. Je relève les yeux et découvre que tout le monde a le visage tourné vers nous.

Ezra se fige aussi et plisse les yeux.

— Quoi ! ? grogne-t-il.

— Mais rien du tout mon agneau, réponds Rosie en se retenant de rire.

Je repose mon verre dans l'incompréhension totale.

— Bon, qu'est-ce qui se passe ? Pourquoi vous nous regardez tous comme si nous étions des spécimens rares ?

Cooper hausse les épaules en buvant une gorgée de café.

Je remarque d'ailleurs que depuis qu'Ezra ne fait plus le café, il ne s'en prive plus.

— C'est juste que c'est un peu étrange, vous êtes tout sourire, pas de prises de bec et on n'a pas l'impression que Kerrigan a envie de te gifler. Comprenez donc qu'on n'est clairement pas habitués ! raille-t-il en enfournant un croissant dans sa bouche.

— Eh ! C'est faux !

— C'est vrai ! répond Ezra en même temps que moi.

Je lui lance un regard noir et j'entends tout le monde soupirer. OK, Rosie et Cooper ont assisté à nos engueulades, les deux agents dont je ne me rappelle pas leurs noms, non ! Et puis, c'est faux !

— C'est faux ! répété-je. C'est juste de la divergence d'opinions, je n'ai pas forcément envie de le gifler à chaque fois.

— Pas forcément ? Je te remercie ! ironise Ezra.

— Merci, mon Dieu, tout rentre dans l'ordre, balance Cooper. Mangez mes amis.

Mais je l'ignore et me concentre sur Ezra.

— On ne peut pas dire que tu es facile à vivre !

— Ah ! Parce que toi, tu es douce et docile ! ?

— Si tu veux de la douceur, adopte un chien !

— Kerrigan, tu pourrais y aller mollo avec les comparaisons ! Je n'ai pas dit que je voulais que tu m'obéisses au doigt et à l'œil.

— Ah ! Parce que tu n'as pas parlé de docilité à l'instant ?

— J'ai dit... Oh ! Et puis merde ! Tu n'es qu'une emmerdeuse !

— Et, c'est reparti ! balance quelqu'un.

— En plus de les entendre se disputer, on les entend même baiser ! gronde un autre.

Je me raidis et fais le tour des visages autour de la table. Éberluée par ce que je viens d'entendre.

— Vous nous avez entendus ? demandé-je encore sous le choc.

Cooper hausse encore les épaules et Rosie sourit de toutes ses dents.

— Ma chérie, tu as la voix qui porte, annonce-t-elle comme si ça pouvait être vrai.

Ezra ricane à mes côtés et je lui lance un autre regard noir.

— Et toi, joli cœur, tu n'es pas en reste ! rajoute-t-elle.

Il arrête de rire et je souris en buvant mon café.

— Sale peste ! me balance-t-il.

— Beugleur ! répliqué-je, alors que Cooper s'étouffe avec son croissant.

Pour la première fois depuis des jours, j'ai le cœur un peu plus léger, mais je sais que ça va être de courte durée.

Après le petit-déjeuner, Ezra s'isole pour passer un coup de fil, Cooper vérifie pour la énième fois avec les deux autres agents, les portes et les fenêtres de la maison. Rosie et moi avons fait un petit coup de propre dans la maison et pour nous changer les idées, nous décidons de regarder un film. La vidéothèque offrant un large choix.

On choisit « *Le terminal* » avec Tom Hanks. Je m'enfonce dans le canapé, quand j'entends un objet tomber. Je sursaute et me tourne vers la source du bruit. Cooper ramasse un livre et le repose dans la bibliothèque. Je me recentre sur le film au moment où Tom Hanks dîne avec Catherine Zeta Jones. Hum…

Je ne suis pas du style à vouloir des fleurs, un dîner aux chandelles et une vue imprenable sur une piste d'aéroport, même avec un ciel où les couleurs se mélangent. Mais, je dois bien m'avouer que je ne dirais pas non, cependant.

Je ferme les yeux et repose ma tête sur l'un des coussins. J'ai dû m'endormir, car quand je les ouvre à nouveau, je suis dans les bras d'Ezra qui me pose sur notre matelas.

— J'ai pensé que tu serais mieux dans un lit, m'explique-t-il.

— Hum... Mais je n'ai pas eu le temps de voir Tom Hanks embrasser Catherine Zeta Jones, baragouiné-je encore à moitié endormie.

— Je ne suis pas Tom Hanks, mais je peux te montrer si tu veux, me propose-t-il en se penchant sur moi.

— Je ne sais pas, tu peux faire l'accent polonais ?

Il plisse le front et frôle mes lèvres.

— Je ne peux pas parler et t'embrasser à la fois, mais pour toi, je suis prêt à faire un effort.

— Non, finalement, c'est surfait ce genre d'accent...

Je redresse la tête et l'embrasse. Il m'enlève son pull et tire dans son dos le sien. Je l'aide à le retirer et dépose des baisers sur sa clavicule, promène mes lèvres sur sa gorge et lui mordille l'oreille.

— Je suis vraiment fou de toi, Kerri...

— Et je suis dingue de toi, Ezra.

Nos lèvres se rejoignent et j'oublie tout ce qui n'est pas lui.

Je me réveille en sentant quelqu'un bouger autour de moi. Ezra est en train de se rhabiller. Il renfile son pull et son jean dos à moi.

— Tout va bien ?

Il se retourne vers moi et se rapproche en se penchant au-dessus de moi.

— Oui, repose-toi. Je dois encore passer quelques appels et voir si tout est en ordre.

— OK, Ezra ?

Son regard me sonde et j'inspire profondément.

— Oui ?

— Tu crois que ce sera bientôt fini ?

— Si tu parles de toi et moi, non ! Mais si tu parles de tous ces meurtres, oui !

— Et si personne ne se manifeste pendant que je suis là ? S'ils attendent que je rentre à Penn pour recommencer ? Et si je...

— Kerrigan, c'est vrai qu'il ne s'est rien passé depuis que tu es ici, mais ça ne veut pas dire qu'ils attendent les bras croisés et nous non plus. Écoute, je sais qu'on n'en a pas discuté, mais je sais qui est la blonde dont parlait Jefferson.

— Je sais, Cooper m'a dit qu'il s'agissait de Susan. Ce que

je ne comprends pas, c'est pourquoi ? Elle sortait avec toi avant qu'elle ne décide que le terrorisme était finalement une voie comme une autre.

— Ouais... En parlant de ça, quand je suis partie la retrouver pour essayer de la raisonner. Ça ne s'est pas réellement bien passé. Susan ne m'écoutait pas. Elle clamait que nous étions tous embrigadés et qu'on nous avait retourné le cerveau. Bref, elle n'a pas compris que c'était elle qui avait la cervelle retournée. J'ai tourné les talons quand j'ai compris que ça ne servait à rien, mais elle m'a agrippé le bras et a voulu m'embrasser. Je l'ai repoussée et je lui ai dit que j'aimais quelqu'un d'autre. Elle a voulu savoir qui, mais j'ai refusé de lui dire. Elle a répondu qu'elle savait que je n'avais jamais été amoureux d'elle, trop occupé sans doute, avec ma voisine.

— Elle croyait que tu étais amoureux de moi ?

— Kerri, tu étais la seule à ne pas le savoir. Bon, peut-être que je refusais de le reconnaître aussi, mais ce que je ressens pour toi était déjà là. Et Susan, même si elle était clairement cinglée, le savait aussi.

— Pour ma part, c'était difficile de savoir que tu éprouvais quelque chose pour moi, vu que tu fourrais ta langue le plus souvent dans la bouche d'une autre et qu'après notre première fois, tu es parti.

— OK, j'ai foiré, on est d'accord. Mais pour ma défense, tu étais jeune et tu avais ta propre voie à choisir. Je venais de m'engager dans l'armée, je ne pouvais pas reculer et rester.

— Tu aurais pu garder contact !

— Kerrigan, je ne savais pas moi-même ce que je voulais.

— Et maintenant, tu le sais ?

Des coups à la porte nous interrompent, Ezra soupire et va ouvrir la porte. Je remonte la couette sur moi et aperçois les visages fermés de Rosie et Cooper.

— Ça a bougé, les détecteurs ont relevé du mouvement à l'arrière de la maison, c'est peut-être un animal. Rodriguez est allé voir, mais je pense qu'il faudrait nous préparer au cas où.

— On devrait mettre les filles dans le bunker au sous-sol et je vais aller faire le tour du périmètre. On arrive tout de suite, dit Ezra avant de refermer la porte. Il se retourne vers moi et je devine à son regard que la thèse de l'animal ne semble pas l'avoir convaincu.

Je me redresse en serrant la couette contre moi, soudain inquiète et complètement paniquée.

Chapitre 30

Oregon à 18 km du centre de Salem
4 novembre
11 h
0 °C
Maison Dayton
Kerrigan

— Ce n'est peut-être rien, tu vas aller dans le bunker au sous-sol avec Rosie, le temps qu'on sécurise le périmètre et qu'on vérifie que tout est en ordre.

Je termine de m'habiller pendant qu'il inspecte son arme en observant l'extérieur par la fenêtre.

— Je ne… Je ne veux pas que tu y ailles.

Ezra me regarde un instant avant de regarder de nouveau à l'extérieur.

— C'est mon boulot, Kerrigan. me répond-il simplement.

Mais je sais qu'à sa voix, il n'y a pas à en discuter.

Je finis de mettre mes bottes et m'avance vers lui, mais il m'arrête d'un regard.

— Ne t'approche de la fenêtre, on va descendre et Cooper va rester avec vous deux.

— Ezra...

— Kerrigan, tu vas faire ce que je te dis et me faire confiance.

— Je te fais confiance, mais...

Ezra me rejoint et me prend la main en m'entraînant derrière lui.

— Vous serez en sécurité et c'est tout ce qui compte.

— Non !

Il me fait descendre l'escalier au pas de charge, on retrouve Cooper et Rosie.

— Rodriguez est toujours à l'extérieur et Parkins vérifie les vidéos de surveillance.

Je jette un coup d'œil à l'agent qui est debout devant la table du salon et qui regarde les écrans. Son front est plissé et son regard est concentré.

— Emmène les filles en bas et ne sortez pas du bunker sans que je vous aie fait signe, ordonne Ezra.

— Tu sors à peine de l'hôpital, laisse-moi y aller Ez',

intervient Cooper.

— Non, si c'est mon ex, je préférerais essayer de lui parler.

— Tu crois que tu arriveras à calmer une détraquée ?

— Non, mais elle pourrait baisser sa vigilance avec moi. Fais ce que je te dis, s'il te plaît.

— OK, mais fais attention.

Ezra lâche ma main et commence à partir vers la porte en sortant son arme, mais je lui attrape le bras et il se retourne vers moi. Une boule m'obstrue la gorge et des larmes envahissent mes yeux. Frustrée par mon incapacité à prononcer un mot, je me love contre lui et passe mes mains derrière sa nuque. Il est raide comme un bâton de dynamite, mais je ne recule pas.

— Kerri, ça va aller. File avec Cooper et Rosie.

Il referme un bras dans mon dos et se penche sur moi, ses lèvres à un souffle des miennes.

— À mon retour, je viendrai vous chercher, me promet-il malgré son regard assombri. S'il te plaît, Kerri ?

Je me détache doucement de lui, son bras retombe et il sort de la maison. Rosie vient me prendre la main. On le regarde refermer la porte et elle me serre la main.

— Allez suis-nous, ton Ezra reviendra, murmure-t-elle.

— Ouais…

Cooper nous conduit au bunker, je n'en avais jamais vu un avant, des murs en béton, sans fenêtre et lugubre. Lorsqu'il referme la lourde porte sur nous, Rosie se colle contre moi et Cooper se tourne vers nous.

— Dès qu'Ezra nous donnera le signal, on pourra sortir.

On s'assoit toutes les deux sur un des lits de camp, ici, on n'entend strictement rien de l'extérieur, je ne sais même pas si le réseau passe. Comment Ezra compte-t-il, nous envoyer un signal, alors que cet endroit nous protège de tout, même du moindre bruit, mais je me tais la peur au ventre.

Ezra

Je retrouve Rodriguez derrière la maison, il regarde le sol où des traces d'un passage dans la neige se trouvent. Ce ne sont clairement pas des empreintes de chaussures, mais bien celles d'un animal. Je respire un peu mieux tout en restant vigilant.

— Ça ressemble à des empreintes de chien.

— Je dirais plutôt d'un loup Rodriguez. Les coussinets laissent des empreintes ovales et longues, contrairement à un autre canidé. Tu as trouvé autre chose ?

— Non, rien. Je crois que c'était une fausse alerte. Avec

toute cette neige, si quelqu'un était passé par là, j'aurais vu d'autres empreintes, mais là rien.

— D'accord, on va faire un second tour de la maison et l'on pourra faire sortir Cooper et les filles du bunker.

— OK, mais je pense qu'on devrait faire venir une équipe de plus.

— Je suis du même avis, j'ai un mauvais pressentiment et généralement, je ne me trompe pas.

Je soupire en observant les alentours. Tout est calme, la neige recouvre entièrement la végétation, on entend le bruit de la rivière, et rien ne laisse présager que quelque chose se cache dans ce paysage immaculé. On refait un tour de la maison et on retrouve Parkins toujours devant ses écrans. Il secoue la tête et nous regarde.

— Je n'ai rien sur les vidéos, rien n'a bougé.

— Pourtant, tu aurais dû voir un loup tourner autour de la maison. Tu n'as pas bougé des écrans de la journée ?

— Non, même pas pour aller pisser.

— Bon, je vais appeler Bancroft et demander une équipe supplémentaire, avant de faire sortir les autres.

J'appelle le chef en me positionnant près de la baie vitrée, mais en restant à couvert. Dès qu'il décroche, je lui explique la situation et lui demande des renforts. Il accepte, mais me fait comprendre qu'il n'a pas beaucoup d'agents disponibles et que je suis obligé par conséquent d'accepter que Jason Willis fasse partie du voyage. Je descends ensuite au sous-sol après avoir demandé à Rodriguez de remplacer Parkins quelques heures. J'appuie sur le bouton du récepteur à la porte du bunker.

— Cooper, vous pouvez sortir, R.A.S.

Quelques secondes après, la porte s'ouvre, Cooper sort le premier, suivi de Rosie et de Kerrigan. Mon arme de service toujours à la main, je la range et prends Kerrigan dans mes bras. Elle s'y blottit, son cœur bat rapidement et je la serre plus fort. J'enfouis mon visage dans ses cheveux et respire son odeur. Je n'arrive pas à m'enlever de l'esprit, l'idée que quelque chose va se passer et aujourd'hui ! Il n'y a pas eu d'autres enlèvements depuis celui de Cyrielle Carre. On remonte au salon, Rodriguez est toujours devant les écrans de sécurité. Kerrigan part dans la cuisine avec Rosie.

— J'ai appelé Bancroft, il fait venir une seconde équipe. Willis est de la partie.

Cooper se passe une main sur le visage, avant de regarder entre les rideaux de la fenêtre l'extérieur.

— Ouais… J'ai senti ce matin en me levant que ce serait une de ces foutues journées, se lamente Cooper. OK, je pense qu'il va falloir qu'on discute Ez ', poursuit-il.

— Quoi ? marmonné-je.

Cooper jette un coup d'œil vers l'endroit où les filles ont disparu.

— Lizzie Sheridan a été transféré au bureau de Philadelphie, annonce-t-il.

Merde ! Aux dernières nouvelles, elle était encore à Sacramento en Californie. Le fait qu'elle soit maintenant dans la même région que moi ne veut dire qu'une seule chose.

— Elle a demandé son transfert dans la même agence Locale que nous, Ezra. Et tu sais pourquoi…

Ouais, j'en ai une petite idée, mais je pensais avoir été clair avec elle à la fin de notre dernière mission ensemble. Comme je reste muet, Cooper soupire.

— Tu comprends qu'elle risque fortement de faire partie de la seconde équipe ?

— Ça ne sera pas un problème, dis-je, sans savoir qui j'essaie de rassurer ou de convaincre.

Cooper plisse le front et croise les bras.

— Aucun problème ? Tu es sûr de toi, là ? me demande-t-il l'air sceptique.

— Écoute, voilà ce que je crois… Lizzie sait à quoi s'en tenir. J'ai mis les choses au clair avec elle.

— Ez', ce n'est pas anodin ce transfert ! Lizzie n'a pas

quitté le soleil de Californie pour le climat humide de Pennsylvanie seulement pour découvrir du pays. Tu devrais en discuter avec Kerrigan avant que la bombe n'explose.

— Kerrigan ne sera pas un souci ni Lizzie.

— Ezra, je ne sais pas où vous en êtes avec Kerrigan, mais cette fille t'aime, ça se voit et toi aussi. Sinon, tu te serais interdit de coucher avec elle. Tu devrais lui dire…

— Je préfère attendre que cette histoire de tueur soit terminée. Je prendrai Lizzie à part, elle comprendra, répliqué-je buté.

— Tu es beaucoup trop têtu Ez' et je sais que l'arrivée de Lizzie Sheridan va engendrer beaucoup plus de dégâts que celle de Jason Willis. Bon sang ! Tu joues un jeu dangereux !

Je serre la mâchoire en essayant de conserver mon sang-froid. Ma relation passée avec Lizzie était une erreur. C'était la seule fois où j'ai laissé une relation avec une de mes collègues franchir la limite. Je n'ai pas le temps de répondre à Cooper, que les filles reviennent avec des cafés. Kerrigan m'observe et plisse les yeux. Je secoue la tête, comme pour dire qu'il n'a rien. Rosie a les mains qui tremblent et a dû mal à tenir sa tasse.

— Tout va bien, Rosie ? lui demandé-je.

Elle regarde Kerrigan, comme si c'était elle qui avait la

réponse à ma question.

— Kerri ? l'apostrophé-je, en sentant que leur excursion dans la cuisine était aussi pimentée que la nôtre dans le salon.

Kerri fuit mon regard, je lui soulève le menton et vois que la nuance de vert doré dans ses yeux s'est assombrie.

— Qu'est-ce qu'il y a Kerri ?

Elle inspire profondément, sa voix n'est qu'un murmure quand elle parle.

— Je veux rentrer à Philadelphie. Je veux que cette histoire s'arrête et tant que je reste ici à me planquer ni Mickaël ni Susan ne sortiront de leurs cachettes.

— Kerri... On ne va pas se servir de toi comme appât.

— Il le faut peut-être pour que tout se termine enfin.

Je sens mon sang bouillir dans mes veines et ferme un instant les yeux pour me calmer et ne pas m'emporter. Mais la journée est à peine entamée et mes nerfs lâchent.

— Tu espères quoi, Kerri ! ? hurlé-je. Tu crois que te mettre en plein dans la ligne de tir va nous rendre service et faire sortir les monstres de leur tanière ? Tu crois que je n'en ai pas eu assez de savoir ce qui t'est arrivé, il y a trois ans... Que ton enlèvement, l'explosion de ma voiture qui aurait aussi pu te tuer si tu avais été près de moi, n'est pas suffisant ! ? Tu crois que je m'amuse à rester ici, au lieu d'être sur le terrain à rechercher ces ordures ! ? Dis-moi dans ta tête, à quel moment cette idée à la con, est-elle venue ! ?

Chapitre 31

Oregon à 18 km du centre de Salem
4 novembre
14 h 15
0 °C
Maison Dayton
Kerrigan

Son regard est incisif, percutant, d'une vivacité qui semble à cet instant rendre ses yeux bicolores plus étincelants. Sa voix rauque empreinte de colère et d'autorité segmente ma peau, me donnant des frissons. Sa mâchoire est serrée, ses mouvements sont maîtrisés, mais je sens qu'il se retient de tout casser. Si je ne le connaissais pas, je pourrais avoir peur de ses réactions, mais je sais qu'il ne me ferait jamais de mal. Mais mon corps réagit au sien et ma peau se couvre de chair de poule. Mon cœur bat frénétiquement dans ma poitrine, mes yeux se troublent et j'essaie de reprendre mon souffle. Mon esprit s'égare un instant en percevant les moindres vibrations du sien. Dire qu'il est beau, même terriblement en colère, serait un euphémisme. Ce n'est pas une créature céleste, pourtant, quand je vois hommes et femmes, sans distinction se retourner vers lui en sa présence, je me dis que Dieu en a fait son œuvre d'art. Je me redresse en croisant les bras et cherche à trouver les mots…

— C'est tout ce qu'ils veulent… Susan et Mickaël souhaitent m'atteindre d'une manière ou d'une autre et je ne peux pas rester sans rien faire éternellement.

Ezra se passe une main sur le visage, puis serre et desserre les poings.

— Tu crois que c'est ça qu'on fait, qu'on ne fait rien ! ? Des agents sont en ce moment même en faction devant chez Susan Broman, ils recherchent aussi Mickaël et j'ai aussi une équipe qui fouille encore à l'heure actuelle dans tout ce qu'on a trouvé dans cette maison où tu as été retenue dans les bois. Te mettre devant la cible, ce serait comme te livrer en pâture aux loups sans aucune protection et ne fera que nous compliquer la tâche. Mourir ne nous aidera pas non plus. Tu veux quoi Kerrigan ! ? Faire partie de ses victimes violées, torturées et tuées, n'arrêtera rien ! Alors, on fait quoi ! ?

Il secoue la tête, se poste près de la baie vitrée et fait volte-face pour prendre sa veste.

— Qu'est-ce que tu fais ?

— Je vais faire un tour avant de faire quelque chose que je pourrais regretter…

Il sort de la maison en claquant la porte et le bruit résonne dans mes oreilles. Les jambes flageolantes, je pose une main sur le mur en essayant de ne pas m'effondrer. Puis j'entends la mélodie dans ma tête, celle que je me rappelle avoir entendue dans cette fameuse maison dans les bois, celle qui hante mes cauchemars et qui est revenue se rappeler à moi dans le bunker. Je ne me souvenais pas que la personne près de moi avait chanté, mais enfermée entre des murs de béton me l'a rappelé.

Au clair de la lune,

Mon alter ego,

Prête-moi ta plume

Pour porter mon nom.

Ma chandelle est forte,

Elle fluctue, mon feu

Ouvre-moi ta porte,

Pour sauver, tous ceux,

Qui dans ton cœur ne font pas encore partie

des cieux.

Au clair de la lune,

Le tueur répondit,

Je n'ai pas de plume,

Je suis dans ton esprit,

Va chercher ton cœur,

Je crois qu'il est prêt,

Juste un peu de sang,

Juste un peu de feu,

Mais je sais que bientôt,

On enterrera ton précieux...

Quand la nuit tombe, le vent dehors s'est intensifié, les branches tapent contre la baie vitrée. Ezra est toujours dehors, mais reste en contact avec Cooper grâce à une radio. Il tient à vérifier encore les alentours avant de rentrer. Rosie, elle, se change les idées en préparant du guacamole et des fajitas. Cooper est en ligne avec Bancroft et Rodriguez est toujours devant les écrans, pendant que son collègue se repose. Moi, je ne sais pas quoi faire de ma peau et choisis de mettre la table pour aider, mais mon esprit reste figé par les derniers mots d'Ezra...

« Tu veux quoi Kerrigan ! ? Faire partie de ses victimes violées, torturées et tuées, n'arrêtera rien ! »

— Eh Kerri... souffle Rosie derrière moi. Il va se calmer, tu vas voir.

Elle pose une main sur mon épaule et je me retourne vers elle.

— Je sais que tu es d'accord avec lui, que c'est de la folie, mais...

— Mais rien Kerri, il a raison, je sais que c'est dur de devoir attendre les bras croisés, mais on n'a pas le choix.

La porte de la maison s'ouvre à ce moment-là sur Ezra, sans même me regarder, il retire sa veste et la pose sur le canapé. Cooper lui fait signe et ils vont dans la cuisine. Je soupire tandis que Rosie sourit doucement.

— Tu vois, il s'est calmé…

Ah bon ! ? Le fait qu'il ne fasse pas attention à moi me prouve le contraire, mais Rosie a une façon bien à elle de voir les choses.

— Dis-moi à quoi tu le vois ? Son indifférence ?

— Eh bien, les murs n'ont pas tremblé en sa présence et l'onde de choc qui a secoué son corps quand tu lui dis que tu voulais repartir à Philadelphie n'avait plus l'air présente dans son regard, minimise-t-elle en me faisant un clin d'œil.

— Parce que tu as eu le temps de bien voir son regard ?

Elle lève les yeux au ciel et lance un regard vers la cuisine, où sont les garçons, quand Rodriguez se lève brusquement.

— Eh ! Les gars, ça bouge à l'extérieur !

Ezra et Cooper le rejoignent devant les écrans.

— Une berline noire, ça peut être l'autre équipe, mais il vaut mieux s'en assurer, ordonne Ezra.

Il relève la tête vers Rosie et moi et je connais déjà les mots qu'il va dire avant même qu'il les prononce. Mais Cooper le prend de court et l'interpelle.

— Ez', c'est l'équipe, je vois Willis, Barthov, Looper et Sheridan sortir de la voiture.

Ezra va leur ouvrir et deux hommes bâtis comme des gorilles, Willis et une femme entrent. Pendant que tous se saluent, je vois Ezra et la femme discuter. Brune aux yeux noisette, jolie et mince, elle sourit à Ezra, comme s'ils étaient intimes. Elle se dresse sur la pointe des pieds, comme moi je peux le faire et dépose un baiser à la commissure de ses lèvres. Quand elle se tourne vers Rosie et moi, son regard se plisse et un sourire factice se dessine sur son visage.

— Bonsoir, on a fait tout notre possible pour arriver au plus vite. Je suis Lizzie Lincoln et vous êtes Kerrigan et Rosie ? commente-t-elle en faisant un signe de la main de loin à Cooper qui semble énervé et prêt à lui arracher les cheveux.

Quand les mots qu'elle a prononcés me percutent, je me fige et ne réponds rien. Rosie, après un instant de silence, lui tend sa main. Lizzie la serre, avant d'avancer sa main vers moi, mais je recule.

— C'est Sheridan, Lizzie ton nom, il me semble, grogne Ezra.

— J'ai gardé ton nom, Ezra. Après tout, on est restés mariés deux ans, ça compte un peu tout de même, non ? balance-t-elle, en ignorant le malaise dans la pièce, où le silence s'est installé.

— Ne fais pas de vagues Lizzie, on n'est pas là pour se remémorer le passé. Et jusqu'à preuve du contraire, on est divorcés, donc tu ne devrais plus porter mon nom, réplique-t-il en la fixant.

Cooper s'avance en s'interposant et récupère le bagage à main d'Lizzie.

— Viens Lizzie, je vais vous montrer à tous les quatre vos chambres.

— OK, mais Bancroft m'a demandé de vous faire savoir qu'il ne pourrait pas monopoliser autant d'hommes trop longtemps.

Ezra émet un grognement et Cooper soupire.

— Ouais, on s'en doute. Eh ben, le temps que vous êtes là, on va pouvoir se relayer plus souvent. En attendant, Rosie a fait à manger et je commence à avoir faim. Alors, on verra après la logistique.

— OK, comme vous voulez, mais j'espère que Mademoiselle sait cuisiner, sinon je me sacrifierai pour faire autre chose.

Je sens Rosie se tendre à mes côtés et je sais qu'elle est sur le point d'exploser. Avant qu'elle ne dise un mot, et sans regarder Ezra, je lui prends le bras. Cooper montre le chemin aux trois hommes et à l'ex-femme d'Ezra. Ezra se rapproche de moi et tend sa main vers moi, mais je l'ignore.

— Laisse tomber Rosie, apparemment Ezra sait les choisir.

— Kerri… commence Ezra, mais je lui lance un regard noir.

— Non ! Je pense que tu devrais accompagner ta femme à sa chambre et en même temps, récupérer tes affaires dans la mienne.

— Non ! On va discuter tous les deux.

— Mais merde, Ezra, je n'en ai aucune envie. Peut-être que tu aurais dû m'avouer avant que ton ex-femme allait débarquer.

— Ouais, tu l'as dit toi-même, c'est mon ex-femme, donc je ne vois pas où est le problème, Kerrigan.

Je suis tellement en colère que j'attrape le premier bibelot à ma portée et lui balance à la figure, mais Ezra a anticipé et baisse la tête. Je m'apprête à en attraper un autre, quand il me ceinture à la taille et bloque mes bras.

— Tu es une vraie furie ! Voilà pourquoi, je ne t'ai rien dit.

Son souffle me chatouille l'oreille et je frissonne malgré moi. J'inspire profondément, tentant de me calmer, mais rien de penser à lui et à Lizzie ensemble, j'ai envie de le gifler ! Si encore, il m'en avait parlé, mais non, il me laisse devant le fait accompli.

— Kerri, je n'étais pas très emballé à l'idée de t'en parler, mais pas parce qu'elle et moi, ça n'a pas compté, mais parce que je sais que tu aurais pensé le contraire.

Ouais, ben je le pense toujours.

— Lâche-moi Ezra !

— Tu es calmée ?

— Ouais...

Ses bras retombent doucement, ses mains se posent sur mes hanches et Ezra me retourne vers lui. Il soulève mon menton et se penche vers mes lèvres, mais je le repousse.

— Je ne peux pas, on va trop vite tous les deux. Je ne connais pas la vie que tu as eue pendant six ans et je ne sais pas ce que tu veux de moi. Et le contexte dans lequel on est... Je veux que tu prennes une autre chambre et je veux de l'espace.

Sans lui laisser le temps de répondre, je m'éloigne et monte dans la chambre. Au moment où j'ouvre la porte, celle d'en face s'entrouvre. Lizzie en sort, habillé d'un blue-jean et d'un pull en angora blanc à col roulé.

— Eh ! Je suis désolée pour l'entrée en matière tout à l'heure. Willis m'a dit qu'Ezra sortait des sentiers battus pour fricoter avec un témoin. Vous savez que même si ce n'est pas dans ses habitudes de mélanger boulot et plaisir, Ezra se lasse vite.

Mon regard descend sur sa main qui tient son holster contenant son arme, elle suit mon regard et l'enfile sur son pull.

— Ezra aime les femmes, mais il n'y en a qu'une qui l'a épousé, termine-t-elle en me regardant droit dans les yeux.

Je suis déjà prête à la renvoyer dans les buts, quand j'entends des pas derrière moi. Ezra se tient là en ne fixant que moi. N'ayant aucune envie de monter au créneau devant lui, je rentre dans la chambre et referme à clés derrière moi. Je m'adosse contre la porte et me laisse glisser à terre. Je ramène mes genoux contre ma poitrine et passe mes bras autour. Je n'ai jamais pu donner une réelle chance à un autre homme, mais apparemment, lui oui.

Chapitre 32

Oregon à 18 km du centre de Salem
4 novembre
20 h 45
0 °C
Maison Dayton
Ezra

Dans quoi je suis allé me fourrer ! ? Lizzie me suit dans la cuisine, la seule pièce du bas qui n'est pas occupée. Je l'ai rencontrée dans le Maryland, il y a trois ans. J'étais en infiltration dans un gang qui vendait une nouvelle drogue. Billy Hamprey avait créé cet hallucinogène, il lui avait donné le nom d'un titre d'Art Zoyd Cryogenése-Rêve artificiel. Elle attaquait le système nerveux comme beaucoup de substances illicites, mais pour beaucoup, on en revient, du moins en partie. Celle-ci était plus sournoise, plus virulente et plus mortelle. On kiffe, on plane, on voyage dans les limbes et tout le bordel… Et ensuite, notre cœur ralentit et s'arrête. Pour certains, selon la dose, elle peut mettre plusieurs heures à agir, pour d'autres une heure max suffit. Lizzie a joué ma petite amie en jouant les Mata Hari et m'a aidé à entrer dans le cercle des Dead Zone. Une bande de bikers qui n'était que les larbins de Hamprey. Après notre mission qui avait duré presque un an. On avait continué à se voir avec Lizzie et un matin, je m'étais réveillé avec elle dans un lit, une bague au doigt et une putain de licence de mariage. Encore aujourd'hui, je me demande ce qui m'a pris de me marier, mais un trou noir comme je n'ai jamais connu un soir où l'on avait picolé, m'empêche de me souvenir. Tout ce que je sais, c'est que j'ai vraiment essayé d'éprouver quelque chose pour elle, mais invariablement mon cœur ne répondait pas présent.

Lizzie se sert un café en me jetant des coups d'œil.

— Je pensais qu'on avait éclairci les choses la dernière fois, Lizzie.

— Mais oui, tout à fait et on n'en a parlé plus d'une fois. Et je ne suis toujours pas d'accord avec toi.

Je muselle mes nerfs et conserve mon calme.

— Il n'est plus question d'en discuter Lizzie. Si tu as demandé ton transfert pour moi, c'était une erreur. Je n'ai toujours rien à t'offrir, encore moins aujourd'hui.

Elle s'avance vers moi et s'arrête à quelques centimètres. Un léger sourire flotte sur ses lèvres.

— Ezra Lincoln a un cœur finalement... Et tu crois que la jolie rousse est celle qui est faite pour toi ! ?

Elle se mord la lèvre et lève sa main. Ses doigts caressent ma joue, avant de glisser derrière ma nuque. Elle approche sa bouche de la mienne. Je ne bouge pas en attendant de voir à quel moment, elle va se rendre compte que son contact ne me fait ni chaud ni froid. Lorsque ses lèvres frôlent les miennes, un raclement de gorge nous interrompt. Je lève les yeux et vois Kerri avec Rosie à l'entrée de la cuisine. Foutu karma !

— Kerrigan, tu peux taire tes conclusions, je n'allais pas l'embrasser.

Elle opine, les lèvres serrées.

— Bien sûr, mais en fait, ce que je pense ne te regarde pas. Mais par contre, tout le monde a faim. Cooper n'arrête pas de râler et j'aimerais bientôt aller me coucher, déclare-t-elle d'une voix froide.

— Kerrigan...

— Laisse tomber, Ezra Lincoln. Kerrigan n'a pas besoin de t'écouter. Merde ! Je pensais que tu étais un type bien, s'exclame Rosie.

Lizzie se recule et croise les bras avec un sourire.

— Bon, ne m'attendez pas pour manger, je n'aime pas trop le tex-mex et j'ai déjà mangé dans l'avion. Ezra, il faudra qu'on termine cette conversation. Je vais prendre une douche et je prendrai la relève de Rodriguez cette nuit.

— Non Lizzie, c'est moi qui prendrais le relais de Rodriguez, c'était déjà convenu ce matin. Je te conseille de rester professionnelle, c'est moi qui dirige les opérations ici et je n'attends qu'une seule chose, un écart de ta part ou de celle de Willis et je vous renvoie illico à Philadelphie.

Je braque mon regard sur celui de Kerrigan et sans la lâcher des yeux, j'annonce la couleur.

— Il ne faut plus se tourner vers le passé, mais vers l'avenir… Et en ce qui concerne cette discussion, il n'y a plus rien à dire. Elle est définitivement terminée, affirmé-je sans un regard pour personne et en quittant la cuisine.

Je viens de franchir le point de non-retour, je suis prêt à aller au bout de cette mission et je ferai tout pour faire comprendre à Kerrigan qu'il n'y a qu'elle qui compte.

À minuit dix, devant les écrans, je fume clope sur clope en buvant du café. Dehors, d'après les vidéos, tout est calme. À part le vent qui mugit à travers les arbres, rien ne bouge. Kerrigan est montée se coucher sans m'adresser la parole. Je sais qu'il ne suffirait que d'un mot de ma part pour déchaîner sa colère. Je me suis abstenu de tout commentaire à son encontre toute la foutue soirée, mais ça me brûlait les lèvres. Je pense que j'aurais dû me méfier de Lizzie, elle ne m'avait jamais montré son côté salope. Elle s'est tenue tranquille, mais n'a pas arrêté de sourire méchamment à Kerrigan. Si elle croit que je ne l'ai pas remarqué, c'est mal me connaître. Cooper est allé effectuer un tour du périmètre avec Willis et pour une fois, il n'a pratiquement pas émis un mot et a exécuté mes ordres sans protester.

Je plisse les yeux, je vois qu'à l'angle mort de la caméra quatre, Willis en sort et commence à revenir vers la maison. Je n'aperçois pas Cooper et le cherche sur les autres écrans, mais je ne le vois nulle part. Je tique et fais signe à Looper de regarder par la fenêtre, il se poste dans l'angle de la fenêtre qui donne à l'arrière de la maison.

— Rodriguez, regarde par-devant. Je n'ai vu que Willis revenir et Cooper est introuvable sur les vidéos. Barthov monte voir si tout va bien là-haut et demande à Parkins de rester avec les filles.

— Et Sheridan ? demande Barthov.

— Je lui ai demandé de se reposer, avant la relève. Tant qu'on n'est pas sûr que quelque chose cloche, on la laisse tranquille.

— OK.

Il monte l'escalier, au moment où Willis passe la porte, son visage est fermé, mais une lueur étrange dans son regard m'interpelle. La main sur mon glock 22, je la lève à l'instant où je vois la sienne pointer sur Rodriguez.

— Qu'est-ce que tu fabriques Willis ! ? Pose ton arme !

Rodriguez se retourne vers lui, à l'instant où Willis incurve son doigt sur la gâchette, je tire en visant son bras. Le corps de Jason Willis percute la porte derrière lui et son bras retombe en lâchant l'arme. Rodriguez et Parkins ne perdent pas de temps et éloignent son arme, avant de le mettre en joue. Je me rapproche et l'attrape par le collet, les nerfs à fleur de peau.

— Où est Copper ?

Il sourit sans répondre et je lui cogne la tête contre le battant de la porte, plusieurs fois avant de le relâcher. Il n'a pas tourné de l'œil, mais son visage est livide.

— Ton pote va crever, Lincoln et ce sera bientôt ton tour.

— Pourquoi ! ?

— Ordre de Black Star, faire de ta vie et de celle de ta copine, un enfer.

Je le soulève contre la porte et approche mon visage du sien.

— Qui est Black Star, espèce de fumier ! ?

Il rit et je le cogne encore contre la porte. Son corps faiblit, mais pas son sourire.

— Tu n'es vraiment qu'un imbécile Ezra. Black Star est quelqu'un qui ne vous a jamais inquiétés, il est resté dans l'ombre. Son organisation est colossale. Tu ne peux pas connaître tous tes ennemis et pourtant ils t'entourent sans que tu t'en doutes.

Les dents serrées, je resserre ma prise autour de son cou. Mon poing part sur son visage. Les lèvres tuméfiées, il sourit en montrant ses dents ensanglantées.

— Où est Cooper, enfoiré !

Il se met à rire et je lève à nouveau mon poing, mais Rodriguez me stoppe en retenant mon bras.

— Lincoln, je vais aller voir dehors. Ce salopard ne dira rien.

Le poing serré, je le baisse et laisse le corps de Willis glisser contre la porte jusqu'à ce qu'il tombe au sol.

— Parkins, dégage-le de l'entrée et attache-le sur une chaise. Je vais monter voir là-haut si tout va bien et réveiller Sheridan pour qu'elle prenne la relève de ce fumier. Garde un œil sur lui et vérifie les caméras en attendant que je redescende.

Parkins suit mes instructions et Rodriguez sort à la recherche de Cooper. Je monte deux à deux les escaliers, l'arme à la main. J'arrive sur le palier du premier étage. Tout est calme, trop calme. L'envie d'appeler Kerrigan me prend aux tripes, mais je me retiens en ayant un mauvais pressentiment. J'avance à pas de loup jusqu'à notre chambre, lorsqu'une voix étouffée me parvient.

— Je vais te crever, mais avant je vais laisser Black Star s'amuser avec toi, Kerrigan. Quand il en aura fini, la seule chose que tu voudras, c'est mourir, chuchote une voix qui m'est familière. Ta copine a déjà rendu l'âme. Une vraie tigresse, mais j'ai adoré voir ses yeux se révulser.

J'entends le sanglot de Kerrigan au moment où j'aperçois le corps de Barthov à terre. Je me baisse lentement et prends son pouls, mais je ne sens rien. Le regard toujours vers l'endroit où j'ai entendu la voix, je me redresse et l'enjambe pour passer. Arrivé devant la porte entrouverte, j'essaie de visualiser Kerrigan dans le noir, quand les projecteurs extérieurs s'allument et éclairent l'intérieur de la chambre. Et là, je les vois, Kerrigan est allongée sur le lit, bloquée par Lizzie. Une arme est posée sur sa tempe.

— Tu sais, Black Star est un artiste, il aime créer... Tout le monde a cru que c'était ton ex, Brian qui aimait les maquiller, les coiffer et les habiller comme des poupées, mais en fait, ce sont les idées de Black. Il a arrêté pour vous mettre dans l'erreur et ça a marché. Tout a fonctionné, jusqu'à te faire venir ici. Black a fait en sorte d'avoir des gens au sein du FBI. Il a tout organisé dans les moindres détails depuis trois ans, Kerrigan. Le dix-huit septembre a lancé les hostilités quand Mickaël, Brian et Black vous ont droguées, violées et marquées comme du bétail, continue-t-elle, comme si elle glorifiait tous ses actes.

Je sens derrière moi une présence et vois Rodriguez, l'arme au poing se placer de l'autre côté de la porte. Je lui montre trois doigts, il opine et je les baisse, un à un, avant de donner un coup de pied dans la porte, la faisant valdinguer et taper contre le mur. Levant mon arme, je mets Lizzie dans mon viseur, sans accorder un regard à Kerri. Lizzie sursaute, mais retrouve rapidement sa maîtrise et appuie plus fermement son revolver contre la tête de Kerri…

— Baisse ton arme, Lizzie !

— Si tu tires Ezra, je risque d'appuyer sur la gâchette et de faire sauter la cervelle de ta chérie, s'amuse-t-elle.

— Tu ne pourras pas t'enfuir, Lizzie.

Elle soupire, comme si ça l'ennuyait.

— Ouais, je sais où est ma place Ezra, je sais depuis trois ans que je serais une victime collatérale de ma mission. Mais les fins sont des commencements et je renaîtrai plus forte.

Black me l'a dit, les bribes du temps sont interminables, elles se renouvellent, proclame-t-elle.

Elle fait glisser son arme sur le visage de Kerrigan qui a le regard tourné vers moi. Ses yeux remplis de larmes se plantent dans les miens. Lizzie contourne ses lèvres avec le canon du revolver et force Kerrigan a ouvrir la bouche. Quoique je fasse, la balle va partir. Ma poitrine est serrée dans un étau et mon cœur que j'arrive à contrôler lors de mes missions résonne si fort dans mes tempes que je dois prendre sur moi pour reprendre le contrôle.

— Et que fais-tu de nous, Lizzie ?

Chapitre 33

Oregon à 18 km du centre de Salem,
5 novembre
1 h 35
0 °C
Maison Dayton
Ezra

Son visage se tourne vers moi. Ses sourcils se froncent et elle m'observe tout en essayant de comprendre.

— Oui, Lizzie… NOUS. Tu fais quoi de notre couple ? Si tu meurs, on ne sera plus ensemble. On ne pourra plus l'être…

— Tu m'as laissé tomber, Ezra. Tu ne veux pas de moi, alors qu'est-ce que ça change ?

— J'ai commis des erreurs, j'ai trop vite baissé les bras, mais je me rends compte que j'éprouve des sentiments pour toi. Je veux qu'on refasse un essai. Mais si tu tires Lizzie,

Rodriguez va tirer. Je pourrai le convaincre de nous laisser partir, mais pas si tu appuies sur la gâchette…

Elle secoue la tête, en tenant toujours l'arme dans la bouche de Kerrigan.

— Tu essaies de m'embobiner Ezra, tu oublies que je te connais et tes méthodes, avec.

— Non ! Regarde-moi bien, dans les yeux Lizzie. Tu m'as toujours dit que tu pouvais voir la vérité dans les miens. Que si je te mentais, tu le saurais tout de suite !

Son regard s'intensifie et je me force à rester neutre pour ne pas qu'elle s'aperçoive que je ruse. Ses pupilles vacillent un bref instant, mais je sens qu'elle doute, alors je continue.

— Tu te souviens quand nous étions dans le Maryland, on a fait l'amour, le soir même de l'arrestation de Hamprey. Tu m'as dit que ça n'avait jamais été aussi intense qu'avec moi et je t'ai répondu que c'était parce qu'une brune m'avait littéralement envoûté de ses charmes. J'étais sincère et je le suis encore quand je te dis que je te tiens à toi, plaidé-je, en ne mentant qu'à moitié.

Je ne peux pas dire que j'éprouvais de l'amour envers elle, mais oui, je l'aimais beaucoup et je n'aurais jamais cru possible qu'elle soit capable de tuer des innocents. Ni qu'elle fasse partie d'une machination pour tuer Kerrigan.

— Tu m'as laissée tomber Ezra, répète-t-elle comme pour ne pas flancher.

— Oui, mais j'avais peur. Je n'étais pas prêt. Maintenant, je le suis. Laisse tomber cette arme et je te promets qu'on partira tous les deux. On s'enfuira et on avancera ensemble.

Ses lèvres tremblent presque autant que celles de Kerrigan qui a écouté sans broncher. Des larmes silencieuses coulent sur ses joues baignées de sang, Kerri a le regard voilé et doit sûrement lutter pour ne pas perdre connaissance. Je me concentre à nouveau sur Lizzie qui sourit nerveusement.

— Je… Tu es vraiment sérieux, bredouille-t-elle. Tu m'aimes ?

J'opine en répondant à voix haute :

— Oui, je t'aime. Je ne l'ai même jamais dit à personne. Tu es la première et la seule dont je suis amoureux, Lizzie.

Sa main qui tient l'arme se met à trembler et je resserre la mienne sur mon glock. Lizzie tourne son visage vers Kerrigan et inspire profondément.

— Tu vois Kerrigan, je te l'avais dit qu'Ezra m'aimait. Tu comprends maintenant qu'il ne te le dira jamais ?

Elle retire son revolver de la bouche de Kerri, mais la garde toujours en joue. J'attends le moment propice pour agir, je ne lui laisserai aucune occasion de s'en sortir.

— Réponds-moi, Kerrigan Rodes !

Kerrigan bouge les lèvres, mais aucun son ne sort. Elle déglutit et opine rapidement. Les muscles bandés, mon esprit et mon cœur saignent de la voir dans cet état.

— Je veux t'entendre le dire ! crie-t-elle en lui donnant un coup de crosse sur la tempe.

Le visage de Kerrigan part sur le côté et je serre tellement la mâchoire que je sens mes dents s'entrechoquer. Lizzie lui attrape le menton avec brutalité et la force à la regarder. Dans le regard de Kerrigan, une lueur nouvelle apparaît... Cette femme fait preuve d'une telle force de caractère que je ressens une réelle fierté.

— Réponds-moi ! hurle-t-elle à présent.

— Oui... Oui, Ezra ne m'aimera jamais... murmure-t-elle d'une voix hachée.

Lizzie opine comme si elle approuvait religieusement et commence à descendre lentement du lit, au moment où Kerrigan n'est plus dans sa ligne de mire, je lève mon arme et tire sans attendre. La balle va directement se loger dans son flan. Du sang se répand sur son pull, elle pose une main dessus, tandis que son autre main tient toujours son revolver le long de son corps. Son regard se trouble et une larme solitaire s'échappe et glisse sur sa joue. Elle paraît étonnée et déconcertée par le fait que je n'ai pas hésité à tirer sur elle. La vérité, c'est qu'à la minute où je l'ai vue au-dessus de Kerrigan, la mettant en joue, j'étais déjà prêt à le faire.

— Jette ton arme, Lizzie ! lui-ordonné-je.

— Tu as dit que tu m'aimais, tu as dit que... bredouille-t-elle, en faisant un pas vers moi.

— Je ne me répéterai pas, balance ton revolver sur le sol ! la préviens-je, encore une fois, mais en connaissant déjà la fin.

— Tu m'as dit...

— J'ai menti ! hurlé-je.

Je sais toujours quand la personne ne va pas m'écouter. Et à l'instant où elle lève son arme, je lui tire une balle dans la tête, entre les deux yeux. Son corps tombe sur celui de Kerrigan qui n'avait pas bougé. Je me rue sur elle pour la délester de Lizzie et une fois libérée, je la prends dans mes bras, en cherchant les moindres blessures. Elle a des coupures sur le front, du sang s'écoule avec abondance. Je soulève son haut et constate des ecchymoses. Son corps est secoué de soubresauts et ses mains s'agrippent à ma nuque.

— C'est fini, Kerri... soufflé-je, en enfouissant dans son cou.

Elle se fige, me repousse et se lève en courant à l'extérieur de la chambre. Je la suis et la retrouve au sol près du corps de

Rosie.

— Non !!! Rosie ! crie-t-elle, en pleurant toutes les larmes de son corps.

Rosie a la gorge tranchée, ses yeux sont grands ouverts. Kerrigan enfouit son visage dans le cou de son amie et la serre fort contre elle. Elle pleure en lui criant de se réveiller, j'essaie de l'attirer dans mes bras, mais elle me repousse. Impuissant, mon cœur se disloque, j'aimerais ne pas avoir fait entrer les loups dans la bergerie, pouvoir revenir en arrière. L'entendre rire avec Rosie, se foutre de moi et voir encore Rosie et Cooper se chamailler...

— Fais quelque chose Ezra ! Pas Rosie ! Je ne peux pas la perdre ! S'il te plaît, s'il te plaît ! répète-t-elle en boucle.

Rodriguez évalue la scène d'un regard morne et triste, et me regarde.

— Cooper a reçu une balle dans le thorax, il respire encore, mais je ne sais pas encore pour combien de temps. J'ai appelé une ambulance.

— OK, appelle et demande à Bancroft une évacuation. On s'en va d'ici dès que Cooper est pris en charge et l'on ramène Willis avec nous. Il faut le faire parler et rapidement. On ne sait pas combien ils sont à vouloir la mort de Kerrigan.

— OK, Parkins attend en bas avec lui et Looper. Tu veux

que je reste à l'étage ?

— Fais un tour des pièces et redescends, on arrive, lui-ordonné-je, en restant concentré sur les décisions à prendre.

Il hoche la tête et s'en va. Je me retourne sur Kerrigan qui continue de pleurer avec Rosie dans les bras, en la berçant contre son cœur et retente une tentative d'approche en posant ma main sur son épaule.

— Kerri… Ma puce, on ne peut plus rien faire. Je suis désolé, mais il vaut mieux que l'on descende au salon avec les autres.

— Je… Je ne veux pas la laisser. Je ne peux pas, souffle-t-elle, d'une voix brisée. Je ne peux pas… Je ne peux pas… continue-t-elle comme une litanie.

Je la retourne vers moi et la soulève de terre en passant un bras sous ses jambes et l'autre dans son dos, la forçant à relâcher Rosie. Kerrigan se débat quelques secondes, avant qu'elle ne s'effondre dans mes bras, comme une poupée de chiffon.

— Ezra, je ne peux pas la laisser là, murmure-t-elle en sanglotant. Je ne peux pas l'abandonner ici. Je ne peux…

— Kerri, je voudrais pouvoir faire disparaître ta souffrance et faire que Rosie soit toujours en vie, mais je ne peux pas…

— C'est ma faute, si elle n'était pas proche de moi, elle

serait toujours en vie.

— Ce n'est pas ta faute, mon ange…

Elle relève son visage et je peux y voir une réelle détresse. Kerrigan est pleine de sang et ses larmes cascadent sur ses joues dans un flot ininterrompu.

— Elle était comme ma sœur et je viens de perdre l'unique famille qui me restait.

— Tes parents…

— Mes parents ne m'ont jamais montré leur amour, ou peut-être un peu quand j'étais enfant. C'était la seule à m'aimer et…

— Non, Kerrigan, ce n'était pas la seule. Je t'aime comme un fou… murmuré-je, d'une voix rauque.

Elle ne répond pas, me regarde sans réellement me voir et laisse retomber sa tête contre mon épaule. Je me force à respirer en la sentant vivante dans mes bras et avance pour la descendre au salon… L'image d'elle avec un canon de revolver dans la bouche restera gravée dans mes rétines. Maintenant, je ne sais qu'une chose, Kerrigan est ma priorité et descendre tous les monstres qui nous entourent sera mon unique but.

Chapitre 34

Black Sands Beach,
18 novembre,
Californie
16 °C
19 h 30
Kerrigan

À quel moment, doit-on réapprendre à respirer ? J'ai l'impression d'être dans une réalité virtuelle, où Rosie ne parle plus, ne s'amuse plus, ne me console plus et ne respire plus… Je me sens cloisonnée dans un horrible cauchemar. Je pleure par intermittence, je suis une loque humaine et je suis hermétique à tout ce qui m'entoure. Quelque chose s'est brisé en moi, mon cœur bat par automatisme. Comment faire mon deuil, alors que je ne sens pas le temps qui s'écoule ?

On est revenus dans la maison d'Ezra, où le paysage est un

véritable petit paradis. L'horizon, aujourd'hui, est couvert d'une couleur ambrée noire. Des nuages au-dessus de la mer s'amoncellent. Ils sont presque aussi sombres que le sable sur cette plage et aussi obscurs que mes pensées. Je ne sais pas quoi faire de ma peau, je me déplace dans la maison comme un fantôme. Je ne prête pas attention aux agents du FBI qui fourmille autour de moi. Cette fois, leur nombre a augmenté, Ezra a fait en sorte de faire de sa maison, une forteresse, avant de partir pour Philadelphie. Il m'appelle tous les jours depuis dix jours qu'il est parti et je décroche à chaque fois, mais ne prononce aucun mot. D'ailleurs, depuis notre départ de Salem, je n'ai pas dit un mot. Je ne veux plus communiquer, plus rire, plus aimer et plus me connecter aux autres. Je rentre dans le salon au moment où mon téléphone sonne…

— Kerri ?

Ezra s'entête à m'appeler, alors que je reste muette.

— Kerri, s'il te plaît, dis-moi au moins un mot… Je suis complètement largué en étant si loin de toi. Rodriguez m'a dit que tu mangeais à peine…

— …

— Je sais que c'est dur Kerri, mais il faut que tu manges et je ne peux être près de toi en ce moment. Mais j'aimerais que tu me dises que tu m'entends, que tu sais que mon cœur est avec toi.

— ...

Je l'entends soupirer, puis pousser un grognement, mais je n'arrive pas à parler.

— Kerri, je sais que tu aurais voulu assister aux obsèques de Rosie. Je m'y suis rendu en ton nom et déposé des fleurs. Ses parents m'ont demandé de tes nouvelles...

Un sanglot s'échappe de ma gorge serrée.

— C'était trop dangereux que tu sois là-bas, mais quand tout sera terminé, je t'accompagnerai sur sa tombe. Tu pourras lui dire au revoir. Je suis sur la trace de Mickaël et de Susan, j'ai une piste. Willis a fini par parler, même s'il ne nous a pas tout dit. Mickaël et Susan sont près du fleuve Hudson à Glens Falls.

— ...

— On est en route ma puce et je suis convaincu qu'ils ne seront plus un danger pour toi dans quelques heures ni pour personne.

— ...

— Kerrigan... Cooper est sorti du coma, il... Ça lui a fait un coup d'apprendre pour Rosie, il s'était très vite attaché à elle et moi aussi, d'ailleurs.

Des larmes silencieuses dévalent sur mes joues, j'ai l'image de Rosie, la gorge tranchée dans mon esprit chaque seconde du temps qui passe.

— Je vais devoir te laisser… Mais je t'appellerai si j'ai du nouveau. Évite de sortir sur la terrasse, même si tu es bien entourée et mange un peu pour moi, Kerrigan…

Il ne dit rien pendant une minute, puis soupire.

— Je t'aime, ma puce…

Puis la tonalité se coupe et ma poitrine se serre pour ne pas avoir réussi à lui dire que moi aussi, je l'aime… Mes émotions sont entravées par la douleur. Je passe devant deux agents et remonte dans ma chambre. Je me rends dans la salle de bain et me regarde dans la glace. Je ne suis plus que l'ombre de moi-même. J'ai encore quelques plaies superficielles sur le visage, mes côtes, là où Lizzie m'a rouée de coups me font encore souffrir. Je me déshabille et entre dans le bac à douche. L'eau chaude apaise un peu mon corps courbaturé, et j'aimerais qu'elle en fasse de même pour ma souffrance intérieure. Je sors de la douche et m'enroule dans une serviette de bain. Je me sèche à peine et me mets au lit avec l'un des tee-shirts d'Ezra. Quand je repense à Brian, Mickaël, Susan, Willis, Lizzie et tous ceux qui semblent vouloir transformer ma vie en vallée de la mort, la souffrance laisse place à la fureur. Mon corps se contracte douloureusement. Mon téléphone posé sur la table de nuit émet un bip. Je tends la main en pensant que c'est un message d'Ezra, mais c'est un numéro inconnu.

[Bonsoir, Mademoiselle Rodes, le département de l'université m'a prévenu pour vous et pour Mademoiselle Walker, votre amie. Je tiens à vous présenter toutes mes condoléances. Je sais que vos études sont la dernière chose à laquelle vous devez penser et je sais que l'agent Lincoln a vu avec le recteur pour vous accorder du temps afin que vous puissiez reprendre quand toute cette histoire sera terminée. Mais je voulais vous faire savoir que même si je ne suis que votre professeur, je reste joignable, si vous avez besoin de discuter.
Professeur Griffin]

Je referme la fenêtre sans répondre et essaie de trouver une position confortable dans le lit… Je me raidis brusquement sans savoir pourquoi exactement, le message de Griffin tourne en boucle dans ma tête… Puis une question s'impose à moi, comment le Professeur Griffin a pu me joindre, alors qu'Ezra a fait changer mon numéro de téléphone et qu'il n'y a que lui qui l'a… Je reprends mon portable et écris un message à Ezra…

[*As-tu donné mon numéro au Professeur Griffin ? Il vient de me laisser un message.*]

Puis, ressentant une sourde angoisse, je lui envoie un deuxième message, alors même que je ne pensais plus ne pouvoir le lui dire.

[*Je t'aime…*]

A proximité du fleuve Hudson,

Glens Falls,

18 novembre

21 h 30

230 Winter Clove Road,

Pennsylvanie

Ezra

En planque depuis deux heures devant ce Bed & breakfast

niché dans les montagnes Catskills, avec Parkins et Looper, on entend seulement le bruit avoisinant de la cascade. La nuit est fraîche et les ombres des réverbères sur le sol enneigé sont les seules choses que l'on peut voir distinctement. Aucune lumière n'est allumée dans l'auberge et il n'y a pas de mouvements apparents. Quand je pense qu'on va sûrement y passer la nuit, j'en soupire.

Une Camaro grise remonte l'allée et se gare. Trois personnes en sortent, mais on est beaucoup trop loin pour pouvoir les identifier. On attend qu'ils soient rentrés dans l'auberge pour sortir de la voiture.

— Parkins, tu passes par-derrière avec Looper, je me charge de l'avant.

— On devrait être plus nombreux… murmure Looper.

Je sais qu'il pense que j'ai mis beaucoup trop d'hommes avec Kerrigan et pas assez sur le terrain, mais la seule chose qui me permet de tenir loin d'elle, c'est qu'une escouade d'hommes entraînés se trouve en ce moment auprès d'elle.

— On devrait y arriver, mais si vous voyez que ça dégénère, n'hésitez pas à tirer.

On se sépare et j'avance rapidement dans l'angle de l'auberge et observe l'intérieur. Les lumières s'allument au rez-de-chaussée donnant sur un grand salon avec cheminée.

J'aperçois ce salopard de Mickaël Macpherson qui allume une cigarette, tranquillement assis au coin du feu. Une personne est de dos et je n'arrive pas à savoir qui c'est. Il a des cheveux grisonnants, c'est un homme, vu la carrure. Il est assis dans un fauteuil dos à la fenêtre. Je ne peux entendre ce qu'ils disent, mais l'inconnu semble en colère. Ses mains gesticulent avec emportement, pendant que Mickaël reste imperturbable, fumant et buvant un verre de whisky. Je ne bouge pas, attendant de repérer la troisième personne qui est entrée avec eux dans cette auberge. D'un seul coup, l'homme assit se lève et avance vers un petit bar. Il se sert quelque chose à boire, il va pour se retourner, quand Susan arrive. Elle n'a pas beaucoup changé depuis six ans, mais je peux quand même constater ses traits tirés et son visage presque livide. Je n'attends pas plus longtemps pour contourner l'auberge et essayer de pénétrer à l'intérieur. La porte est fermée à clé et je sors mon kit d'outils d'une petite pochette pour ouvrir. En quelques secondes, j'entre dans les lieux. Je tombe dans un petit vestibule et repère la porte du salon ouverte. Je referme derrière moi sans faire de bruit. Mon glock à la main, je me faufile jusqu'à l'embrasure de la porte du salon. Je peux voir maintenant de plus près et entendre leur conversation. Mickaël est toujours près de l'âtre, l'homme que je voyais de dos a changé de position, mais l'angle où je suis ne me permet toujours pas de voir son visage. Sa silhouette me paraît familière... Susan, elle, se tape un rail de coke à même le bar.

— Susan, tu crois que c'est le moment de sniffer de la coke ? demande Mickaël d'un air si hautain que j'ai envie de lui faire avaler.

— Pourquoi ? Tu as autre chose à proposer peut-être Mickey ? rétorque-t-elle en prenant la dernière ligne.

— Elle n'a pas encore répondu à Black. Les choses ont assez traîné et on doit savoir où elle se trouve.

— Elle va le faire... Elle pense sûrement être la chouchoute du prof et se fait languir.

— Où alors, Ezra Lincoln l'empêche de répondre. J'ai réussi à me procurer son numéro grâce à Lizzie, avant qu'elle ne crève. Mais je sais que Lincoln est toujours sur le dos de Kerrigan, il filtre peut-être ses appels et peut-être que maintenant, il sait que Black et *le gentil Professeur Griffin* ne font qu'un.

Putain ! Il était là sous nos yeux depuis le début ! Du coin de l'œil, je vois Looper et Parkins me faire signe depuis l'autre porte de la pièce. Je lève trois doigts... Deux... Chacun de notre côté, on rentre dans la pièce et braquons nos armes sur eux. Le Professeur Griffin lâche un juron et pousse Susan devant lui, avant de sortir en courant. Looper le suit, pendant que Parkins passe les menottes à Susan. Moi, je m'avance l'arme aux poings vers Mickaël. Il n'a pas bougé, mais il ne sourit plus.

— Mickaël Macpherson, vous êtes en état d'arrestation, vous avez le droit de garder le silence…

Je lui cite ses droits en lui passant les menottes, il essaie de soustraire, mais je resserre ma prise sans prendre de gants.

— Vous ne pourrez pas la sauver Lincoln, on est beaucoup trop nombreux à vouloir vous tuer… *Elle et vous.*

— Ce que je pense espèce d'enfoiré, c'est que tu vas finir tes jours entre des murs en béton et des barreaux…

— On sait maintenant que vous n'êtes pas avec elle en ce moment et que vous ne pouvez vous fier à personne. Qui peut être dans la place, agent Lincoln ?

— Je sais Macpherson que si vous aviez « *des personnes dans la place comme vous dites* », vous sauriez où elle se trouve et d'après ce que j'ai pu entendre, il semblerait que non.

Un sourire incurve ses lèvres et une lueur malsaine embrase ses pupilles.

— Ce n'est qu'une question de temps, avant que l'on sache où elle se cache.

— Ah ! Oui… Eh bien en attendant, on va aller discuter, toi

et moi et je te jure que rien ne pourra m'empêcher de faire en sorte que vous preniez tes acolytes et toi, la peine capitale !

En poussant Macpherson, je passe devant Susan qui a elle aussi les menottes. Elle me sourit en penchant la tête sur le côté.

— Tu n'es pas content de me voir Ezra ?
— Non, Susan… Embarque-la, Parkins !

On les enferme à l'arrière de la voiture, lorsque Looper revient en courant et sans le Professeur Griffin.

Chapitre 35

Black Sands Beach,
23 novembre,
Californie
14 °C
9 h 30
Black Star

Par cette nuit froide et désargentée, les galets crissent sous mes pieds à mesure que je m'approche de la maison de l'agent Lincoln. Grâce au Professeur Griffin qui m'a montré la voie, je sais qu'Ezra Lincoln est celui qui m'est destiné. Mais je n'ai pas encore accompli ma mission pour pouvoir être à ses côtés. Il faut que je purifie l'entourage de Lincoln en tuant les monstres superficiels qui rampent autour de lui. Ce sentiment d'abandon quand je lâche prise, tout en conservant le contrôle est tout simplement, aphrodisiaque. Les soubresauts de chaque valve qui s'ouvre dans mes veines à chaque fois que le regard presque éteint de ma victime s'amenuise. Je ne ressens rien à part cette sensation, ce besoin, ce plaisir de dévorer ma proie en la torturant et en éteignant sa vie, je me nourris de son dernier souffle. J'ai fait en sorte qu'Ezra découvre que le professeur Griffin fait partie de l'équation et dans très peu de temps, il l'arrêtera et je pourrai me focaliser sur cette jolie rousse qui croira que le danger s'éloigne, alors que bien au contraire, il se rapproche. Si cette imbécile de Susan n'avait pas laissé Kerrigan s'enfuir, Ezra serait déjà à moi, mais cette salope, elle aussi va crever. Dans les prisons pour femmes, la vie peut être dure et disposer de connaissances à l'intérieur peut s'avérer mortel. Personne ne peut me soupçonner, personne ne va croire que c'est moi le cerveau de l'affaire, personne ne saura jamais la vérité et personne ne sera au-dessus de moi sur la chaîne alimentaire… De là, où je suis, je peux voir Kerrigan accoudée à la rambarde de la terrasse de la maison. Ses longs cheveux virevoltent dans l'air, son visage est un peu meurtri par les blessures qui lui ont été infligées par Lizzie Sheridan et attristé également par la mort de Rosie Walker… Je ne peux m'empêcher de sourire. Ezra Lincoln est toujours en Pennsylvanie à matraquer de questions Mickaël Macpherson et Susan Broman. Mais quand il pensera que

Kerrigan court un grave danger, il reviendra et j'achèverai sa belle rousse en l'égorgeant comme un cochon…

Black Sands Beach,

18 novembre,

Californie

16 °C

19 h 30

Kerrigan

Les jours passent avec une lenteur insoutenable, Ezra est toujours à Philadelphie et je suis toujours cernée d'agents du FBI. Quand il a vu le message que je lui avais envoyé sur le Professeur Griffin et qu'il n'a pu le lire que quelques heures plus tard après avoir arrêté enfin, Susan et Mickaël, il m'a appelé… Bien sûr, comme depuis notre départ de Salem, pas un mot n'est sorti de mes lèvres. Il m'a expliqué que le Professeur Griffin s'était enfui de l'auberge où il l'avait trouvé avec Susan et Mickaël, mais qui l'avait été stoppé à quelques kilomètres près de la rivière qui berce Glens Fall. Bien qu'ils soient tous sous les verrous, Ezra n'a pas voulu relâcher la vigilance autour de moi. Combien sont-ils à vouloir me faire du mal et pourquoi ? Assise sur le lit dans le noir, je n'arrive pas à dormir... Je suis sûre que si je m'endors, je vais encore faire des cauchemars, comme si les flashs de cette nuit horrible à Salem ne suffisaient pas. Mon visage a repris un peu forme humaine et mes côtes sont moins douloureuses, mais faire un jogging n'est pas encore d'actualité. Ezra veut absolument que je voie un psy, ce que je refuse. Il m'a dit qu'il avait pris rendez-vous pour moi et qu'il serait bientôt à Black Sands Beach pour m'y emmener. Mais s'il croit que parce que je ne dis rien, j'irai... Il se trompe !

J'entends du bruit au rez-de-chaussée, puis des pas qui montent les marches. Un des agents doit faire un tour de la maison pour voir si tout va bien, mais les pas s'arrêtent devant ma porte et je me raidis. Lorsque la poignée tourne, je retiens mon souffle et allume la lumière...

— Je ne voulais pas te faire peur...

Après plusieurs jours sans le voir, je sens mon cœur battre plus fort. Il m'a toujours paru insubmersible, ce n'est pas seulement l'effet muscles, son mètre quatre-vingt ou ses yeux vairons glacés. C'est juste que sa présence est comme un iceberg à travers les eaux brumeuses, imprévisible et inchavirable. Comment peut-on regarder un autre homme en sa présence ? La première fois qu'il m'a embrassée, la sensation d'être dans un grand huit m'a envahie. *Littéralement.*

Je me mords la lèvre, réprime un soupir. Je n'arrive pas à croire qu'il soit devant moi. Je ne pensais pas le revoir avant plusieurs jours. Il se rapproche de moi, je me redresse pour me lever, mais il s'assoit sur le lit, prend mon visage entre ses mains et m'embrasse. Son contact m'a manqué et le goût de ses lèvres aussi.

— Salut, Kerrigan… Je ne devais arriver que demain, mais on a trouvé assez de preuves pour faire condamner Mickaël, Susan et le Professeur Griffin qu'on a réussi à attraper à la frontière. On ne sait pas encore si d'autres personnes participent ou ont participé à ces tueries, mais je vais pouvoir m'occuper un peu de toi.

Je cherche à retrouver ses lèvres, mais il se recule.

— Je n'ai pas entendu le son de ta voix depuis plusieurs jours… Dis-moi quelque chose avant que je pète un plomb !

Je secoue la tête et m'allonge dans le lit en lui tournant le dos, mais c'est sans compter sur sa détermination. Ezra me plaque le dos au matelas et se penche sur moi à quelques centimètres de mon visage.

— Parle ! Crie ! Insulte-moi ! Mais dis, un putain de foutu mot, avant que je ne devienne timbré !

Les lèvres scellées, je reste stoïque. Je pense qu'il va se mettre en colère, mais il me surprend en se levant et en commençant à se déshabiller. Je passe ma langue sur mes lèvres sèches quand il se retrouve torse nu et déglutis, lorsqu'il est entièrement nu. Il se glisse dans le lit et se place au-dessus de moi, m'enveloppant de son corps. Je frissonne en sentant la moindre parcelle de sa peau.

— Je veux te faire ressentir autre chose que la peur, la peine et la souffrance... Il faut que tu me fasses confiance, je veux juste te sentir vivante dans mes bras.

Il accroche ma lèvre avec ses dents, puis la relâche.

— Dis-moi que tu es d'accord, Kerri ?

Après avoir inspiré profondément, j'opine et Ezra se jette sur ma bouche. Il joue avec ma langue, caresse mes hanches et prend en coupe mes fesses pour me coller à lui. Je laisse échapper un gémissement.

— Oui, ma puce... Ressens ce que je te fais.

Sa bouche glisse sur ma peau, dans mon cou, sur ma clavicule. Il fait passer son tee-shirt que je porte par-dessus ma tête et happe un téton, en caressant l'autre avec ses doigts. Mon corps s'embrase, mon sang bouillonne... Je tire instinctivement sur ses cheveux en essayant de le faire remonter vers mes lèvres. Je ne pensais pas être si assoiffée de lui, mais j'ai besoin de lui comme d'un océan dans un désert. Mes mains s'incurvent sur ses fesses et je commence à me mouvoir sous lui rapidement.

— Doucement ma puce…

Je glisse une main entre nos deux corps et geins presque quand j'atteins son membre.

— Bon sang !

Ezra me mordille toujours la pointe des seins et lèche mes aréoles, une par une. Je l'encercle avec mes hanches lui faisant comprendre que je suis prête, mais il continue de butiner ma peau comme s'il fallait prendre notre temps. J'ai envie de hurler, mais je me refuse à ce qu'il gagne et je ne suis pas sûre du son que peut émettre ma voix après autant de jours de silence. Ezra descend sur mon corps, égrenant des baisers sur mon bas-ventre avant d'enfouir son visage sur mon sexe. Je me cambre en retour et pousse un petit cri. Sa langue caresse mon clitoris, je gémis en serrant le drap dans mes poings, quand il le suce, je jouis sur sa langue et je n'ai pas le temps de reprendre mes esprits que son corps me recouvre à nouveau et que sa queue me pénètre. Je l'encercle à nouveau et le serre contre moi. Ses mouvements de bassin sont rudes, mais le plaisir n'en est pas moins grisant. Je crois que je suis sur le point de jouir de nouveau, quand il attrape mon menton et me regarde droit dans les yeux, sans cesser ses coups de reins.

— Tu me sens ? Est-ce que tu sens combien c'est bon ? Tu es vivante Kerrigan et je te le prouve en ce moment même... Alors tu vas sortir de ta coquille, de ta bulle... Appelle ça comme tu veux, mais tu vas me revenir et je vais entendre ta jolie voix qui m'agace en permanence, mais que j'aime comme un fou ! Dis mon nom, Kerrigan ! Dis-le ! Ou j'arrête là, même si j'en crève !

La pression monte entre mes cuisses et je me sens tellement proche de jouir, que ce qui sort de ma bouche n'est qu'un cri de frustration intense. Je le sens ralentir et je pousse mes hanches vers lui plus vite. Mais Ezra me stoppe en me clouant au matelas avec ses mains sur mes hanches. Il continue à s'élever au-dessus de moi, mais avec moins de force et de vitesse. Des larmes glissent sur mes joues, alors que les premiers mots résonnent dans la chambre.

— Tu es un putain d'emmerdeur, Ezra Lincoln !

Un sourire de sale gosse se dessine sur son visage et je me noie dans son regard.

— Je t'aime aussi, petite emmerdeuse !

Il reprend ses coups de reins et je m'envole avec lui

quelques instants plus tard.

    Lorsqu'il me prend dans ses bras et que je pose ma tête sur son torse, je me dis qu'Ezra Lincoln aura ma peau.

Chapitre 36

Shelter Cove près de la plage de Black Sands Beach,

Californie

1er décembre

10 heures

12 °C

Kerrigan

Bien joué Kerrigan à vouloir toujours avoir le dernier mot !

Je me retrouve devant un hippie dans un cabinet de psy qui est un véritable capharnaüm ! J'ai refusé d'aller consulter le psy avec qui il m'avait pris rendez-vous, juste pour choisir moi-même. Mais je l'ai fait les yeux fermés au-dessus d'un bottin téléphonique avec un doigt, comme on le fait pour trouver sa prochaine destination sur une mappemonde. Résultat, l'apparence du Docteur Rafferson est un désordre en soi. Tee-shirt vert sous une chemise crème, jean délavé et usé jusqu'à la corde, des converses d'ado rafistolées avec à ce qui semblerait du ruban adhésif et pour achever le personnage, une longue chevelure pas coiffée et un bouc, où il doit y rester quelques miettes de son petit-déjeuner. Il relève ses manches sur ses avant-bras et je découvre des tatouages égyptiens démotiques. Il a vraiment le sex-appeal d'un bulldozer. Assis en face de moi, il me scrute comme un virus qu'on doit soit apprivoiser, soit éradiquer.

— Détendez-vous et expliquez-moi ce qui vous amène à venir me consulter.

Je soupire en serrant mon sac à main.

— Je crois que c'était une erreur. Je ne me sens pas prête, une prochaine fois peut-être… dis-je en pensant que je ne remettrais plus jamais les pieds ici.

Il tapote le verre de son bureau avec ses ongles rongés, puis s'adosse à son fauteuil.

— Quel âge avez-vous ? me demande-t-il sans prendre en compte ce que je viens de dire.

— Vingt-quatre ans.

Il prend son stylo et commence à noter. Quoi ? Je ne sais

pas, mais il est concentré.

— Un petit ami ?

— Oui… Non !

— OK.

Il continue d'écrire, sans se soucier de mon hésitation.

— Vous souffrez d'un syndrome nerveux ?

— Non !

— Y a-t-il des problèmes de maladies mentales dans votre famille ?

— Mais non !

— Des problèmes de gouttes ? D'alcoolismes, Vénériennes ou d'incontinence ?

— Non ! Et non ! C'est quoi ces questions ! ?

— Mademoiselle, ça fait quarante minutes que nous sommes assis dans ce bureau et à part votre nom, je ne connais toujours pas votre problème et j'avoue que je m'ennuie… La dernière fois que j'ai ressenti cela, c'était il y a dix ans avec ma troisième femme, paix à son âme.

Aucun mot ne sort de ma bouche, soit je suis en train d'halluciner, soit je rêve, soit ce type sort tout juste d'un asile.

— Bon, il nous reste, vingt minutes, une partie d'échecs, ça vous tente ? me lance-t-il en me désignant une table presque totalement enfouie sous des papiers journaux.

— Vous êtes vraiment psychiatre ?

Il secoue la tête et je me raidis en sentant que ce type se fout de moi !

— Oui, mais le silence m'insupporte, sans doute le syndrome de l'abandon... Qu'en pensez-vous ?

— Vous... Vous foutez de moi ! ?

Il secoue la tête encore une fois et se tapote le bas de sa lèvre inférieure.

— Bien, maintenant qu'on a engagé la conversation et échangé des banalités, peut-on en venir à la base du problème, Mademoiselle Rodes ?

Il est tellement sérieux en disant ça que j'ai soudain envie de rire et de pleurer à la fois. Je me lève sans un mot et prends la porte. La secrétaire, une nana peroxydée relève son visage vers moi, mais je l'ignore et sors du cabinet sans la saluer. Une fois à l'extérieur, je repère la Range Rover noire qu'Ezra a loué ici. L'homme qui m'a poussée à consulter est appuyé contre la voiture et m'observe avancer vers lui. Quand j'arrive en face de lui, il agrippe mes hanches comme si c'était naturel, alors que rien n'est naturel depuis des mois.

— Alors ? me questionne-t-il.

— Alors... Quoi ! ?

Il soupire et fronce les sourcils.

— OK, tu ne veux pas en parler. Tu as faim ? On peut aller manger un morceau avant de rentrer.

OK ! Là, ça suffit ! J'ai l'impression d'évoluer dans un monde parallèle ou rien ne fonctionne correctement.

— Mais vous êtes tous givrés !

— Si tu veux. Maintenant, on peut y aller ?

— Non !

Ses sourcils se lèvent et ses lèvres s'incurvent en un petit sourire.

— Non ?

— Ouais… J'en ai marre ! Je veux rentrer chez moi.

— Non ! aboie-t-il à son tour.

Je le regarde incrédule. Ils veulent tous ma peau !

— Je ne te demande pas ton avis. Je ne veux pas de psy ou de toi. Je veux ma vie, mes cours… Ma meilleure amie. C'est tout, alors retourne chez toi et lâche-moi.

Je sais que je ne suis pas moi-même cohérente et réaliste, mais j'ai envie de hurler !

— Ah oui !? Donc s'il reste encore des tueurs à tes trousses, tu te défendras toute seule… Et puis quand tu feras des cauchemars, tu te consoleras toute seule. Tu ne vérifieras pas dix fois que ta porte est verrouillée, tu ne sursauteras pas à chaque bruit, tu t'alimenteras de nouveau et surtout tu vas arriver à oublier tout ce qui t'est arrivé !

Mes tremblements reprennent et mes larmes commencent à couler sans que je ne puisse les retenir. Bon sang ! Je me sens si faible et démunie !

— C'est mon choix, pas le tien. Ce sont mes problèmes, pas les tiens et…

— Deux options : soit tu montes dans la voiture sans faire d'histoires, soit je te porte. Tu vois, je te laisse choisir.

Je bous intérieurement, mais ne me démonte pas. Je commence à l'esquiver, mais me retrouve la tête en bas en une fraction de seconde. Autour de nous, les gens regardent, mais continuent leurs occupations. Je pousse un cri mi-animal, mi-humain et le roue de coups. Trois secondes plus tard, je suis sanglée dans la voiture.

— Bon, on va commander des plats chinois et tu iras prendre un bain ou une douche, comme tu veux. Tu vois encore deux options et finalement, c'est toi qui choisis.

— Tu sais ce que tu peux en faire de tes soi-disant options !

— Ouais, mais je m'en tape ! C'est quand ta prochaine séance ?

Je ris amèrement en remontant mes genoux vers mon buste.

— Jamais !

— Tu avais dit que tu acceptais de consulter.

— Ben, j'ai changé d'avis. Il est encore plus barré que moi et il est hors de question que j'y remette un pied ou même un orteil !

— Tu iras ! gronde-t-il.

Il démarre en composant un numéro sur son téléphone et le met sur haut-parleur.

— Cabinet du Docteur Rafferson…

— Bonjour, j'aimerais reprendre un rendez-vous pour Mademoiselle Rodes.

— Non ! Hors de question, crié-je.

Sa main s'abat sur ma bouche m'empêchant de proférer des injures. J'essaie de la repousser, mais à part me déchaîner sans résultat, je m'échine pour rien.

— Donc, avez-vous des disponibilités en fin de semaine prochaine ? reprend-il comme si je n'étais pas en train de me débattre.

— Euh… Oui, jeudi à 13 heures.

— Super ! Merci.

Il raccroche, mais ne retire pas tout de suite sa main, alors je le mords.

— Putain, tu es folle !

— Ouais, sûrement ! Ou c'est toi et ta manière intrusive de régenter ma vie qui me rendez hystérique. Fais gaffe, je peux devenir violente, si tu continues.

Un bref sourire se dessine sur ses lèvres, avant qu'un masque de froideur ne le remplace.

— Je ne plaisante pas. Je sais très bien prendre soin de moi et je n'ai pas besoin de…

Il vire brutalement à droite et je me raccroche à la portière pour ne pas basculer.

— Mais tu es dingue !

Il ralentit et se gare sur l'accotement. Il défait calmement sa ceinture et se tourne vers moi. Ses iris sont si sombres, qu'elles me clouent sur place. Il a l'air de se retenir pour ne pas me secouer dans tous les sens. Ses mains agrippent tellement fort le volant que ses jointures blanchissent.

— QUAND ! ? Quand as-tu pris soin de toi, Kerrigan ? rugit-il. Réponds-moi ! Je ne me rappelle pas une seule fois où tu n'as pas voulu jouer les casse-cou. Quand tu étais plus jeune et que tu as décidé de monter dans l'arbre ? Résultat, tu t'es cassée une jambe ! Quand tu as profité de l'absence de tes parents pour organiser une fête et que j'ai dû assurer derrière pour que tes parents ne le découvrent pas ! Quand tu as décidé d'accepter que le tueur de poupées russe te menace sans en parler à qui que ce soit ! Quand Kerrigan, as-tu réellement pris soin de toi ?

— Je n'avais pas le choix ! Tu entends ? Pas le choix ! Je n'ai jamais eu le choix ! Je suis montée dans l'arbre pour t'impressionner, et oui, j'avais dix ans, mais je ne voyais déjà que toi. J'ai fait une fête chez moi à mes seize ans pour que tu viennes et tu veux savoir pourquoi je suis sortie avec Brian O'Connell, c'était encore pour toi, je voulais te rendre jaloux. Et si je n'ai pas dit tout de suite que je recevais des menaces…

— Laisse-moi deviner, c'est encore de ma faute. Tu t'es dit que jouer avec le feu…

— Ça suffit ! Si je n'avais rien dit, Rosie serait peut-être encore en vie.

— Non Kerrigan, vous seriez toutes les deux mortes.

— Je suis qu'une contrainte pour toi de toute manière. Dès que cette affaire sera terminée, tu vas partir.

— Tu sais quoi ! ? Tu as tort sur une seule chose, tu n'es pas une contrainte, mais un foutu désagrément. Si je suis ici, ce n'est pas pour jouer à la nounou et bon sang Kerrigan, tu le sais ! Et tu sais quoi d'autre ? Je regrette souvent de ne pas avoir confié cette putain d'affaire à quelqu'un d'autre !

La respiration coupée, je le regarde comme s'il m'avait giflée. Je sais bien que je ne suis pas facile, mais…

— Alors, tu n'en as rien à faire de moi ?

Sa mâchoire se serre et ses yeux se plissent

dangereusement. Je dois lutter pour garder le contrôle et je n'ai qu'une envie, c'est de lui faire remballer ses « *Je t'aime* ».

— Exact ! grogne-t-il. Maintenant, on peut aller manger !

Je me tasse sur mon siège en détournant le regard vers la vitre.

— Ramène-moi, s'il te plaît. J'ai juste envie de rentrer, murmuré-je, en étouffant un sanglot.

Je le sens se contracter en en entendant les trémolos dans ma voix. Il grogne, puis finit par redémarrer. Je ne retiens plus mes larmes, le visage tourné vers la vitre et le silence nous accompagne jusqu'à la maison…

Chapitre 37

Black Sands Beach,
10 décembre
19 h 30
16 °C
Californie
Ezra

Cooper est arrivé aujourd'hui chez moi, il ne supportait plus de rester sans rien faire et a voulu reprendre du service, malgré l'avis du médecin. Installés sur la terrasse, on revoit ensemble le dossier du tueur aux poupées russes et lui comme moi, on sait que même si on en a éliminé pas mal du tableau, il reste encore à déterminer s'il y a en a encore.

— Tu dis que Macpherson a avoué qu'on ne les avait pas tous arrêtés, mais tu penses qu'il dit la vérité ?

Une cigarette à la main, il tire dessus et laisse échapper la fumée, ce qui me rappelle Mickaël Macpherson quand je les ai trouvés lui et ses acolytes dans l'auberge.

— Bon sang ! Je n'en sais rien, mais je peux te certifier par contre qu'il nous manque un élément.

— Ouais, ça, j'en suis certain aussi... Ah ! Au fait, j'ai vu Jack Sullyvan avant de partir, le pauvre, dire que Griffin était un ami à lui, qu'il allait jouer au poker tous les vendredis soir avec lui et qu'en fait d'un gentil professeur d'université, c'était un tueur en série.

— Je sais, mais il s'en remettra...

— Et Kerrigan, comment elle va ? Je ne l'ai pas encore vue et je suis arrivé depuis des heures.

— Dans la chambre, elle reste la plupart du temps enfermée. Elle ne sort que pour manger un peu et encore, je suis obligé de la pousser et aussi pour ses rendez-vous avec le psy et là aussi, je dois manœuvrer pour la faire sortir.

— Il lui faudra du temps Ezra, Rosie était tout pour elle et la voir la gorge tranchée doit lui avoir laissé des séquelles.

— Ouais... Mais je ne la reconnais plus. Elle devient facilement hystérique. Elle ne m'entend plus, ne m'écoute plus et fait comme si elle et moi, c'était temporaire.

— Encore une fois, laisse-lui du temps.

Je me racle la gorge et hésite un instant.

— Je lui ai dit que je l'aimais... Mais c'est comme si c'étaient des paroles en l'air et peut-être, que quand elle m'a dit qu'elle aussi elle m'aime, c'étaient également des paroles en l'air.

Cooper s'étouffe avec sa fumée de cigarette et me regarde comme s'il était devant un problème cornélien.

— Ezra Lincoln a fait une déclaration d'amour à une fille, clame-t-il d'une voix incrédule.

Et voilà, je regrette d'en avoir parlé.

— Ouais, un problème !?

— Non ! Non ! Mais tu avoueras que je pensais que tu te ferais tout un défilé de femmes encore quelques années, avant de te décider à te poser.

Je grogne et lui pique sa cigarette, avant d'en tirer une bouffée.

— Je n'ai pas dit que j'allais la demander en mariage...

— Encore heureux ! ironise Kerrigan en nous rejoignant. Vêtue de mon gros pull beige, d'un jean noir et de petites bottines fourrées, elle vient se poster devant moi et me prend ma clope. Elle la porte à ses lèvres et inspire, avant de se mettre à tousser.

— Ce n'est pas fait pour les petites natures, s'amuse Cooper.

Elle lui jette un regard noir, avant de me regarder.

— Ouais, mais il faut dire que la dernière fois que j'ai fumé remonte à six ans et Ezra, ici présent m'avait remonté les bretelles, comme si j'avais tué quelqu'un, alors que Monsieur ne se gêne pas.

— Tu voulais fumer uniquement pour traîner avec moi et mes amis dans le coin fumeur du parc, en face du lycée.

Elle plisse les yeux et écrase la cigarette à moitié entamée dans le cendrier.

— Ouais, j'ai fait beaucoup d'erreurs, mais je sais maintenant que se rapprocher de toi c'est comme laisser un papillon tourner autour d'une flamme.

— J'imagine que c'est toi le papillon et moi, la flamme ?

— Tu es l'essence et l'allumette, et je suis sortie de ma chrysalide uniquement pour être tentée.

Cooper rit et je lui lance un regard d'avertissement.

— Tu as décidé de sortir de la chambre ? C'est bien… tenté-je en changeant de conversation.

— Ouais, j'ai fini la bouteille de champagne et j'avais soif.

Je remarque que ses pupilles sont dilatées et qu'elle oscille maladroitement sur ses jambes.

Cooper étouffe un autre rire et regarde ailleurs.

— Je pense que tu pourras trouver de l'eau dans la cuisine,

Kerrigan.

Elle sourit et même si c'est un sourire de nana complètement torchée, ça fait du bien de voir son visage s'éclairer.

— Mais je ne veux pas d'eau… C'est pour les petites natures, comme dit Cooper. Je sais qu'il y a une autre bouteille de champagne à la cave. L'autre était pas mal, mais le millésime n'était pas terrible.

Bon sang ! Elle est allée se servir dans mes bouteilles millésimées que je gardais pour de grandes occasions, je vais l'étrangler.

— Je peux connaître le nom marqué sur l'étiquette de la bouteille que tu t'es allégrement enfilée ! ?

Son front se plisse, elle pose son doigt sur son menton, semblant réfléchir.

— Je ne sais plus trop, mais je l'ai trouvé jolie. Doré avec un as de pique gravé sur la bouteille. Attends, je crois que c'était un Armand de Brignac.

Putain de merde ! Achevez-moi !

Cooper éclate de rire, sans pouvoir se retenir cette fois et Kerrigan l'observe en penchant la tête.

— Pourquoi il rit ? demande-t-elle avec innocence.

Je me retiens de ne pas la jeter dans la mer à quelques

mètres et essaie de garder mon calme.

— Parce que cette bouteille, si jolie Kerrigan et que tu t'es enfilée comme de la piquette de comptoir vaut 30 000 mille dollars !

Elle ouvre de grands yeux, avant d'exploser de rire à son tour. Je grogne et son rire redouble. Je me passe une main sur le visage et décide de me venger. Elle mérite de se rafraîchir les idées et je mérite de m'amuser. Cooper doit voir le changement chez moi, car il arrête de rire.

— Cooper, tu veux bien prévenir les gars de rester à pas plus de cinq cents mètres de la plage ?

— Pourquoi ?

— Parce que Mademoiselle a besoin de se rafraîchir les idées et je tiens à avoir un peu d'intimité.

— Ouais, vous allez vous envoyer en l'air ! s'exclame-t-il en se renfrognant.

— Oui ! déclaré-je au même moment où Kerri dit non.

Je ne lui laisse pas le temps de s'enfuir à l'intérieur et la mets sur mon épaule. Elle crie et les agents qui étaient dans la maison sortent, Cooper leur dit de ne pas s'en faire que Kerrigan a envie de se baigner, mais de rester quand même dans le périmètre. Je n'écoute pas leur réponse et descends les marches qui mènent à la plage. Seul un lampadaire en bas des marches éclaire un tant soit peu les diamants noirs des sables. Kerrigan se débat faiblement, mais la quantité d'alcool qu'elle a ingurgité ne doit pas l'aider. Arrivé au bord de l'eau, je la repose sur ses pieds. Je la retiens pour qu'elle garde l'équilibre.

— Tu es complètement fou ! Il fait froid et on va tomber malade !

— Tu as besoin de décuver et j'ai besoin de me venger, alors retire tes chaussures !

— Non ! Il n'est pas question que j'aille à l'eau !

— Ah oui…

Pendant qu'elle discutait, moi, j'ai eu le temps d'enlever les miennes alors je la soulève et l'entraîne dans l'eau. Elle crie quand la fraîcheur se répand sur son corps. Je ris en la voyant gesticuler et m'insulter. Et je l'embrasse quand je sens combien ça fait longtemps que je ne l'ai pas fait. Elle se contracte avant de se laisser aller et de me rendre mon baiser. Je passe mes mains sous le pull qu'elle porte et qui est à moi, et découvre qu'elle ne porte rien dessous. Je prends un sein en coupe et caresse son téton de mon pouce. Elle soupire et renverse la tête en arrière quand j'en prends un dans ma bouche.

— Ezra…

Je le suce, en promenant mes mains dans son dos, sur ses

fesses, avant de déboutonner son jean. Kerrigan se redresse brusquement et arrête ma main.

— Pas ici…

— Pourquoi ? J'ai demandé à ce qu'on ne nous dérange pas et personne ne peut nous voir à des kilomètres à la ronde.

— Je sais que tu vas penser que je suis folle, mais j'ai souvent l'impression d'être observée.

Je prends son visage en coupe et plante mon regard dans le sien inquiet.

— Tu n'es pas folle et si tu te sens observée, c'est sûrement le fait d'être entourée d'agents partout dans la maison.

Elle secoue la tête et soupire.

— Non, c'est autre chose. L'autre jour…

— Quoi ?

— J'étais sur la terrasse et j'ai vu quelqu'un me regarder de la plage, quand elle s'est aperçue que je l'avais vue, elle est partie. Mais j'ai eu le temps de voir que c'était une femme rousse.

— Pourquoi tu n'en as pas parlé ?

— Je… Je pensais à Rosie et elle me l'a rappelée et après je me suis dit que c'était peut-être mon imagination.

Malgré le fait que je pense que c'était juste une touriste un peu curieuse, je préfère qu'on rentre et la porte dans le sens inverse. Je l'emmène directement sous une douche chaude. Quand nous sommes nus, à l'abri des regards, je la plaque contre les carreaux de marbres, en la soulevant et encercle mes hanches de ses jambes. J'attends qu'elle me regarde pour parler.

— La prochaine fois Kerrigan, n'hésite pas à me parler de la moindre chose qui te paraît étrange.

Elle hoche la tête et se rapproche pour m'embrasser, mais je la stoppe dans son élan…

— Encore une chose, la prochaine fois que tu penses que tu n'es juste qu'une contrainte ou un simple désagrément, je te noie dans la mer et je ferai l'amour après jusqu'à ce que tu demandes grâce, si tu n'as toujours pas compris…

Je pénètre entre ses lèvres sans avertissement et bois à la source comme un foutu drogué qui a besoin de sa dose. J'appuie mon bassin contre le sien pour lui faire sentir combien je suis dur et que j'ai envie d'elle. Elle geint, puis cherche à descendre.

— Laisse-moi te prendre dans ma bouche, Ezra.

Elle ne l'avait encore jamais fait et mon membre tressaute d'anticipation. Je la laisse glisser sur moi et la regarde s'agenouiller entre mes jambes. Son regard dans le mien, elle prend mon sexe en bouche et joue avec sa langue autour de mon gland. Je pose mes mains sur le marbre froid de la douche pour garder l'équilibre quand mes jambes vacillent. Lorsqu'elle me suce, je sens mon sang pulser dans ma queue et gronde légèrement. Je ne la quitte pas des yeux pendant qu'elle me prodigue la meilleure pipe de ma vie et quand je sens que je vais jouir, je la tire vers moi, la soulève et l'empale. Elle gémit et j'étouffe ses cris de plaisirs sous mes lèvres. Elle ne croit pas que nous, ça va durer, mais je vais faire en sorte de lui faire comprendre…

Chapitre 38

Black Sands Beach,
22 décembre
23 h 30
10 °C
Californie
Ezra

— Pourquoi tu tiens encore à rendre visite à Griffin à la prison pour l'interroger ? me demande Kerrigan.

— Parce que Bancroft veut arrêter la protection qu'il y a autour de toi. Comme il n'y a pas eu d'autre enlèvement, il pense qu'on a arrêté tous les coupables, mais je ne suis pas d'accord et Griffin a refusé de me divulguer si d'autres personnes étaient impliquées.

— Et si c'était parce que tous les coupables étaient derrière les barreaux et que je ne risquais plus rien.

— Je ne vais pas prendre le risque de relâcher la vigilance que j'ai mise autour de toi, sans savoir si personne d'autre ne voudra t'atteindre et sans savoir pourquoi ils cherchaient à te tuer.

— Mais si c'était juste qu'ils étaient complètement cinglés et que Susan et Brian m'avaient choisie juste pour me faire payer d'être avec toi.

— Il nous manque des éléments et très franchement, ça me paraît assez mince comme raison… Susan n'a pas beaucoup parlé non plus, mais elle m'a quand même laissé entendre que quelqu'un en avait décidé ainsi et que je saurais bientôt pourquoi… Sauf, que si tout est réellement terminé, pourquoi m'avoir dit ça ?

— Elle cherchait comme Mickaël à nous faire peur. Ils voulaient, sans doute, nous faire croire qu'on ne sera jamais tranquilles.

Je secoue la tête… J'y avais déjà pensé, mais je sens qu'ils disaient la vérité et que quelque chose se prépare. Une chose à laquelle, on n'aurait jamais pensé et qui risque de nous tomber dessus quand on aura levé la protection et renvoyé les effectifs à Philadelphie.

— Tu devrais aller te coucher Kerrigan. Tu as encore fait un cauchemar cette nuit et tu as à peine dormi.

— Je préfère t'attendre…

Je lui soulève le menton et l'embrasse sur les lèvres.

— Je vais juste discuter avec Cooper et je monte. Va te mettre au lit et le temps que tu enfiles un de mes tee-shirts, je serai là.

Elle fait une moue et je ne résiste pas à l'embrasser encore. Je finis par la relâcher et elle monte au premier. Je me dirige vers la cuisine et retrouve Cooper adossé au plan de travail avec un café à la main.

— Le doc t'a autorisé la caféine ?

— Si on te pose la question, je suis en repos chez moi et je bois des verveines… Kerrigan est partie se coucher ?

— Ouais, je voulais te prévenir que je vais rentrer deux jours à Philadelphie, je veux interroger encore une fois Griffin.

— Je pense que c'est une bonne idée. Bancroft est sur les dents et il pense qu'il fait perdre son temps à ses hommes.

— Oui, mais il se trompe.

— Et je suis d'accord, mais qu'est-ce qui te dit que Griffin va parler ?

— Griffin est rusé, ça, je ne peux pas lui retirer. Mais je me souviens de son assistant Vadim Russo, il était parti voir ses parents quand j'étais encore à Philadelphie et je pense qu'il en savait bien plus qu'il ne le disait.

— Alors tu vas aller aussi l'interroger ?

— Oui, mais tout d'abord Griffin. Je peux être rusé aussi et à ce jeu-là, ce n'est pas moi qui vais perdre.

— Je veillerai sur Kerrigan, si jamais Bancroft lève les troupes et même s'il ne le fait pas.

— Je sais... Elle a rendez-vous demain chez le Docteur Rafferson, si jamais tu as un mauvais pressentiment annule et reporte, mais si tu penses que tout va bien, n'hésite pas à la traîner là-bas.

— C'est noté, je peux employer tous les moyens ?

— Tu peux la porter s'il le faut, mais...

— Je sais mec, elle est à toi... Elle l'a compris, je l'ai compris et je pense sincèrement que si quelqu'un ne l'a pas encore compris, c'est que c'est un imbécile.

— Alors, on est d'accord...

York County Prison,

Pennsylvanie

23 décembre

15 h 15

— Vous vouliez que je vous donne un cours pour enquêter sur les tueurs en série agent Lincoln ? C'est pour ça que vous êtes venu me rendre visite dans mon quatre-étoiles... me lance Griffin en trifouillant sa moustache.

— Non, mais je dois dire que la couleur orange vous va à merveille !

— Alors que venez-vous faire ici ? Vous avez enfin compris que la menace au-dessus de la tête de Kerrigan Rodes est toujours présente ou vous êtes venu m'annoncer son décès prématuré ?

Je me force à sourire et pose mes coudes sur la table.

— Non, Kerrigan va bien, mais je pense effectivement, qu'on a fait une percée dans le panier de crabes, mais qu'il nous en manque un, voire plusieurs... J'ai pensé que peut-être que maintenant que vous étiez enfermé entre des barreaux, vous auriez envie de discuter de Vadim Russo.

Griffin sourit légèrement et croise les bras devant lui.

— Vous pédalez dans la semoule, agent Lincoln...

— Ah oui ? Je me souviens parfaitement de la nervosité de votre assistant quand je suis venu vous voir dans l'amphithéâtre. Je pense plutôt que je brûle...

— Russo ne vous apportera rien, il est juste introverti. Mais si ça vous plaît de perdre du temps.

— Je crois que c'est plutôt avec vous que j'en perds. Mais dites-moi juste une chose... Pourquoi Kerrigan ?

— Vous me l'avez déjà demandé...

— Oui et vous m'avez répondu, parce qu'elle l'a choisi. De qui parliez-vous ?

Il ne répond rien et tourne son visage vers la porte en fer.

— Je peux y aller ? Il y a un atelier d'écriture dans une trentaine de minutes et j'aime bien faire des hiéroglyphes sur des parpaings.

Mes nerfs lâchent et je l'attrape par le collet, le gardien à la porte se redresse, mais ne bouge pas plus.

— Vous avez tué de jeunes femmes, éviscéré certaines d'entre elles, violé avec l'aide de deux de vos étudiants et deux autres cinglés sans éprouver le moindre remords... Alors, arrêtez de vous foutre de ma gueule avec vos parpaings, le seul outil qui sera accepté pour vous, c'est un balai à chiottes et encore, je pourrais faire en sorte que vous les nettoyez juste avec vos mains. Ne me poussez pas à bout, parce que vous pouvez être certain que ce ne sera pas vous le vainqueur.

Griffin commence à manquer d'air et son visage devient rouge, mais j'attends le dernier souffle d'air pour le relâcher. Il s'effondre sur sa chaise et reprend difficilement sa respiration.

— Dites-moi qui veut encore la mort de Kerrigan ! ?

Il relève son visage congestionné de fureur vers moi et tousse un peu avant de répondre.

— Agent Lincoln, vous ne vous êtes jamais demandé pourquoi c'est une comptine ?

Université de Philadelphie

Ma visite à la prison ne m'a rien apporté, mis à part d'autres questions et aucune réponse. J'attends que le cours du Professeur Allan Grove se termine. Le recteur m'a informé que Monsieur Russo était désormais l'assistant du professeur en littérature et que pour l'instant Griffin n'avait pas été remplacé.

Lorsque Russo sort enfin et dès qu'il me voit, je ressens rien qu'à sa tête que ce n'est pas une bonne surprise pour lui.

— Bonjour Monsieur Russo, j'aurais quelques questions à vous poser.

— Je n'ai rien à dire, réplique-t-il en essayant de me contourner, mais je lui bloque le bras.

— Écoutez, je vais être gentil et vous donner le choix, soit vous répondez à mes questions, soit je vous embarque et je le fais dans une salle d'interrogatoire...

Il soupire et finit par acquiescer. Je lui lâche le bras et l'invite à l'écart de la sortie de l'amphi.

— Pourquoi étiez-vous si nerveux la dernière fois que l'on s'est vus ?

— Je ne suis pas à l'aise avec les gens, c'est tout.

— D'accord... Mais que cachez-vous qui vous mette si mal à l'aise... Et ne me dites pas rien, parce que je le prendrais comme un refus de coopérer et vous embarquerais.

Il ne pipe mot pendant un moment et je commence à penser que je ne vais rien en tirer, mais il finit par regarder autour de nous et voyant qu'il n'y a personne, hoche la tête.

— Je vous écoute, Monsieur Russo.

— J'allais de temps en temps chez le Professeur Griffin pour lui remettre des copies et une fois où il avait oublié que je devais passer, j'ai vu quelque chose que je n'aurais pas dû voir.

— Et qu'est-ce que c'était Monsieur Russo ?

— Le professeur était en train de s'envoyer en l'air, mais pas avec sa femme. D'ailleurs, j'ai dû la voir qu'une seule fois sa femme, car apparemment, elle n'était pas souvent chez eux.

— Oui, quand on l'a interrogée sur son mari, bien qu'elle semblait tomber des nues, elle voulait divorcer. Continuez...

— La fille qu'il culbutait sur la table de la cuisine, je l'avais déjà vue, mais je ne l'ai pas remise tout de suite. C'est bien après, quand Griffin m'a aperçu, il a remballé ses affaires dans son pantalon et a demandé à la fille de l'attendre dans la chambre. Puis, il m'a demandé de garder ça pour moi, qu'il risquait de perdre sa licence à l'université si on apprenait qu'il se tapait des étudiantes. J'ai accepté, mais ensuite, je me suis rappelé où j'avais vu cette fille...

— Où Monsieur Russo avant que je ne perde patience !

— C'était la jeune fille rousse sur les affiches placardée sur le Campus. Aurore Harrison.

— Vous en êtes sûr ?

— Oui et c'est pour ça que quand vous avez parlé de Black Star, j'ai commencé à être nerveux.

— Je ne comprends pas.

— La fille était à moitié à poils sur la table de la cuisine et j'ai vu distinctement sur son sein droit un tatouage. C'était une étoile noire... Je ne sais ce qu'elle est devenue, mais j'ai fait quelques recherches sur elle. Cette fille suivait des cours en ligne, mais ce n'est pas tout, elle avait un blog au nom de Black Star. J'ai été regarder et quand j'ai vu les photos sur son blog, j'ai vite refermé et j'ai essayé d'oublier cette histoire.

— Pourquoi ne pas m'en avoir parlé où être allé retrouver

le shérif Sullyvan ?

— Le Professeur Griffin m'a menacé de me faire virer, si jamais je pensais simplement à en parler et grâce à ce travail à l'université, j'ai une carte de séjour. Je ne tiens pas à retourner vivre en Russie.

— Je croyais que vous étiez à moitié américain ?

— Non, j'ai toujours vécu en Russie jusqu'à, il y a encore six mois... Je n'ai pas de diplômes et mes parents ont la nationalité russe, même s'il y a des origines italo-américaines...

Je découvre tous les mensonges de Griffin et regrette de ne lui pas avoir serré le cou... Mais si Russo dit la vérité, une gamine de seize ans, s'envoie en l'air avec un professeur de quarante ans, fugue et ne donne plus signe de vie, et semblerait même faire partie de cette machination.

— Une dernière question Monsieur Russo. Qu'y avait-il sur son blog ?

Chapitre 39

Black Sands Beach,
24 décembre
9 h 30
11 °C
Californie
Kerrigan

— Tu sais c'est vraiment agréable de ne pas vous entendre vous disputer toutes les cinq minutes, ni de vous voir vous embrasser à chaque fois que je détourne la tête, sourit Cooper.

— Si tu détournes la tête, comment fais-tu pour savoir qu'on s'embrasse ?

— Apprends d'abord que je vois tout, j'entends tout et… Vous n'êtes pas du genre silencieux, même pour un simple baiser.

Je feins de ne pas comprendre, mais je me rends bien

compte que c'est vrai ! À chaque fois qu'Ezra me touche, je fonds et laisse échapper des petits bruits de plaisir.

— Je ne vois absolument pas de quoi tu parles.

— Ah oui ? Bon sang ! On ne peut même pas dire que ça ne vient que de toi ! Pendant qu'Ezra grogne comme une bête, tu gémis presque, c'est dégoûtant.

J'ai envie d'en rire, mais je préfère m'abstenir.

— D'accord, alors tu veux dire que toi, tu restes hermétique lorsque l'on t'embrasse et que la femme que tu embrasses reste silencieuse comme si tes baisers étaient aussi ennuyeux que d'aller passer une journée à la pêche à attendre que le poisson morde à l'hameçon ?

— Non ! Mais je sais être discret et sache que quand je donne un baiser à une femme, elle s'agrippe à moi comme une moule à son rocher, elle ne pense pas aux poissons, mais au requin qui la retient dans ses filets… Je peux te donner un aperçu si tu veux ? me taquine-t-il.

Je vais pour le remercier de tant de générosité, mais je n'en ai pas le temps. La voix sèche d'Ezra s'élève dans le salon où nous sommes tranquillement installés et fait fuir les deux agents postés près de la baie vitrée. Ils saluent Ezra avec un petit sourire et partent dans la cuisine.

— Cooper, je pense que tu peux remballer ta langue

magique de mon salon et m'attendre dans la cuisine que je te fasse un topo.

Sans attendre de réponse de Cooper, Ezra m'attire dans ses bras et colle ses lèvres aux miennes. Je passe mes mains derrière sa nuque en montant sur la pointe des pieds et gémis doucement en sentant son corps chaud contre le mien, même venant de l'extérieur.

— Bon sang ! Juste une nuit sans toi et j'ai l'impression que ça fait des jours, grogne-t-il en promenant sa bouche dans mon cou.

Je ne lui réponds pas, mais je me serre contre lui en espérant me fondre en lui. Ça fait des jours maintenant que je ne réponds plus à ses déclarations, mon cœur est encore en miettes, suite à la mort de Rosie et je ne sais pas si j'arriverais à le laisser m'aimer alors que je ne suis plus que l'ombre de moi-même. Je sais que je l'ai rendu fou dans la voiture l'autre jour et que j'ai dépassé les limites, mais je n'arrive pas encore à croire que notre couple pourra survivre après que tout soit rentré dans l'ordre.

Ses lèvres remontent vers les miennes, mais au lieu de m'embrasser encore, il reste contre elles et m'observe avec ce magnifique regard dont je ne me lasse pas.

— Qu'est-ce qu'il y a dans ta petite tête Mademoiselle

Rodes ?

Son souffle contre ma peau me fait frissonner et je me cambre instinctivement. Mon Dieu ! Je n'arrive même pas à contrôler mon corps, il réagit au sien naturellement et sans se poser de questions.

— Dis-moi… murmure-t-il.

Je baisse les yeux et m'éloigne un peu.

— Alors… Est-ce que tu as découvert quelque chose ? demandé-je, en changeant délibérément de sujet.

Je le sens se contracter et il finit par grogner.

— OK, je laisse tomber pour l'instant, mais toi et moi, il va vraiment falloir qu'on discute. En ce qui concerne ce que j'ai découvert, on en parlera plus tard. Ce soir, c'est le réveillon de Noël et je pense qu'on a besoin d'une pause.

— Ça veut dire que tu vas en discuter avec Cooper et me laisser dans l'ignorance…

— Ça veut juste dire que je te dirais tout, mais plus tard. Cooper et moi, on va préparer le repas, je suis passé acheter de quoi faire rôtir une dinde et toi, tu vas te reposer, regarder les maîtres à l'œuvre et ne pas râler.

— Tu sais que tu me demandes l'impossible.

— Ouais, ben, considère que c'est mon cadeau de Noël et que tu m'accordes juste quelques heures sans jouer les emmerdeuses !

— Dis comme ça, ça donne carrément envie de te faire plaisir ! ironisé-je en cherchant à me soustraire de ses bras.

— Kerrigan, s'il te plaît... gronde-t-il gentiment dans un langage unique à lui.

Je soupire et hoche simplement la tête sans promettre. Je sais que je ne serai jamais capable de ne pas répliquer sans râler s'il m'énerve.

— OK, je vais aller parler avec Cooper et ensuite, on s'occupe de cette dinde...

Je grogne à mon tour, mais le bruit qui sort de ma gorge ressemble plus à celui d'un chat qu'on étrangle...

Ezra

Je laisse Kerrigan dans le salon et retrouve Cooper dans la cuisine, occupé à fumer une cigarette avec Barns et Shielfied. Les seuls agents à part Cooper et moi à être autorisés à se promener dans la maison. Je les connais depuis bientôt quatre ans et je sais pour avoir eu de nombreuses fois à faire à eux que je peux leur faire confiance.

— Alors cette virée à la prison ça a donné quoi ? commence

Cooper.

— Disons que je pense que j'ai plus appris en étant allée questionner Russo, l'ex-assistant de Griffin, plutôt que Griffin lui-même.

— D'accord et ça a donné quoi ?

— Tu te rappelles la jeune de fille de seize ans qui a disparu bien avant toutes les autres étudiantes, mais qui n'a jamais été retrouvée et que le département avait mis de côté, car elle ne correspondait pas aux autres jeunes femmes enlevées, au vu qu'elle suivait des cours en ligne et que ses parents avaient suggéré plutôt une fugue, qu'un enlèvement, car elle avait des problèmes psychologiques.

— Ouais, mais je ne vois pas où tu veux en venir, à part si elle a été découverte morte comme les autres et que ça voudrait dire que le département s'est trompé en la mettant de côté.

— Pas tout à fait, si Russo n'a pas menti, Aurore aurait été de mèche avec Griffin et les autres.

Cooper me regarde incrédule, tandis que Barns s'étouffe avec son café et que Shielfied m'observe de travers.

— T'es pas sérieux ? Elle a seize ans. Elle ne sortait quasiment pas de chez elle et elle n'aurait jamais pu rencontrer Griffin sans être à l'université.

— Je suis allé voir ses parents, elle suivait bien des cours en ligne, mais ils avaient engagé Griffin pour des cours particuliers.

— Merde ! Tu veux dire qu'il a aussi mêlé cette gamine à ses horreurs ?

— Cooper, je pense que ça va au-delà de ça. Je crois que même si tout vient au départ de Griffin, elle a pris le dessus et que maintenant que Griffin est à l'ombre, Mademoiselle Harrison va se sentir pousser des ailes.

— Ce n'est qu'une gamine, Ez' !

— Ouais, une gamine qui a monté un blog avec des photos de toutes les victimes du tueur aux poupées russes. Une gamine qui faisait des sex tapes avec Griffin, Mickaël Macpherson et aussi Susan. Une gamine qui a un tatouage d'une étoile noire sur le sein... Ses parents m'ont autorisé à repasser sa chambre au peigne de fin et je peux te dire que les gars qui ont fouillé la chambre après sa disparition ont mal fait leur boulot. Il y avait du contre-plaqué dans son placard qui cachait un musée des horreurs. Cette fille est complètement cinglée. Elle avait tranché la gorge de ses poupées, sa mère l'entendait souvent chanter une comptine, qu'elle lui chantait elle-même quand elle était enfant, mais les paroles n'étaient pas exactement les mêmes et faisaient frissonner ses parents.

Cooper se passe une main sur le visage et j'hésite à lui

envoyer la suite, mais de toute manière, il faut qu'il sache dans quoi on a mis les pieds.

— Cooper, j'ai trouvé des photos de moi affichées dans le fond de sa cachette. Il y avait aussi des photos de la nuit du 18 septembre dans cette chambre d'hôtel où Kerri, Rosie et Julia ont été violées. Cooper, ça remonte à trois ans, ce qui veut dire qu'elle en avait treize... Aurore Harrison était présente dans cette chambre...

J'ai encore la bile qui remonte dans ma gorge quand je repense à ces photos, la haine et l'horreur que j'ai ressenties en voyant Kerrigan dans les vapes et Brian O'Connell au-dessus d'elle. Puis, Griffin... Je me retiens de tout démolir et de retourner à la prison pour achever ces fumiers. Cooper pose une main sur mon épaule.

— Tu as dit à Kerrigan que tu avais vu ces photos ?

— Non et je ne veux pas qu'elle l'apprenne...

— Ouais, tu as raison. Qu'est-ce qu'on fait pour Aurore Harrison ?

— Je suis certain que c'est la jeune femme qu'elle a aperçue l'autre jour. Elle est dans le coin, elle nous surveille et je pense que vu son obsession pour moi, je pourrais réussir à la piéger.

Chapitre 40

Black Sands Beach,
24 décembre
21 h
11 °C
Californie
Ezra

— Non ! Je refuse ! crie-t-elle.

Je savais que j'allais devoir la convaincre, mais j'aurais vraiment aimé que ça ne soit pas aussi difficile.

— Kerrigan, une fois qu'on aura arrêté Aurore Harrison, on pourra enfin respirer. Tu pourras reprendre tes études et tu n'auras plus besoin de rester enfermée pratiquement vingt-quatre heures sur vingt-quatre.

— Et si elle n'était pas toute seule et que tu te retrouves à te défendre contre plusieurs dingues ! ?

— Kerrigan, je sais me défendre et je ne serai pas tout seul, Cooper va rester avec moi. Kerrigan… J'ai vraiment besoin de t'éloigner d'ici.

— Je n'arrive pas à imaginer qu'une jeune fille de seize ans soit à la tête d'un groupe d'assassins et encore moins qu'elle veuille ma mort pour t'avoir.

— J'ai eu du mal à le croire aussi, mais ce que j'ai trouvé dans sa chambre prouve qu'elle n'a pas fait que regarder.

Kerri devient toute blanche et se laisse tomber sur une chaise.

— Qu'est-ce que tu as trouvé ?

— Ce n'est pas essentiel que tu saches ce qu'il y avait dans son musée des horreurs, mais je pense en avoir vu assez pour savoir qu'elle est plus que perturbée et que sa folie est destructrice.

— Et si ça ne fonctionnait pas comme tu l'as prévu et que tout ce que tu vas gagner, c'est de te faire virer pour avoir été à l'encontre des ordres de ton supérieur. Alors qu'il pense qu'elle finira tôt ou tard par sortir de sa cachette.

— Kerrigan, Bancroft croit qu'une fille de seize ans n'est pas aussi dangereuse que tout le laisse à penser. Mais il est plutôt du style à minimiser et à fermer les yeux. D'ailleurs, s'il m'avait écouté pour Willis, il aurait été mis à pied depuis longtemps et il ne t'aurait jamais approchée !

— Alors quoi ! ? Je pars avec Barns et Shielfied ce soir, après notre mise en scène et toi, tu restes là pour accueillir cette gamine complètement givrée ?

— C'est ça… Mais à ce stade-là, il ne faut pas penser à elle, comme à une gamine. Crois-moi ce que j'ai vu me fait plutôt voir un monstre en elle, qu'à une jeune ado rebelle. Alors, tu veux bien passer cette robe qu'on aille dîner avant de donner notre show ?

Elle lève les yeux au ciel et arrache la robe blanche que j'ai achetée pour l'occasion sur le cintre.

— OK, mais je ne pars pas. J'ai déjà perdu Rosie et il n'est pas question que je te perde, toi aussi !

Elle s'enferme dans la salle de bain en claquant la porte. Ce sont les premiers mots un minimum sympas qu'elle me balance depuis Salem. Elle ne m'a plus jamais dit « *Je t'aime* » après la mort de Rosie et si elle accepte mon contact, elle s'est fermée comme une huître pour le reste. Je sors la bague de fiançailles que j'ai achetée hier du tiroir de la commode. Ouvre le boîtier et inspire profondément. Pour elle ce soir, ce sera une jolie comédie, mais si je tiens tant à faire mon petit discours en m'agenouillant devant elle, c'est qu'après toute cette histoire, je ferai en sorte qu'elle conserve la bague à son doigt. Je descends retrouver Cooper pour qu'on fignole les derniers points du piège. Je sais que j'allais avoir dû mal à la faire partir d'ici, mais je suis même prêt à l'assommer pour qu'elle se trouve aussi loin que possible de cette givrée !

Kerrigan

Je descends les escaliers avec une boule au ventre et m'autorise à prendre mon temps pour rejoindre les autres qui m'attendent dans la salle à manger où les rideaux ont été tirés pour qu'on soit vus de l'extérieur. La comédie qu'Ezra veut qu'on joue me laisse un goût un peu amer. Faire semblant d'accepter sa demande en mariage devant la baie vitrée pour faire sortir le démon de sa boîte me paraît dangereux, mais aussi risible. Je me souviens moi-même, quand j'avais seize ans avoir imaginé me marier avec Ezra et aujourd'hui je dois sourire et dire oui à une demande factice. Tout le monde est à table quand j'arrive, Ezra se lève et me tend la main. Je l'accepte et on s'installe côte à côte. La dinde sent bon, mais je n'ai clairement pas faim.

— Kerrigan, souris, s'il te plaît…

Je me force à desserrer les lèvres, mais mon sourire doit

plus ressembler à une grimace, car Cooper assit en face de moi, rit.

— Ma belle pour t'avoir déjà vu sourire, je sais que tu peux mieux faire.

— Désolée, mais je suis étudiante en journalisme, je ne joue pas dans des pièces de théâtre et je déteste d'ailleurs les comédies shakespeariennes.

— Kerri, si tout se passe comme on veut tout ça sera bientôt fini et on pourra à nouveau s'engueuler et faire l'amour dans toutes les pièces sans un attroupement d'agents du FBI aux quatre coins de la baraque. Gronde-t-il en faisant rire Cooper et les deux autres qui n'en loupent pas une miette.

— Super ! Mais j'ai d'autres projets comme celui de rentrer chez moi, de boucler mes études et aussi d'aller me recueillir sur la tombe de Rosie…

Ezra serre ma main toujours dans la sienne et son pouce caresse mes doigts.

— Tu le feras… Mais ce que j'ai dit aussi.

Je soupire et Cooper découpe la dinde comme si c'était une opération minutieuse. Je mange lentement et les gars s'occupent d'entretenir la conversation. À la fin du repas, Ezra se lève et m'entraîne avec lui devant la baie vitrée. J'ai la gorge si sèche que j'ai la sensation que je vais devoir mimer le mot oui, sans le prononcer réellement. Lorsqu'il s'agenouille, ma peau devient moite et mes jambes flageolent. Génial ! Je sens que je vais me ridiculiser en dévoilant ce que je ressens véritablement. Le regard d'Ezra étincelle et il l'ancre dans le mien. Avant qu'il n'ouvre la bouche, j'interviens :

— Tu pourrais peut-être, juste mimer les mots, après tout si elle nous surveille, elle doit te voir agenouillé devant moi, mais elle ne peut pas nous entendre… bredouillé-je.

Ezra gronde et me rapproche de lui. Il est tellement grand, qu'agenouillé, son visage m'arrive à la poitrine. Il sort brusquement un écrin en velours bleu nuit. J'écarquille les yeux, on peut dire qu'il a pensé à tout !

— Kerrigan… Je suis sûr que même si c'était une vraie demande en mariage, tu trouverais encore quelque chose à dire, bougonne-t-il en souriant légèrement.

Je soupire en pensant qu'il a raison, mais je ne me détends pas pour autant.

— OK, fais ton speech !

Il me lance un regard noir et Cooper rit sans sa barbe.

— Bon… gronde-t-il avant de reprendre. Je ne sais trop faire ça, alors comme tu l'as si bien dit toi-même, elle ne peut pas nous entendre. Néanmoins…

— Bon sang, Ez' ! s'énerve Cooper à présent, on ne va pas

y passer la nuit.

Maintenant le regard d'Ezra est comme deux mitraillettes, mais sans me quitter des yeux, il ouvre l'écrin et je découvre une bague en or blanc, rehaussée de diamants entre lesquels est nichée une pierre noire éclatante. Je lève les yeux sur Ezra, en le regardant d'un air interrogateur. Cette bague est littéralement magnifique et me rappelle le sable devant la maison où nous sommes. Lorsque le soleil brille au-dessus de la mer et de la plage, les galets et les grains de sable noirs étincellent.

— Tu le sais, Kerrigan Rodes ! Je ne vais pas y aller par quatre chemins… Tu es une véritable emmerdeuse, mais tu es la mienne et même si j'ai mis un paquet d'années avant de revenir vers toi, je t'aime comme un dingue. Tu es orgueilleuse, impossible à vivre et t'es une sacrée chieuse qui ne cesse de tout remettre en question, mais tu es aussi belle, intelligente, drôle et courageuse. Je t'aime comme un fou… Est-ce que tu me ferais l'honneur d'être ma femme ?

Le silence qui s'installe me rend nerveuse. Je ne sais pas à quel moment, j'ai arrêté de croire que c'était de la comédie, mais ma langue pèse trois tonnes sur mon palais et je ne respire pratiquement plus.

— Kerrigan, le grand gaillard attend ta réponse et on doit se préparer pour te faire évacuer d'ici, intervient Cooper.

À ces mots, je sors de ma transe et hoche la tête.

— Des mots Kerrigan… gronde Cooper. Il ne se lèvera pas pour t'embrasser si tu ne dis rien.

Perdue dans le regard d'Ezra, je murmure un oui. Il se redresse, sourit largement, glisse la bague sur mon annulaire et prend mes lèvres. Je fais abstraction de ce qui nous entoure et me laisse porter dans ce baiser. Je pousse un soupir d'exaltation et je me serre contre lui.

Une toux insistante nous interrompt et on se sépare sans se quitter des yeux.

— Eh ben, ce n'était pas si difficile, balance Cooper. Bien, on va boire une coupe de champagne et ensuite vous monterez dans votre chambre. Kerrigan, tu te changes ! Barns et Shielfied te feront sortir par-derrière.

Ezra se tourne finalement vers Cooper.

— On vient sûrement d'énerver le monstre. On ne perd pas de temps !

Cooper fait sauter le champagne et sert les coupes. Ezra me tend la mienne, la fait tinter avec la sienne et dépose un tendre baiser sur mes lèvres. Avant de se reculer, sa main se glisse derrière ma nuque.

— Ça va bien se passer Kerrigan… murmure-t-il.

Quand nous montons les escaliers, la bague à mon doigt est comme un talisman. Je prie silencieusement, la main d'Ezra dans la mienne, pour que tout se termine ce soir.

Chapitre 41

Black Sands Beach,
24 décembre
23 h 40
11 °C
Californie
Veille de Noël
Ezra

La main de Kerri dans la mienne, quand nous montons dans notre chambre, tremble. Je caresse instinctivement son annulaire qui porte maintenant ma bague. Elle a tenté de le cacher, mais j'ai pu voir son regard s'embuer, lorsque j'ai ouvert l'écrin. J'aurais voulu qu'elle sache que je pensais chaque mot que je lui ai dit. Même si ce n'était pas une déclaration des plus romantiques. Elle reflétait exactement ce que je ressentais. Quand on arrive sur le palier de notre chambre, j'ai brusquement un mauvais pressentiment… Je stoppe notre avancée. Merde ! Je pensais avoir plus de temps pour faire partir Kerrigan. Elle me jette un regard et je pose un doigt sur mes lèvres pour qu'elle reste silencieuse. Je la fais passer derrière moi et lui indique les escaliers pour qu'elle redescende, mais cette emmerdeuse secoue la tête et s'accroche à ma main. Je me penche à son oreille pour ne pas être entendu. Je la sens trembler, son regard exprime la peur, je lui caresse tendrement la joue.

— Va retrouver les autres en bas, s'il te plaît Kerrigan… chuchoté-je dans un souffle.

Elle secoue la tête et des larmes apparaissent au coin de ses yeux.

— Fais ce que je te dis, Kerrigan, insisté-je.

J'entends comme un bruit provenant de notre chambre et le temps que je réalise, une explosion nous projette sur le sol…

Sonné, je remets un instant à me souvenir de ce qui s'est passé. Je cherche Kerrigan et la repère à un mètre de moi. Allongé sur le sol, je rampe jusqu'à elle au milieu des gravats. Je soulève une planche de bois qui a dû tomber sur ses jambes. Elle a les yeux fermés, de la suie recouvre ses pommettes et son front. Sa robe est tachée de sang, j'inspecte son corps, mais ne vois rien de grave en surface à part une coupure sur sa tempe droite. Ses paupières papillonnent au moment où Cooper, Barns et Shielfied arrivent en courant, les armes aux poings.

— Ça va ! ? me demande Cooper en s'agenouillant près de nous.

— Ouais, je pense… réponds-je, avant de me pencher sur Kerri.

— Ezra ? souffle-t-elle.

— Ça va aller Kerrigan. Tu peux te relever, tu penses ?

Elle déglutit et se redresse en grimaçant. Je l'aide à se remettre debout, pendant que les autres fouillent le premier étage qui a maintenant une chambre en moins tandis qu'un pan de mur du couloir a disparu. Un bras dans son dos, je l'accompagne en bas, mon arme à la main. Mais arrivés sur la dernière marche, on se fige. Une jeune femme rousse, un revolver à la main, nous tient en joue. Je place mon bras devant Kerri et tiens toujours mon glock dans l'autre.

— Vous ne savez pas ce qu'il se passe quand on enfonce une lame dans une chair tendre et douce. Le professeur Griffin aimait voir la souffrance qui pâlissait leurs visages, la peur qui assombrissait leurs regards et la vie qui s'échappait de leurs corps. Mais moi, j'aimais choisir les nouvelles proies et les façonner d'une belle image en les parant de tenues royales russes. J'ai toujours adoré l'histoire de la princesse Anastasia, ma mère me la racontait et me chantait ensuite une comptine, le soir avant de m'endormir. Mais elle a brusquement arrêté et elle ne s'est plus intéressée à moi…

— On peut t'aider… Tu n'as pas à faire tout ça, Aurore, c'est ça ? lui demande Kerrigan.

— Dis-moi Kerrigan, as-tu aimé le tatouage ? J'étais là ce soir-là, tu n'as même pas fait attention à moi. Ni tes copines d'ailleurs. Vous rigoliez ensemble, quand Susan qui dansait avec Brian t'a vue. Ils m'ont expliqué que toi et Ezra, les aviez trahis. Brian était amoureux de toi, tu sais ? Il n'a pas vraiment supporté quand il est venu te voir un soir, de te retrouver dans la voiture d'Ezra en train de baiser. Il voulait vous tuer tous les deux, mais il a d'abord appelé Susan pour lui dire. C'est là qu'ils ont décidé de vous punir tous les deux. Mais Brian a été arrêté pour avoir tué une jolie rousse qui te ressemblait Kerri… Susan a voulu attendre que Brian sorte de prison pour en finir avec vous deux. Mais disons que j'avais un autre plan.

— Tu veux dire qu'une gamine de treize ans a fomenté tous ces meurtres, toutes ces abominations ? continue Kerrigan.

Je jette un coup d'œil sur le palier du premier étage et vois Cooper caché derrière une poutre, Aurore dans son viseur. D'un regard, je lui fais comprendre d'attendre avant de tirer et il hoche la tête.

— Une gamine ? Je suis une femme ! Et sans moi, Brian et Susan n'auraient jamais réussi à vous atteindre comme ils l'ont fait. Tuer ta copine était mon idée, tuer Logan Cooper aussi, mais Willis a échoué. Vous vous rendez compte quand même que la GAMINE a réussi à retourner beaucoup de monde contre vous !

— Qu'est-ce que tu veux maintenant Aurore ? interviens-je.

Un sourire sadique incurve ses lèvres.

— Toi, mon chéri… Tu es à moi !

Elle jette un coup d'œil à la main de Kerri avant de la regarder froidement.

— Retire cette bague, Kerrigan.

Kerrigan ne fait pas un geste.

— RETIRE CETTE BAGUE, KERRIGAN ! hurle-t-elle en la faisant sursauter.

Kerri va pour la retirer, mais j'arrête son geste en capturant sa main.

— Aurore… Tes parents sont inquiets pour toi, dis-je en essayant de concentrer son attention uniquement sur moi.

Je lâche doucement la main de Kerrigan qui se tourne vers moi à cet instant, mais je l'ignore, restant focalisé sur Aurore.

— Mes parents ont peur de moi, Ezra… Le soir, ils

fermaient à clé la porte de leur chambre. Ils te l'ont dit ?

— Non.

— Ils me regardaient comme si j'étais un monstre. Tout ça parce que j'étais différente. Je ne jouais pas à la poupée comme les autres enfants quand j'étais plus petite. J'aimais bien leur couper la tête, je leur ouvrais le ventre aussi, mais ça m'a vite lassée. Mon père m'a offert un chien, une fois... Il pensait que comme je n'arrivais pas à me faire d'amis, un chien pouvait me rendre un peu plus normale à leurs yeux. Mais, j'ai voulu leur prouver le contraire. Alors je lui ai crevé les yeux et coupé la langue, il pissait le sang. Ma mère l'a trouvé dans le congélateur de la véranda, après deux jours à le chercher partout. Je l'avais appelé Dimitri, comme dans Anastasia.

— Donne-moi ton arme Aurore, on pourra discuter, rien que toi et moi, tenté-je.

— Ne me force pas à te faire du mal, Ezra, je veux juste Kerrigan. Elle n'est pas faite pour toi. Moi... Oui. Tu sais quand je torturais cette idiote de Julia dans la salle de bain de cet hôtel. J'ai hésité à amputer aussi le doigt de Kerri. Mais évidemment Brian a refusé, il la voulait parfaite, mais elle ne l'est pas.

— Tu as raison, elle n'est pas parfaite, mais personne ne l'est et je l'aime.

— NON ! Tu crois l'aimer, mais tu te trompes.

Son arme se dirige vers Kerrigan.

— Si tu la tues, tu me tueras aussi Aurore. C'est elle que j'aime, c'est elle mon oxygène, tu comprends ?

Son regard est si glacial et venimeux qu'elle paraît dix ans de plus que son âge.

— Une fois que tu la verras dépecée, son visage tailladé et que son cœur ne battra plus pour toi, Ezra, tu comprendras que c'est juste de la viande avariée. Tu la verras, comme moi je la vois.

Je tends la main vers elle en restant à distance.

— D'accord... On pourrait en parler. Baisse ton arme.

— Tu veux vraiment, Ezra ? C'est vrai ? Tu vas m'écouter ?

— Oui, mais je veux que l'on ne soit que tous les deux. Ça te va ?

Ses lèvres se serrent en une ligne dure, un éclat de colère brille dans ses yeux. Avant que je ne puisse l'atteindre et lui arracher son arme, elle lève plus haut son revolver et tire. Mon cœur s'arrête de battre instantanément, mais je ne me tourne pas vers Kerri et tire à mon tour. Ma balle va se loger directement dans sa tête entre les deux yeux. Elle s'écroule et je me retourne vers Kerri...

Cooper est déjà près d'elle, accroupi à côté d'elle. Figé, je regarde son corps inerte en bas des marches, du sang se répand sur son thorax, ses yeux sont fermés et la main qui porte la bague que je lui ai offerte est pendue entre les barreaux de la rambarde de l'escalier. Cooper me parle, je vois ses lèvres bouger, mais je n'entends rien. Tout ce que j'arrive à faire c'est d'observer la scène comme si ce n'était pas réel. Ce n'est qu'au moment où j'entends les sirènes de police que mon ouïe revient et que j'entends ce que me dit Cooper.

— Elle est vivante, Ezra ! Réveille-toi, Ezra !

Je range mon glock et m'accroupis à mon tour.

— Elle respire, j'ai appelé une ambulance.

Je caresse sa joue et colle la mienne contre sa tête.

— Continue de respirer, mon amour… S'il te plaît respire, les secours seront bientôt là. Continue à respirer pour moi… Je t'aime mon amour.

Elle a toujours les yeux fermés, mais je peux sentir son souffle passer entre ses lèvres. J'ai la sensation que mes propres poumons reprennent vie aussi à ce moment-là.

Chapitre 42

Jerold Phelps Community Hospital-Southern Humbold
Gaberville,
25 décembre,
9 heures
Jour de Noël
Ezra

— Ça ne devait pas se passer comme ça ! On devait la faire évacuer avant que cette cinglée débarque ! Elle devait être évacuée ! Putain de merde ! Comment a-t-elle pu entrer ! ? Comment ! ? On avait sécurisé les lieux, on devait juste laisser la porte de derrière la maison ouverte, une fois Kerrigan loin de la maison. Dis-moi un peu Cooper… Qu'est-ce qui a pu merder ! ? hurlé-je.

Cooper se passe une main dans les cheveux et donne un

coup de pied dans l'une des chaises du couloir l'hôpital.

— Barns a fait le con ! Il est sorti avant le repas fumer une clope, Shielfied a fait tomber une assiette en mettant la table et Barns a cru qu'il y avait un problème, il est revenu à l'intérieur sans refermer la porte à clé. Aurore en a saisi l'occasion, c'est comme ça qu'elle a pu pénétrer dans la maison.

Je me répète sans cesse qu'elle va s'en sortir, que cette histoire sera derrière nous. Mais je me dis aussi que je venais enfin de récupérer l'amour de ma vie et que toutes les choses, même courtes, ont une fin. J'ai voulu aller trop vite, je n'ai pas assez réfléchi et une cinglée d'à peine seize ans a réussi à l'atteindre et peut-être à la tuer.

Les portes battantes du service des urgences s'ouvrent et un chirurgien d'une trentaine d'années en sort, il s'avance droit sur nous.

— Je suis le chirurgien qui a pris en charge Mademoiselle Rodes, vous êtes celui qui l'a accompagnée dans l'ambulance, n'est-ce pas ?

— Oui, je suis l'agent Ezra Lincoln, je suis son fiancé. Comment va-t-elle ?

— On a fait admettre Mademoiselle Rodes en soins intensifs. On a pu retirer la balle, mais elle présentait du sang dans le thorax. J'ai dû réparer une artère et lui ai placé un drain thoracique. Elle a perdu beaucoup de sang et on lui a fait une transfusion.

Je serre les poings me retenant de partir en vrille et articule difficilement les mots qui sortent de ma bouche.

— Est-ce qu'elle va s'en sortir ?

— Eh bien, votre fiancée a fait un arrêt cardiaque sur la table d'opération, on a réussi à faire repartir son cœur, mais les prochaines heures seront décisives.

Je hoche simplement la tête, incapable de parler. Cooper le remercie et le chirurgien se retire.

— Kerrigan va s'en tirer Ezra, me rassure Cooper.

Je ne réponds pas la gorge trop serrée. Le téléphone de Cooper sonne, il grimace en me regardant.

— Ce sont tes parents, ils cherchent à te joindre depuis huit heures du matin.

Ils ne m'appellent que deux fois par an, le jour de Noël et le jour de l'an. Nos rapports sont distants depuis que je suis entré au FBI. Ils espéraient mieux, à leurs yeux ne pas travailler en costume cravate derrière un bureau dans un cabinet d'avocats ou dans une banque, n'est pas valable dans notre famille. Mais bon, on ne peut pas dire qu'ils étaient très affectueux comme parents.

— Tu veux que je leur dise que tu n'es pas dispo ?

— Ouais…

— OK, je vais aller chercher d'autres cafés.

Après m'avoir tapoté l'épaule, je le regarde s'éloigner. Je repense à ma demande en mariage. J'aurais vraiment voulu qu'elle sache combien je l'aime et que je ne baisserai jamais les bras.

72 heures plus tard…

28 décembre,

23 h 15

— Elle aurait dû se réveiller depuis longtemps ! Pourquoi n'a-t-elle pas ouvert les yeux ?

Je sais que les médecins vont finir par perdre patience avec moi, mais elle est toujours inconsciente. Mes nerfs lâchent !

— Je suis désolé agent Lincoln, parfois les personnes ont besoin de plus de temps pour se remettre. Leurs corps demandent plus de repos avant qu'elles ne se réveillent. Ses constantes sont bonnes, elle est jeune et forte, laissez-lui du temps, me répond doucement le docteur Crawford.

— Ez' ! Calme-toi, mon vieux ! Ça ne sert à rien de

t'énerver. Kerrigan va se réveiller et elle aura besoin de toi à son réveil. Alors, va dormir, je resterai avec elle et s'il y a un changement, je te préviens.

— Non ! Je ne la quitte pas des yeux. Je reste là !

— OK, d'accord, mais dors un peu. Je vais rester là.

Je serre les poings et soupire.

— Je ne pense pas y parvenir.

— Essaie…

Ma main dans celle de Kerrigan, j'appuie ma tête sur l'accoudoir du fauteuil et ferme les yeux. Je revois Kerri et moi faisant l'amour. Ses mains sur ma peau, la couleur de ses yeux quand le désir l'embrase, la saveur de son corps chaud et tendre, le goût de ses lèvres sur les miennes et la douceur de sa peau contre la mienne…

24 heures plus tard…

29 décembre,

7 heures

Une douce sensation me fait sortir du sommeil, une main serre la mienne. J'ouvre les yeux et tombe directement sur le plus beau regard vert doré que je n'ai jamais vu. Je me redresse et rapproche mon visage du sien.

— J'ai cru qu'il faudrait que je te secoue pour te réveiller Kerri, murmuré-je en déposant un baiser sur ses lèvres.

— Dis-moi qu'on n'est pas morts ? chuchote-t-elle d'une voix rauque.

Je lui souris et lui offre un autre baiser.

— On est vivants Kerrigan et tout est terminé.

Ses yeux se remplissent de larmes et l'une d'elles glisse sur sa joue. J'y passe mon pouce et l'embrasse encore sans pouvoir me retenir.

— Je t'aime Kerrigan et je ne t'aurais jamais pardonnée, si tu ne t'étais jamais réveillée.

— J'ai rêvé que Rosie était encore là… Je… Rien ne sera jamais terminé, Ezra…

— Kerrigan…

— Non ! Je ne peux pas… Écoute, je suis désolée, mais je suis fatiguée.

— D'accord, repose-toi. Je ne bouge pas.

Elle inspire profondément et secoue doucement la tête.

— Non… Va-t'en, Ezra. J'ai besoin d'être seule.

Elle retire sa main de la mienne et j'ai la sensation qu'une chape de plomb me tombe sur la poitrine.

— Tu vas vraiment laisser la peur choisir pour toi, Kerrigan ?

Elle baisse les yeux sur sa main qui porte la bague que je lui ai offerte et que je lui ai remise après son opération. Ses mains tremblent en la retirant et en la glissant dans la mienne. Elle me regarde à nouveau et d'autres larmes coulent sur ses joues.

— Je tiens à toi plus que je le voudrais et je savais ce qui l'en était avec toi dès le début. Tu vas partir, peut-être pas aujourd'hui ni demain, mais tu es un marginal, je pense que tu ne pourras jamais changer et je t'aime comme ça. Mais tu vas te lasser et quand je finirai par croire que tu vas rester près de moi toute ma vie. Tu feras tes bagages et tu disparaîtras avec ton sac sur le dos, comme tu l'as déjà fait. Je sais que cette fois-ci, je ne pourrai pas m'en remettre. Alors, je nous rends un service à tous les deux en prenant les devants.

La fatigue et la colère que je ressens à ses mots, je passe en mode offensif sans pouvoir me retenir.

— Tu es vraiment une emmerdeuse Kerrigan, parce que tu es plus butée qu'une tête de mule ! Tu as failli mourir, je t'ai tenue dans mes bras en te suppliant de vivre, en te suppliant de respirer pour moi ! Oui ! Oui ! Je suis parti, une fois, le lendemain de notre première nuit ensemble ! Oui, je n'ai pas voulu assumer ce que je ressentais pour toi ! Et oui, rien n'est garanti dans la vie, mais au contraire de toi, je suis certain que je voudrais passer le restant de ma vie avec toi ! Laisse-moi une chance de te prouver que j'ai changé, que je serai toujours là pour toi et...

— Non ! S'il te plaît, va-t'en !

En proie à une fureur, j'envoie la tablette près du lit valdinguer, une infirmière entre rapidement et me demande de sortir. Je regarde une dernière fois Kerri, mais elle m'ignore en baissant les yeux. Je sors en trombe de la chambre, le cœur et la poitrine comprimés dans un étau. Cooper se lève de la chaise où il était assis en me voyant quitter la chambre de Kerrigan.

— Eh ! Tout va bien ! ?

— Non ! Elle est réveillée, mais a conservé son foutu caractère ! Et Mademoiselle pense que je ne vaux pas le coup !

— Elle vient de perdre sa meilleure amie et vient de subir une lourde opération après avoir reçu une balle. Elle ne doit plus savoir où elle en est.

— Non ! Ça suffit ! Je me bats depuis le début avec elle. Pour elle. Kerrigan ne veut pas de moi, très bien. Je ne vais pas insister. C'est terminé !

— Ez'...

— Non ! C'est terminé, je rentre à la maison.

— Tu vas le regretter Ez', elle vient à peine d'ouvrir les

yeux. Laisse-lui quelques jours. Demain, elle y verra plus clair. Elle a besoin de toi, même si pour l'instant, elle pense le contraire. Elle t'aime sûrement autant que tu l'aimes. Alors ne fais pas de conneries !

— Trop tard… répliqué-je en lui donnant la bague que je tenais toujours dans la main. Tiens ! Fais-en ce que tu en veux, jette-la à la mer, offre-la à une femme, je m'en tape !

Je quitte l'hôpital dans une fureur noire, en n'attendant pas Cooper. Quand le sol s'effondre et que les fondations ont disparu, la seule chose à faire, c'est d'avancer sans plus perdre de temps à regarder en arrière…

Chapitre 43

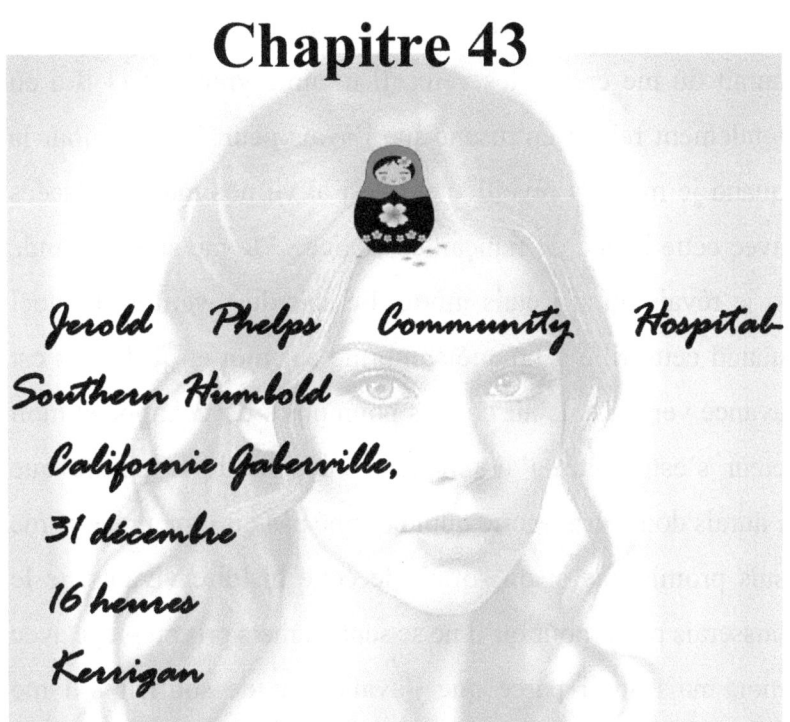

Jerold Phelps Community Hospital
Southern Humbold
Californie Garberville,
31 décembre
16 heures
Kerrigan

— Mademoiselle Rodes, on ne peut pas vous laisser sortir aujourd'hui ! Vos points n'ont même pas encore été retirés et on doit encore vous garder en observation quelques jours. On ne doit pas prendre de risques après une blessure par balle, s'exclame le docteur Crawford.

Tenant difficilement sur mes jambes, je rassemble mes affaires qu'Ezra a fait porter par Cooper. Je dois absolument me rendre à la maison de Black Sands Beach. Il faut que je lui parle ! Quand il a quitté la chambre, mon cœur a implosé. J'ai été stupide ! J'ai envisagé le pire, sans me soucier de ce qui aurait dû me crever les yeux. Il m'aime vraiment et il a eu totalement raison en disant que j'avais peur. Mais ce jour-là quand je me suis réveillée et que j'ai vu nos mains enlacées avec cette bague de fiançailles factice… Je me suis demandé si je rêvais ou si j'étais morte. Le soir du réveillon de Noël quand cette fille a braqué son arme sur moi et qu'Ezra s'est avancé vers elle. L'air de mes poumons s'est échappé et mon cœur s'est arrêté. J'ai tellement eu peur de le perdre que j'aurais donné n'importe quoi pour ne pas qu'il meure et je me suis promis que si on sortait de cette histoire vivants, je le laisserais partir pour qu'il ne se sente jamais pris au piège avec moi, mais aussi parce que j'avais peur de souffrir s'il me quittait de nouveau dans quelque temps. Mais je ne peux pas… Je me rappelle les mots qu'il m'a soufflés quand j'ai reçu cette balle dans mon thorax.

Continue de respirer mon amour… S'il te plaît, respire, les secours seront bientôt là. Continue à respirer pour moi… Je t'aime mon amour.

— Je suis désolée, mais je suis prête à signer une décharge s'il le faut, mais quoi qu'il arrive, je sors d'ici aujourd'hui !

— Bon, je vais prévenir l'agent Lincoln pour qu'il vienne vous chercher.

— Non ! Je veux dire, j'ai déjà appelé un taxi, ce n'est pas la peine de déranger l'agent Lincoln.

— Mais vous tenez à peine sur vos jambes, vous ne pouvez pas sortir toute seule.

— Je me débrouillerai, ça va aller.

— On a vous déjà dit que vous étiez têtue ?

Oui et plus d'une fois ! Surtout par le principal intéressé.

— Je vais aller préparer les papiers, mais je déclarerai sur les formulaires que c'est contre mon avis médical !

— Très bien, ça me va…

Black Sands Beach,

31 décembre

17 h 40

10 °C

Californie

Le chauffeur de taxi m'aide en déposant mon sac devant la porte de la maison d'Ezra et s'en va. Je sonne et attends…

Quand la porte s'ouvre, je me prépare à ce qu'il me demande de partir, mais c'est Cooper qui m'ouvre la porte. Étonné, il fronce les sourcils avant de se précipiter vers moi pour me soutenir le bras.

— Bon sang ! Tu devrais encore être à l'hôpital ! Viens, entre tu vas t'asseoir.

Il m'entraîne sur le canapé du salon et repart chercher mon sac. Je regarde autour de moi et perçois de la musique à l'extérieur. Je me lève et m'approche de la baie vitrée. Il y a plein de monde sur la plage, un feu a été allumé.

— Kerri ! Tu devrais t'allonger, me lance Cooper derrière moi. Pourquoi es-tu sortie de l'hôpital ? Le docteur avait dit que tu ne sortirais pas avant une bonne semaine.

— Il faut que je parle à Ezra, dis-je en me retournant vers lui. Il est là ?

— Bon sang ! Ce que vous pouvez être têtus quand vous avez une idée en tête.

— Cooper où est-il ?

— Sur la plage, je vais aller lui dire que tu es là, mais s'il te plaît, assois-toi au moins sur le canapé.

Il sort sur la terrasse et descend les escaliers qui mènent à la plage. Je m'approche de la rambarde pour pouvoir repérer Ezra. Je vois des personnes danser autour du feu, boire de la bière, puis je l'aperçois... Je me fige en le voyant embrasser à pleine bouche une jeune femme blonde. Mon monde s'écroule et des larmes glissent, au moment où je vais pour me retourner et partir. Je vois Cooper l'interrompre et lui parler. Ezra lève les yeux là où je me trouve et nos regards s'aimantent. Sans me quitter du regard, il se penche à nouveau sur la femme qui est dans ses bras et l'embrasse à nouveau. Un sanglot s'échappe de ma gorge. Je fais demi-tour un peu trop vite et je suis obligée de me retenir à la rambarde sous la douleur au thorax. J'essaie de reprendre mon souffle pour partir au plus vite en gardant la tête baissée, mais je me sens soulevée d'un seul coup par des bras familiers. Nos regards s'accrochent encore une fois et les yeux d'Ezra si beaux et si éclatants d'habitude, m'observent avec fureur.

— Qu'est-ce que tu fous Kerrigan !? Tu ne devrais même pas être là !

Il rentre à grands pas à l'intérieur de la maison en me portant. Il m'allonge sur le canapé et s'éloigne, mais je me redresse en m'essuyant les joues couvertes de larmes. Ezra me fait face et à son regard ombrageux et à sa posture rigide, je sais que les mots qui vont sortir de ses lèvres vont faire mal, beaucoup plus mal que la souffrance que j'ai infligée à mon corps en quittant l'hôpital.

— Je pensais finir le dernier jour de l'année sans toi et pouvoir enfin respirer, mais apparemment, je me suis encore trompé. grogne-t-il, en se passant une main sur le visage.

— Je n'aurais pas dû venir... Je vais rappeler un taxi...

— Ce n'est pas vrai Kerrigan ! Tu es venue en taxi ! ? Tu es folle ?

Sûrement quand j'imagine que j'étais prête à le supplier de me pardonner mon comportement, alors qu'il s'envoie déjà en l'air avec une autre femme !

— Je pense que tu devrais retourner dans les bras de ta Barbie, je vais attendre dehors un taxi.

Je le vois contracter la mâchoire et virer d'un seul coup de main tout ce qui se trouve sur la table basse au sol.

— Pourquoi tu es là ! ? crie-t-il.

Je me lève doucement, attrape mon sac et pars vers la porte sans lui répondre. Je ne fais pas trois pas, avant qu'il ne m'arrache mon sac et me retourne face à lui. Une douleur aiguë me plie en deux, je lâche un cri en sentant mes jambes me lâcher, mais Ezra me soulève à nouveau et je ferme les yeux pour ne pas à avoir à le regarder.

— Je vais te ramener à l'hôpital ! Ils n'auraient jamais dû te laisser sortir. Ils devaient me prévenir pour ta sortie. Kerrigan, regarde-moi !

Je fais ce qu'il me dit et le regrette tout de suite en tombant dans ce regard que j'aime et que je déteste en même temps. Il ne bouge pas et je suis toujours dans ses bras, ce qui ne m'aide absolument pas. Mais je n'ai pas le temps de trouver ce que je peux répondre, que la blonde qu'il embrassait sur la plage débarque.

— Chéri, je croyais que tu en avais pour quelques minutes… C'est qui celle-là ! ?

Je cherche à descendre de ses bras, mais il resserre sa prise sur moi.

— J'arrive, va m'attendre à la plage, il faut que je dépose celle-là à l'hôpital.

— Mais il y en a pour deux heures ! Elle peut y aller en taxi, cette nana ?

— Non Amanda !

— Si, elle peut ! répliqué-je en sentant de nouvelles larmes arriver.

Si je ne dégage pas vite d'ici, je vais encore plus me ridiculiser. Cooper arrive et évalue la scène.

— Tout va bien Kerrigan ? me demande-t-il.

Je n'ai pas la possibilité de lui répondre qu'Ezra me devance.

— Elle ira mieux quand elle sera à l'hôpital, je vais la

ramener, là où elle doit être.

— Non, je ne veux pas que tu me ramènes à l'hôpital, je vais prendre le prochain vol pour Philadelphie.

— Il n'en est pas question ! Tu viens de te faire tirer dessus, tu devrais être allongée dans un lit d'hôpital, pas dans mon salon !

— Pose-moi Ezra, je veux partir !

— Ez'… intervient Cooper. Je peux m'occuper de Kerri, je vais la ramener à l'hôpital.

— Mais merde ! J'ai signé une décharge pour pouvoir sortir et je n'y retournerai pas. Pose-moi par terre et occupe-toi de cette fille plutôt !

La fille sourit et croise les bras sur sa paire de seins sûrement refaite.

— Tu vois chéri, elle n'a pas besoin de toi. Laisse-la se débrouiller toute seule et monte avec moi dans la chambre. On avait commencé quelque chose, il me semble, déclare-t-elle.

Ezra ne répond rien pendant un moment, puis il s'avance vers le canapé et me pose, avant de reculer.

— Oui, c'est une bonne idée, glisse-t-il sans me quitter du regard. C'est vrai, elle n'a aucunement besoin de moi…

Il lui prend la main et ils montent à l'étage sans regarder en arrière. Je ne retiens plus mes larmes et essaie de me remettre debout, mais mes jambes ne me soutiennent pas et je retombe sur le canapé. De frustration et de douleur, mes pleurs s'intensifient, Cooper s'assoit sur la table basse en face de moi et pose ses mains sur mes épaules.

— Kerrigan, je sais ce que donnent les apparences, mais le fait que tu le rejettes la dernière fois, lui a fait mal. Pourquoi, es-tu venue ?

— Je... Je voulais lui dire que je l'aime et je voulais m'excuser, mais j'ai eu tort encore une fois. Cooper, peux-tu m'appeler un taxi, s'il te plaît ?

Cooper jette un coup d'œil par-dessus mon épaule, là où Ezra et sa poupée Barbie sont partis, sans doute pour vérifier qu'ils ne redescendent pas. Mais je doute qu'ils redescendent tout de suite. Le regard de Cooper s'assombrit un instant, avant de se radoucir en revenant vers moi.

— Tu es sûre de toi Kerrigan ? Il a pas mal morflé ces derniers jours, il a failli te perdre et à ton réveil, tu lui demandes de partir.

Je hoche la tête, la gorge serrée et j'éclate en sanglots dans les bras de Cooper qui passe ses bras autour de moi.

— Eh... Ça va s'arranger, dit-il en me caressant le dos, mais rien à faire, je n'arrive plus à m'arrêter de pleurer.

— Peux-tu... Peux-tu m'appeler un taxi ? Je ne peux pas

rester ici en sachant qu'il… S'il te plaît Cooper ?

Cooper se recule un peu.

— Dis-moi d'abord que tu ne changeras pas d'avis.

— Qu'est-ce que ça change maintenant ?

— C'est important, réponds-moi s'il te plaît Kerrigan ?

— J'ai eu peur, il avait raison. Lorsque j'ai ouvert les yeux et que j'ai senti sa main dans la mienne… J'aurais voulu qu'il sache que peu importe la suite, je voulais croire en lui, en nous. Quand il s'est avancé vers Aurore, mon cœur a cessé de battre, j'ai tellement eu peur de le perdre… Et j'ai mal réagi à l'hôpital. Je sais que j'ai fait une grosse connerie, mais je pensais pouvoir lui parler et me faire pardonner.

— Qu'est-ce que tu lui aurais dit ? me demande-t-il, alors que je ne vois pas du tout où il veut en venir.

— À quoi tu joues, Cooper ?

— Fais-moi confiance, qu'est-ce que tu lui aurais dit, si tu ne l'avais pas vu en embrasser une autre ?

Je m'essuie les joues et un sanglot remonte dans ma gorge douloureuse, je baisse mes yeux sur mes mains. Du coin de l'œil, je vois Cooper s'éloigner, mais je n'y prête pas attention et me lance.

— Que je ne voulais pas le perdre… Que j'aurais voulu que sa demande en mariage soit vraie. Je lui aurais dit que la première fois que je l'ai revu à l'amphithéâtre, murmuré-je, en fermant les yeux. Je savais déjà que je l'aimais encore, même si je me refusais à l'admettre. Je lui aurais aussi dit que je l'aime et que maintenant, je n'arrive plus à respirer sans lui. Il m'a demandé de respirer pour lui, je l'ai entendu quand j'ai reçu cette balle et que j'étais à terre, même si je ne pouvais pas lui répondre, c'est lui qui m'a donné la force de me battre, uniquement lui... Et je lui aurais dit qu'il est une partie de moi, que l'on ne peut pas séparer ces parties l'une et de l'autre. Mais... Mais c'est trop tard et il semble déjà avoir tourné la page.

Comme Cooper ne dit rien, je finis par ouvrir les yeux et tombe dans ceux d'Ezra. Il me dévore des siens et sourit. Sur le coup de la surprise, je pousse un petit cri. Il est assis là, où était Cooper. Je regarde autour de nous et vois que nous ne sommes que tous les deux, je reporte mon attention sur Ezra.

— Qu'est-ce que tu m'aurais dit d'autre Kerri ?

Chapitre 44

Black Sands Beach,
31 décembre
18 h 10
10 °C
Californie
Ezra

À peine arrivés dans la chambre, Amanda se met sur la pointe des pieds et m'embrasse. Je passe mes bras autour de sa taille sans conviction. Elle est belle, son baiser est agréable, mais pas transcendant. En fait, il m'a fallu deux Scotchs pour réussir à me vider un peu la tête et essayer de ne pas penser à Kerri en embrassant Amanda, avant que cette dernière n'arrive. Je ne devrais plus m'inquiéter pour elle, mais bon sang ! Quelle idée, elle a eu de sortir de l'hôpital !? Au moment, où Amanda essaie d'ouvrir ma braguette, je me recule. Je n'arrive même pas à bander.

— Qu'est-ce qu'il y a ?

— Désolé, mais je pense que tu devrais trouver quelqu'un d'autre pour t'amuser, Amanda.

Elle fait la moue, ce qui pourrait être sexy, mais qui ne me fait ni chaud ni froid.

— Pourquoi ?

— Je dois m'occuper de quelqu'un.

— La fille en bas ? Elle est avec ton copain, il peut s'en occuper.

— Non, il ne peut pas.

Elle soupire, me lance un regard noir et part de la chambre. Je redescends après quelques minutes et entends Kerrigan et Cooper discuter, je me stoppe en bas des marches. Elle est assise sur le canapé, dos à moi et Cooper est assis sur la table basse la réconfortant de ses bras. Je ne devrais pas ressentir de la jalousie et pourtant, je suis déjà prêt à lui en mettre une. Cooper me voit et me donne un regard d'avertissement, avant de se concentrer sur elle.

— Tu es sûre de toi, Kerrigan ? Il a pas mal morflé ces derniers jours, il a failli te perdre et à ton réveil, tu lui demandes de partir. La questionne-t-il.

Je la vois hocher la tête, puis éclater en sanglots. Je serre les poings pour m'empêcher d'aller vers elle et Cooper passe ses bras autour d'elle.

— Eh… Ça va s'arranger, dit-il en lui caressant le dos. La mâchoire serrée, je fais un pas dans leur direction, mais Cooper me coupe en levant sa main derrière le dos de Kerri.

— Peux-tu… Peux-tu m'appeler un taxi ? Je ne peux pas rester ici en sachant qu'il… S'il te plaît, Cooper ? souffle-t-elle d'une voix si fébrile, que je me fais l'effet d'un salaud, alors qu'il y a quelques jours, elle me virait de sa chambre d'hôpital.

Cooper s'écarte légèrement et je l'en remercie en silence.

— Dis-moi d'abord que tu ne changeras pas d'avis, lui demande-t-il, sans que je comprenne de quoi il parle.

— Qu'est-ce que ça change maintenant ? s'énerve-t-elle.

— C'est important, réponds-moi, s'il te plaît Kerrigan ?

— J'ai eu peur, il avait raison. Lorsque j'ai ouvert les yeux et que j'ai senti sa main dans la mienne… J'aurais voulu qu'il sache que peu importe la suite, je voulais croire en lui, en nous. Quand il s'est avancé vers Aurore, mon cœur a cessé de battre, j'ai tellement eu peur de le perdre… Et j'ai mal réagi à l'hôpital. Je sais que j'ai fait une grosse connerie, mais je pensais pouvoir lui parler et me faire pardonner.

Ma poitrine se gonfle et mon cœur bat plus vite. Entendre ces mots me donne le sourire et je regrette instantanément d'avoir joué au con devant elle avec Amanda.

— Qu'est-ce que tu lui aurais dit ? insiste-t-il, alors.

— À quoi tu joues, Cooper ? bredouille-t-elle.

— Fais-moi confiance, qu'est-ce que tu lui aurais dit, si tu ne l'avais pas vu en embrasser une autre ?

Je la vois porter ses mains à son visage et baisser la tête. Cooper me fait comprendre d'un signe de prendre sa place. Je m'avance lentement et découvre qu'elle a toujours les yeux baissés sur ses mains, je m'assois à la place de Cooper qui se retire et remarque les larmes de Kerrigan. La gorge serrée, je me retiens de la prendre dans mes bras, voulant entendre la suite.

— Que je ne voulais pas le perdre… Que j'aurais voulu que sa demande en mariage soit vraie. Je lui aurais dit que la première fois que je l'ai revu à l'amphithéâtre, murmure-t-elle, en fermant les yeux. Je savais déjà que je l'aimais encore, même si je me refusais à l'admettre. Je lui aurais aussi dit que je l'aime et que maintenant, je n'arrive plus à respirer sans lui. Il m'a demandé de respirer pour lui, je l'ai entendu quand j'ai reçu cette balle et que j'étais à terre, même si je ne pouvais pas lui répondre, c'est lui qui m'a donné la force de me battre, uniquement lui… Et je lui aurais dit qu'il est une partie de moi, que l'on ne peut pas séparer ces parties l'une et de l'autre. Mais… Mais, c'est trop tard et il semble déjà avoir tourné la page.

Je ne dis rien, attendant qu'elle relève les yeux et qu'elle voie que je me trouve devant elle. Lorsqu'elle les ouvre enfin, je vois la stupeur se dessiner sur son visage, elle pousse un cri de surprise et me regarde comme si elle ne savait plus quoi dire. J'ai terriblement envie de l'embrasser, mais je veux qu'elle aille jusqu'au bout, car je ne supporterai pas d'être encore une fois envoyé dans les buts.

— Qu'est-ce que tu m'aurais dit d'autre, Kerri ? soufflé-je d'une voix rauque.

Elle prend une grande inspiration et essuie le coin de ses yeux, mais d'autres larmes suivent. Je lève la main et promène mes doigts sur son visage et empaume l'une de ses joues. Sa lèvre inférieure tremblote quand elle ouvre la bouche, je passe mon pouce dessus en la caressant.

— Si tu n'étais pas monté avec elle, je t'aurais dit… Que tu me manquais, que mes poumons refusent de respirer sans toi, mais ça… C'était avant que tu l'embrasses.

Je hoche simplement la tête, avant de me pencher un peu plus sur elle et frôle sa bouche.

— Je ne suis pas quelqu'un de bien Kerrigan, mais avec toi, je le suis. Tu m'as chassé de ta chambre. Tu m'as fait comprendre que tu ne croyais pas en nous. Et ce que tu as vu, c'était juste une tentative de te chasser à mon tour de mon esprit. Mais tu vois bien que je suis là et depuis un moment. Ce n'est pas allé plus loin avec Amanda et même si tu n'étais pas arrivée tout à l'heure, je n'aurais pas pu aller plus loin. Chuchoté-je contre ses lèvres.

— Je t'aime Ezra et je suis vraiment désolée pour l'autre jour, j'ai paniqué. J'ai perdu Rosie, j'ai cru que j'allais te perdre le soir du réveillon. Mais je crois que je me disais que si j'évitais de penser que notre histoire pouvait durer, je souffrirais moins. Mais en fait non, ça a été bien pire. Il aura fallu que je pense t'avoir réellement perdu pour me rendre compte que j'avais tort.

Elle ferme les yeux un instant, puis ses deux diamants vert doré me surprennent d'un nouvel éclat. Elle redresse un peu son dos et grimace légèrement. Je place un coussin derrière son dos et reprends ma position. Elle sourit, mais cette lueur dans son regard me fait froncer les sourcils. Elle tourne son visage vers Cooper qui sort à cet instant de la cuisine et son regard s'illumine encore plus.

— Quoi ? la questionné-je, en ressentant un certain malaise.

Elle se lève doucement et s'avance vers lui. Cooper se fige en la voyant venir vers lui.

— Peux-tu me rendre un petit service Cooper ?

Je redresse et me rapproche d'eux, voulant comprendre à quoi elle joue.

— Tu m'as dit quand tu es venu me voir à l'hôpital l'autre jour qu'Ezra t'avait donné la bague et que si je voulais la récupérer, je pouvais te la demander à tout moment. Est-ce que je peux l'avoir maintenant ?

Cooper se détend et lui sourit. Je soupire, car venant d'elle, je m'attends à tout.

— Bien sûr, elle est dans ma chambre, je vais aller te la chercher.

— Merci, mais encore une petite chose…

Je me raidis quand je la vois poser ses mains sur les bras de Cooper. Qu'est-ce qu'elle fout !? Puis avant que je ne puisse l'empêcher, elle l'embrasse. Cooper répond à son baiser, avant de se tendre et Kerrigan rompt leur baiser. Je repousse Cooper loin d'elle et la foudroie du regard.

— C'était quoi ça, bon sang !

Kerrigan hausse les épaules et sourit.

— J'ai pensé qu'on devait être à égalité.

—Tu as embrassé Cooper pour qu'on soit au même

niveau ! ?

— Eh bien ! Disons que c'est une petite vengeance pour tout à l'heure quand tu as embrassé ta Barbie en me regardant froidement.

Je la vois vaciller sur ses jambes et je la retiens par les hanches. Je réprime ma colère en observant son visage fatigué. Elle tient à peine sur ses jambes et s'amuse déjà à me rendre fou !

— Kerrigan, je vais te ramener à l'hôpital et tu vas finir de te faire soigner comme tu l'aurais dû. Pour ce qui est du baiser avec Cooper, on réglera nos comptes plus tard.

Elle se raidit, mais je ne lui laisse pas le temps de répliquer que je la soulève. Kerrigan niche sa tête dans mon cou et je resserre ma prise en déposant un baiser dans le creux de son épaule que son pull à encolure bateau dévoile.

— Je ne veux pas aller à l'hôpital, je veux rester ici avec toi, souffle-t-elle en frôlant mon cou de ses lèvres.

— Kerri…

— Je vais bien, je me reposerai, je te le promets, mais je ne peux plus être sans toi.

Elle embrasse ma peau et la caresse de ses lèvres. Je pensais ne plus sentir sa bouche sur moi et j'inspire profondément, remplissant mes poumons de son parfum et savourant son contact contre le mien.

— Kerrigan Rodes, tu vas me rendre fou... OK. Je vais te monter dans la chambre, mais au moindre souci, je te conduis illico aux urgences et si le médecin pense que tu dois rester à l'hôpital, je te garantis que je ferais en sorte de t'y attacher.

Elle relève la tête et me transperce de son regard lumineux.

— Je veux bien que vous me passiez les menottes agent Lincoln, mais je préfère que ce soit dans votre lit, susurre-t-elle en me faisant un clin d'œil.

Je grogne et me jette sur ses lèvres. Je prends mon temps en caressant sa bouche avec la mienne, avant d'approfondir et de glisser ma langue entre ses lèvres. Elle gémit et promène une main dans mes cheveux.

Un raclement de gorge se fait entendre, mais je l'ignore. Je savoure ce baiser comme si c'était le dernier, mélange mon souffle au sien, ma langue à la sienne et son goût au mien.

Chapitre 45

Black Sands Beach, 6 janvier 23 h 10
10 °C
Californie
Kerrigan

Neufs jours que je suis sortie de l'hôpital et qu'Ezra et moi, on continue de se chamailler en terminant par s'embrasser. Le docteur Crawford m'a retiré mes points et m'a autorisé à pouvoir me lever plus souvent. Cooper est reparti à Philadelphie pour travailler sur une nouvelle affaire, mais cette fois, c'est une histoire de contrebande. Ezra a obtenu des vacances, mais je sais que ça ne durera pas et qu'il pourrait partir plusieurs mois sur une mission sans pouvoir me donner de nouvelles. Je l'ai accepté, bien que respirer un jour sans lui me paraisse impossible. Je dois aussi reprendre mes études, sauf que le journalisme ne m'attire plus autant. Mickaël, Griffin et Willis vont prendre perpète d'après Ezra et je vais devoir me rendre à leur procès. Mais je ferais face à mes tortionnaires et avec Ezra à mes côtés, je sais que je serais assez forte. Rosie me manque et je ne sais pas si un jour, ce sera un peu moins douloureux.

Ce soir, j'ai décidé de sortir le grand jeu, on n'a pas fait l'amour depuis tellement longtemps que j'ai l'impression que chaque baiser est une véritable torture. Je ne suis pas le style de femme à porter des dessous affriolants, alors quand je passe la nuisette émeraude que m'avait offerte Rosie, je me sens presque nue. Ezra repousse mes tentatives depuis des jours, mais je suis autorisée maintenant à pouvoir avoir une activité physique en faisant attention. Mais je sais qu'il a peur de me faire mal et arrête de m'embrasser à chaque fois que mes mains s'égarent. Je me regarde une dernière fois dans le miroir de la salle de bain. Mon visage a retrouvé des couleurs, mes blessures sont presque toutes cicatrisées et j'ai repris un peu de poids. Je ne ressemble plus à un fantôme ! Lorsque je rejoins Ezra dans la chambre, je le trouve endormi et je grogne intérieurement. Je ne me démonte pas et me glisse dans le lit. Il dort sur le dos et je me coule contre lui. Je passe une jambe entre les siennes et colle mon buste contre son torse. Il ne bouge pas d'un poil, mais je sais qu'à sa respiration, il s'est réveillé. Je dépose des baisers dans son cou. Il gronde et passe un bras dans mon dos me plaquant encore plus contre lui.

— Tu sais ce que tu me fais à vouloir me tenter, femme ? murmure-t-il d'une voix rendue rauque par le désir.

J'égraine un chapelet de baiser sur son torse, sur son ventre et continu inlassablement de descendre vers son épicentre.

— Autant que toi qui m'arrêtes toujours avant que je puisse faire ce dont je rêve.

Ezra grogne quand je baisse son boxer et le lui retire.

— Kerri…

— Ezra… susurré-je, en prenant son membre en main et en léchant son gland.

Son corps s'arque et je le prends en bouche, glissant ma langue sur les contours de son sexe.

— Bon sang, Kerrigan ! grogne-t-il en serrant le drap entre ses poings.

Je la savoure entre mes lèvres et intensifie le rythme. Ezra baisse son regard vers moi et l'effet que me font ses yeux vairons m'excite.

— Viens ici, petite chipie !

Je l'ignore et continue à me délecter de sa queue dans ma bouche et sur ma langue.

— Bon sang ! Kerrigan, je ne veux pas venir comme ça.

Viens ici !

Je donne un dernier coup de langue et remonte doucement sur lui en le frôlant de mon corps. Il n'attend pas une seconde de plus et m'embrasse sans me quitter du regard.

— On devait attendre encore un peu.

Je mords sa lèvre et apaise la morsure avec ma langue.

— Non, je n'ai jamais été d'accord pour ça ! Le médecin a donné son feu vert et je ne veux plus attendre.

Je ne lui laisse pas le temps de répondre et reprends ses lèvres. Il pose une main sur ma nuque et l'autre sur mes hanches. Ezra nous fait rouler sur le lit et se retrouve au-dessus de moi, sans peser sur mon corps. Il relâche mes lèvres, câline mon nez contre le sien et baisse le regard sur ma bouche.

— J'ai un secret… déclare-t-il.

— Ah oui… Lequel ?

Il m'embrasse sur la commissure de mes lèvres.

— J'hésite, si je te le dis, ça ne sera plus un secret.

— Ezra… dis-je en guise d'avertissement.

Il sourit et passe sa joue contre la mienne, avant de me regarder dans les yeux et de soulever l'une de mes jambes contre sa hanche. Ezra m'écarte un peu plus les cuisses et me pénètre doucement. Je me cambre en lui griffant le dos. Il commence à aller et venir en moi et j'en oublie son secret…

— J'ai décidé de t'épouser bientôt... Et aussi de ne plus accepter de missions en dehors de la juridiction de la Pennsylvanie, murmure-t-il d'une voix rauque.

Je peine à réagir à ses mots, je gémis quand ses coups de reins s'intensifient et que sa bouche se glisse dans mon cou.

— Je ne partirai plus jamais loin de toi, Kerrigan et je veux que tu sois ma femme, gronde-t-il en percevant ma jouissance et en suivant à son tour.

Il reprend mes lèvres et me dévore. Je souhaite qu'il ne s'arrête jamais et puis les paroles qu'il m'a dites font leur chemin... Je lui arrache mes lèvres et cherche son regard qui brille de malice et d'autorité à la fois.

— Quoi ! ?

Il se place sur le côté pour ne pas m'écraser et se penche sur moi. Sa main s'élève et se pose sur ma joue.

— Épouse-moi ?

Les larmes me montent aux yeux... On n'avait plus reparlé des fausses fiançailles. Cooper m'avait rendu la bague, mais je l'avais juste mise dans une boîte et donné à Ezra pour le jour où il voudrait vraiment m'épouser. Il m'avait offert un de ses rares sourires et l'avait rangée. J'avais éprouvé un peu de déception qu'il ne me demande pas de la porter, mais je savais que son regard bicolore recelait une promesse.

— Je ne sais pas, agent Lincoln. Ce n'est pas la position exacte pour une demande en mariage... Il me semble, le taquiné-je.

Il prend ma lèvre inférieure entre ses dents, son regard s'assombrit et j'ai de nouveau envie de lui... De nous.

— Kerrigan Rodes, si vous me demandez encore un discours et que je me mette un genou à terre, je vous fesse.

Je souris largement, émoustillée et il grogne en glissant sa main sur l'arrondi de mon postérieur.

— Ne me cherche pas, Kerri... me menace-t-il en déposant un baiser sur mon nez.

Je me retiens de rire et lui pose aussi une main sur ses fesses avec un regard déterminé et joueur. Ses yeux reflètent d'un œil une mer de lave, tandis que l'autre une forêt de jeunes feuillages. Ses pigmentations d'une beauté incroyable m'ont toujours ensorcelé et empêché de pouvoir détourner le regard.

— Tu veux vraiment que je te repose la question avec tout le toutim ? me demande-t-il soudain sérieusement.

J'arrête de jouer et l'embrasse un instant, avant de lui répondre :

— Non...

Il plisse les yeux et commence à retirer sa main de mon visage, mais je l'attrape et me cramponne à elle.

— Non, je ne veux pas de « *tout le toutim* » comme tu dis, mais oui, je veux être ta femme.

Son visage s'éclaire, ses iris noirs se fondent dans les miennes et il pose ses lèvres contre les miennes.

— Tu vas me rendre fou, Kerrigan, souffle-t-il d'une voix si rauque et empreinte d'amour qu'une larme finit par m'échapper.

— Je ne pourrai jamais te rendre aussi fou que tu me rends folle.

Il tend sa main vers la table de nuit, attrape la boîte contenant la bague. Lorsqu'elle glisse de nouveau à mon doigt, je pleure et je ris en même temps.

— Je t'aime tellement, agent Lincoln…

— Ah oui ? Future Madame Lincoln ?

Je passe mes mains dans ses cheveux, sa nuque, ses épaules et reviens sur son abdomen, avant de caresser la cicatrice qui lui barre le pec.

— Tu voudras bien me dire un jour comment tu as récolté cette cicatrice ?

— Peut-être…

Ses lèvres s'incurvent et il unit sa bouche à la mienne.

On refait encore l'amour, nous chuchotons des mots remplis de tendresse et nous endormons, collés l'un à l'autre.

ÉPILOGUE

Black Sands Beach, 10 juin 10 heures
24 °C
Californie
Ezra

En enfilant ma cravate, je repense à ces derniers mois… On peut dire que le petit bout de femme qui a investi ma vie l'a considérablement pimentée. On s'engueule toujours autant et on se réconcilie à chaque fois sur l'oreiller. Son corps et son cœur sont à moi et je le savoure tous les jours, voire plusieurs fois par jour. On a enfin réussi à poser une date pour notre mariage.

Kerrigan a terminé ses études et travaille finalement dans un magazine de mode. Écrire dans un journal ne l'a plus emballée après tout ce qu'il s'est passé. Elle préfère s'occuper d'articles beaucoup plus légers que des faits divers. On a retrouvé tous ceux qui avaient eu un contact avec Aurore

Harrison. La plupart ne participaient pas, mais glorifiaient Black Star alias Aurore Harrison en suivant son blog.

— Alors, tu es prêt mon vieux…

Je regarde Cooper à travers la glace devant moi. Il porte un costume gris foncé, une chemise noire avec une cravate prune comme moi.

— Ouais… Tu as vu Kerri ?

Il sourit et allume une cigarette. Il prend le temps de tirer dessus avant de me répondre.

— Ouais… Et si je ne t'aimais pas Ez ', je t'aurais piqué la fille, elle est superbe, un peu énervée par ses parents, mais fabuleuse !

— Il faudrait que tu puisses avoir une chance avec elle pour ça !

— Ouais, ça aussi, mais je ne suis pas certain de supporter son caractère. Merde, elle a envoyé sur les roses le prêtre. Il lui a seulement demandé qui était son témoin. Elle lui a répondu qu'il pose la question à quelqu'un d'autre, mais pas à elle. Que sa témoin était six pieds sous terre et que si Dieu existait vraiment, elle serait là aujourd'hui, à emmerder le témoin du marié, donc moi !

Merde ! Elle refuse toujours de choisir un témoin et on doit se marier dans moins d'une heure.

— Il faut que j'aille lui parler. Le prêtre refusera de nous marier sans qu'elle n'ait de témoin.

— C'est bon Ez', j'ai joué mon rôle de témoin du marié, alors j'ai trouvé une solution.

Je redoute un peu ce qu'il va me dire…

— C'est-à-dire ?

— J'ai demandé à Jack Sullyvan ! s'exclame Cooper. Bon, Kerrigan n'était clairement pas emballée, mais j'ai su jouer de mes charmes pour la faire plier.

— C'est-à-dire ! ?

— Ben, je lui ai juste dit que si jamais le prêtre ne vous marie pas aujourd'hui, vous ne pourriez pas vous marier avant un an au moins.

Qu'est-ce que c'est que ces conneries ?

— Pourquoi on ne pourrait pas se marier avant un an ! ?

Cooper grimace et je m'attends au pire. Qu'est-ce qu'on me cache ?

— Cooper ?

— Eh bien tu devrais en discuter avec ta belle, mais, je ne pense pas me tromper, même si j'ai cru que Kerrigan allait m'assassiner.

— Cooper ! De quoi tu parles enfin ?

— Parle avec Kerrigan, mon vieux.

Je grogne en terminant de resserrer ma cravate.

— Bon, elle est où ?

— Ah, non mon vieux ! Tu ne dois pas la voir avant la cérémonie.

S'il croit que je me fie à des superstitions à la con, il ne me connaît pas !

— Elle est où ! ?

— Elle se prépare dans votre chambre, elle n'a pas encore enfilé sa robe, mais la tradition…

— Je me fous des traditions !

Je sors de la chambre d'amis et rentre sans attendre dans celle que je partage avec Kerrigan. Elle est postée près de la fenêtre en peignoir avec un drôle de petit bâton entre les mains. Son visage est rouge de colère et d'incrédulité. Lorsqu'elle me remarque, elle le cache derrière son dos et se redresse.

— Qu'est-ce que tu fais là ! ?

Je m'avance vers elle et m'arrête à seulement quelques centimètres d'elle.

— Dis-moi ce qui ne va pas… Cooper est resté évasif, mais je sais qu'il y a un truc qui cloche.

Elle secoue la tête sans me regarder.

— Kerrigan regarde-moi !

Elle s'obstine à regarder ailleurs. Je lui attrape le menton et la force à me regarder. Ses yeux sont fuyants et inquiets et je me sens de plus en plus sur les nerfs, ne comprenant pas ce qui se passe.

— Qu'est-ce qu'il y a, Kerrigan ?

— Cooper a dit quelque chose... Un truc stupide ! Vraiment, vraiment stupide !

— Quoi ! ?

Elle soupire et pose sa tête sur mon torse.

— Il m'a surprise en train de vomir tout à l'heure...

Je fronce les sourcils et lui relève le visage vers moi.

— Tu es malade ?

Elle baisse un instant les yeux, avant de me regarder de nouveau.

— Je pense que ce sont les fruits de mer qu'on a mangés hier soir, mais Cooper...

— Quoi Kerrigan ! ? Parle avant que je devienne cinglé !

— Cooper pense que je suis... Enceinte ! Mais ce n'est pas possible, je prends encore la pilule et...

— Attends, attends... Tu es enceinte ! ?

— Je suis certaine que non, mais au cas où, Cooper est allé m'acheter un test.

— C'est ce que tu caches derrière ton dos ? Montre-moi !

Elle recule toujours avec le bâton caché derrière son dos.

— C'est n'importe quoi ! Je sais qu'on voulait attendre un peu et je prends toujours la pilule.

— Kerrigan, montre-moi !

Elle soupire encore et sort le bâton de son dos et me le tend sans le regarder. Je regarde l'inscription qui s'affiche et ne peut m'empêcher de sourire.

— Quoi ! ? me demande-t-elle à moitié paniquée.

Je jette le bâton sur notre lit et passe mes bras autour d'elle et l'embrasse profondément. Elle place ses mains derrière ma nuque et je la soulève. Elle met ses jambes autour de mes hanches et l'envie de lui faire l'amour avant la cérémonie est carrément tentante. J'arrache mes lèvres aux siennes et plante mon regard dans le sien.

— Je crois que Cooper va être tonton, ma puce !

Kerrigan blanchit et s'affole.

— Chut… Je suis heureux ! Et même si ce n'était pas prévu tout de suite, je m'en tape !

— Mais…

— Tu vas être une mère géniale, Kerrigan Rodes !

Elle finit par sourire, les lèvres tremblantes.

— Je t'aime agent Ezra Lincoln…

REMERCIEMENTS

Je suis heureuse que cette nouvelle série voit le jour. Elle ressemblait à un puzzle au début, écrite de manière non linéaire. De temps en temps j'en écrivais un bout, puis quand le fil conducteur a été posé, je ne me suis plus arrêtée. J'ai adoré écrire Perfect Blood Dolls et j'espère qu'il vous aura plu autant, voire plus qu'à moi.

Je ne remercierai jamais assez Leticia Joguin-Rouxelle pour avoir pris sous son aile mon manuscrit avec autant d'enthousiasme. Elle a été un véritable booster. C'est une personne à l'écoute, toujours disponible et avec laquelle on prend plaisir à travailler. Perfectionniste et professionnelle, elle sait mettre en lumière ce que nous gardons dans l'ombre. Merci d'avoir mis Perfect dans cette sublime collection et aussi pour cette couverture magnifique.

Ma Caroline Masset Lefèvre, c'est aussi grâce à toi qui a repulpé mon envie d'écrire. On se connaît depuis longtemps maintenant et tu resteras une très belle rencontre. Tu es devenue une amie et je te remercie pour la personne que tu es. Merci de m'avoir donné confiance et d'avoir été là quand j'ai eu le syndrome de la page blanche. Merci pour le BT du livre qui est superbe.

Bien sûr, je remercie mon petit mari qui ne cesse de m'encourager tous les jours et me soutient. Je t'aime mon amour !

À mes filles, mes petites princesses qui commencent à être grandes, merci d'être toutes les deux des amours.

À bientôt pour le deuxième opus !

Oui, Perfect Blood Dolls n'a pas fini de faire parler de lui et je vous donne rendez-vous très bientôt !

Faustine Teisseire M.G